영원을   향하여

TOWARD ETERNITY

Copyright © 2024 Anton Hur

Korean translation rights arranged with Rogers, Coleridge & White Ltd, London through Danny Hong Agency, Seoul.

Korean edition © 2025 by O'Fan House

이 책의 한국어판 저작권은 대니홍 에이전시를 통한 저작권사와의 독점 계약으로 ㈜오팬하우스에 있습니다. 신저작권법에 의해 한국 내에서 보호를 받는 저작물이므로 무단전재와 복제를 금합니다.

영원을 향하여

안톤 허 장편소설
정보라 옮김

Toward　Eternity

VANTA

시라에게

일러두기
- 책에 등장하는 인명, 지명은 국립국어원 외래어표기법을 따르되 관용적으로 쓰이는 일부 단어에 대해서는 소리 나는 대로 표기했다.
- 장편 문학작품, 잡지, 신문은 《 》, 시, 음악 등은 〈 〉로 표기했다.
- 모든 각주는 옮긴이 주다.

차례

한국 독자들에게 __ 9

1부 근미래 __ 13

말리 __ 15
용훈 __ 36
엘렌 __ 77
파닛 __ 108

2부 미래 __ 131

파닛 __ 133
로아 __ 164

3부 먼 미래 __ 193

델타 __ 195
델타 __ 258
크리스티나 __ 291

4부 아주 먼 미래 __ 329

말리 __ 331

5부 영원 __ 341

작품 해설 __ 353
추천의 말 __ 365

한국 독자들에게

번역가이자 소설가 안톤 허, 한국어 독자들에게 큰절 올립니다.

여러분이 손에 들고 계신 이 책의 8할은 송도와 서울 구로구를 오가는 인천 지하철 1호선과 서울메트로 7호선 전동차 안에서 자필로 쓰였습니다. 한국에서 한국 사람이 쓴 한국 소설인 셈이죠.

단, 이 장편소설은 영어로 썼습니다. 그래서 섣불리 "한국 소설"이라고 부르기에 망설여집니다. 제가 한영 문학 번역가로 먼저 알려져서인지 자주 받는 오해입니다만, 《영원을 향하여 Toward Eternity》 원작은 한국어로 썼다가 영어로 자체 번역한 책이 아닌, 처음부터 영어로 쓴 소설입니다. 한국어로 먼저 썼다면 너무나 바쁘신 정보라 작가님에게 굳이 번역을 부탁드릴 필요가 없었겠죠.

하지만 왜 한국에 사는 한국 사람이 굳이 영어로 소설을 썼을까요.

저는 어렸을 때부터 영문 소설가가 되겠다는 꿈을 가졌습니다. Korea 혹은 Seoul이라는 지명이 들어간 대학을 세 군데나 다니면서도, 졸업하면 뭐 하고 싶냐고 누가 제게 물으면 "소설 쓸 거야. 영어로"라고 간단하게 (혹은 황당하게) 답하곤 했습니다. 대학교 입학 면접 때 "왜 법학과에 지원했느냐"란 질문에 "소설가가 되고 싶은데 법학을 공부하면 사회를 다방면으로 이해하게 되어 훌륭한 작품을 쓸 수 있을 것 같다"는, 얼핏 들으면 그럴싸하지만 생각해 보면 터무니없는 답변을 내놓기도 했습니다. 이제야 솔직히 말씀드리자면, 한영 문학 번역가가 된 계기에도 앞으로의 영문 소설가 커리어를 위해 영미 출판계와 가까워지고 싶은 마음이 없지 않아 있었습니다.

그런데 오랫동안 소설이 잘 써지지 않았습니다. 서울의 한 원룸에 앉아 공책에 영어로 글을 끄적일 때마다 한국에 사는 한국 사람이 영어로 소설을 쓴다는 발상의 무모함을 온몸으로 실감하며 기나긴 고통의 나날을 보냈습니다.

그렇게 헤매다 어느 날 서점에서 이성복 시인의 〈무한화서〉

를 발견하게 되었습니다. (혹은 〈무한화서〉가 저를 발견했을지도 모릅니다.) 굳이 글을 쓰려고 하지 말고 언어가 알아서 글을 쓰도록 내버려두라는 이성복 시인의 당부에, 제 스스로가 아닌 "영어"라는 언어가 소설을 쓰도록 내버려뒀더니 《영원을 향하여》가 지하철에서 마법처럼 쓰였습니다. 한국에 사는 한국 사람이 굳이 영어로 소설을 썼다기보다, 영어가 한국에 사는 한국 사람을 통해 소설을 썼다고 보시면 되겠습니다.

영미문학, 특히 19세기 영미문학 그리고 시를 매우 싫어하심에도 불구하고 흔쾌히 번역 청탁을 받아주신 정보라 작가님에게 송구스러우면서도 감사한 마음을 전합니다. 그리고 신경숙 작가님부터 오션 브엉 시인님까지 미천한 저에게 작품을 맡겨주신 모든 작가님들, 특히 이 책이 존재하도록 가능하게 해주신 이성복 시인님, 그리고 추천 글까지 써주신 박상영 작가님과 천선란 작가님에게 모두 큰절 올립니다.

여러분이 저를 만들어주셨습니다. 그리고 우리 모두를 한국 문학 독자 여러분이 만들어주셨습니다. 고마운 마음을 다해 여러분에게 제 첫 장편소설을 올립니다.

재밌게 읽으시길요. 감사합니다.

2025년 여름,

인천 송도에서.

1부　　　　　　　　　　　근미래

말리

 무슨 일인가 일어났는데 너무나 특이한 일이라 '환자1'의 공식 의료기록에 넣을 수 없을 정도라서 지금 여기 종이 공책에 따로 쓰고 있다.

 '환자1'은 우리의 첫 임상시험 환자인데, 실종 상태로 밝혀졌다.

 남아프리카공화국 과학기술대학교 폐쇄회로 방범 카메라 영상 속에서 그는 보관실을 나간 뒤 반대편으로 나오지 **않았다**. 그는 프레임 안에 있다가—눈 깜빡할 사이에—다음 프레임에서는 사라졌고 조금 전에 그가 서 있던 허공으로 문이 열려 흔들리고 있을 뿐이다.

 케이프타운 경찰국이 이 사건을 조사 중이지만 수사할 자료가 별로 없다. 영상이 조작되었다는 증거는 없지만 아마 그런 가능성은 언제나 있을 것이다. 특이점 연구소(끔찍하게 시대착오적인 이름이다. 그렇다) 카메라들은 영상기술이라는 관점에서 사실상 정년퇴직할 때가 지났다. 그러나 만약 영상이 수정되었다면 대체 누가 어째서 그런 걸 조작했다는 것일까? '환자1'이 납치된 것인가? (내가 과장한다고는 생각하지 않는다. 경찰도 같은 생각을 하고 있다는 게 눈에 보인다.)

그러나 그를 납치할 이유가 대체 무엇인가? 그의 나노봇 신체를 분석해 역설계하기 위해서? 혁신적으로 발전된 버전이 임상시험에 사용되려면 아직도 몇 년이나 더 걸릴 것이다. 기술이 더 발전된 단계에 있을 때 훔치는 편이 낫지 않은가?

다른 무엇보다도, '환자1'은 어디에 있는가? 어떻게 사람이 흔적도 없이 증발할 수가 있단 말인가?

사실 흔적도 없는 건 아니다. 그는 옷 무더기, 그러니까 당시 입고 있던 옷만 남기고 사라졌다고 한다. 나는 감당하기 어렵다. 어머니가 돌아가신 이후로 나는 여러 가지 일들을 감당하기 어렵다. 어머니의 그 많은 연구, 그 엄청난 천재성. 이 사건은 우리 환자들에 대해 내가 가장 두려워하던 일이 어쩌면 일어났을지도 모른다는 것을 의미한다. 자발적 해체. 그의 '세포', 즉 나노봇들이 전부 흩어져 버리는 것. 어머니는 수많은 연구 노트 중 한 곳에 그런 가능성을 언급했지만 말하자면 상상이었고, 정식 가설까지는 이르지 못했다. 어머니는 그것을 "휴거의 가능성"이라 칭했다. 어머니는 성경에 나오는 용어를 사용하는 버릇이 있었고 특히 계시록의 용어들을 좋아했다. 어머니만의 독특한 방식으로 시대착오적이었다고 해야겠다.

환자1은 휴거된 것일까?

난 대체 어떻게 해야 하지?

"실종 상태로 밝혀졌다." 왜 이런 식으로 표현하지? 언어는 불충분하고 우리가 가진 표현 방법은 그것뿐이다. 내 어머니와 어머니의 연구팀이 환자1에게 일어난 변화들을 묘사하기 위해 사용한 언어는 여러 개의 아주 두꺼운 내부 문건을 가득 채웠다.

그 문건들 외에도 어머니는 내가 작업을 이어받아 계속하도록 연구 기록 공책을 무더기로 남겨주었다. 남아공 과기대가—하버드도, 케임브리지도, 칭화대학교도—지난 몇 년 동안 어머니의 기록들을 넘겨받으려고 여러 가지 제안을 했지만 나는 전부 거절했다. 나는 어머니의 공책들도, 연구 성과의 그 어떤 부분도 내줄 수 없다. 특히 공책들은 그 자체로 어떤 물리적인 존재감이 있어서 마치 책장에 늘어선 말없는 수도승들 같다. 나는 그것들과 도저히 헤어질 수 없다. 그리고 어머니가 아무렇게나

휘갈겨둔 조그만 메모가 위기 상황에서 쓸모가 있을지 누가 알 겠는가?

그리고 나는 다시 지금 **이** 위기에 대해 생각한다. 어머니가 무더기로 남겨준 공책과 같은 종류로 나만의 새 공책을 마련해서 이 글을 쓰기 시작했다. 디지털은 너무 위험하고 유출되기 너무 쉽다. 종이에 쓰는 것도 그다지 안전하지는 않지만 나는 생각을 정리하기 위해서 써야만 한다.

좋아, 말리. 이 일이 전부 어디서 시작됐을까? 흉터인가?

일주일 전에 환자1의 손목에 흉터 하나가 다시 나타났다. 그의 흉터들은 되돌아오지 않았어야 하지만 환자1의 본래 생물학적인 신체, 그의 중복-신체가 전환에 저항하고 있었다. 이미 오래전에 실험적인 형태의 혁신적인 나노치료법을 통해 그의 몸 세포 전체가 하나씩 나노봇으로 교체되어 그의 생명을 갉아먹던 암을 완치시켰고 동시에 그를 불사의 몸으로 만들었다. 그의 생물학적인 중복-신체가 나노봇으로 완전히 전환되고 나서, 우리 연구팀이 이전의 피부 감촉을 재현해서 다시 칠할지 아니면 점이나 주근깨가 어디에 있어야 하는지를 나노봇들이 알아낼 때까지 기다릴지 그에게 선택하게 했다. 그는 기다리겠다고 했다. 나는 그의 피부조직에 흉터를—혹은 그가 원하는 어떤 외모

적 변형이라도, 합리적인 범위 안에서—프로그래밍해 넣어줄 수도 있었지만 그가 흉터를 원할 이유는 없지 않겠는가? 최소한 수십년 전에 그와 그의 남편이 대학원생이었을 때 조그만 오븐으로 요리를 하다가 불에 덴 손목의 흉터 따위는 다시 돌아오기를 원하지 않았을 것이다. 그러나 그 작고 가느다란, 너무 가늘어 보통은 눈에 잘 띄지도 않는 변색된 피부가 과거에서 현재로 돌아와 우리를 다시 한번 고민에 빠뜨렸다. 그의 이전 신체, 그리고 그 신체의 모든 기억들이 돌아오고 있었다.

우리는 사실상 환자0의 경우를 다시 보고 있었다. 그녀의 출산한 후 남은 튼살, 그 뒤에는 중복-신체, 그리고 결국엔 암이 되돌아왔다. 그녀는 살아남지 못했다.

그러나 환자1은 환자0이 겪었던 다른 증상들을 전혀 나타내지 않았다. 환자1은 통증도 없었고 흉터 자체도 중복-신체에 있던 것보다 색이 옅었다. 그의 생물학적 신체가 돌아오고 있었던 게 아니라면 이 흉터를 어떻게 이해해야 하는가? 뭔가 예상하지 못한 후성적인 사건, 중복-자아가 세포의 형태로 돌아오는 것이 아니라 흉터까지 전부 포함한 자기 자신을 암호화해 나노봇의 DNA에 넣어서 생존하려는 시도인가? 전환이 전부 완료된 지 **40년**이나 지난 뒤에 중복-자아가 돌아올 수 있단 말인가?

2일차.

마침내 경찰이 우리에게… 범죄 현장? 휴거 현장? 자체 조사를 허가했다. 세상에, 난 언어가 싫고 글 쓰는 건 더 싫다. 그러나 이 사건을 이해해야만 하고, 언어를 글로 쓰는 것만이 내가 내 생각을 들여다볼 수 있는 유일한 방법이며, 손으로 글을 쓰면―원시인 여자가 되어 동굴 벽에 표시를 하는 기분이다―정신을 강제로 조금 더 느리게 하여 생각이 아주 약간은 더 오래 익어가게 할 수 있다.

환자1이 사라진 남아공 과기대 보관실을 경찰이 얼마나 오염시켰을지 알 수 없다. (경찰은 여전히 환자1이 남긴 옷을 우리가 검사하지 못하게 한다. **그** 핵심적인 증거를 경찰이 얼마나 망가뜨리고 있을지 아무도 모를 일이다.) 환자1은―아, 그냥 1이라고 하자―특이점 연구소가 사용하는 보관실 바로 바깥에서 사라졌다. 그는 이 연구소에 속한 연구단에서 책임연구자로 있었을 때 주도했던 인공지능 프로젝트의 무슨 장기 후속 연구를 하고 있었다고 한다. 무슨 시를 읽는 인공지능에 대한 연구라고 했다. (내가 제대로 기억하는 건가? 정확한 연구 내용이라고 하기엔 너무 황당한 얘기다.)

그는 정오에 보관실에 들어갔다가 1시에 "나갔"는데, 바로 이 시간에 연구소 사람들은 전부 점심 먹으러 나가 있었다. 그가 들어가거나 나가는 모습을 본 사람은 아무도 없었다. 그는 비밀번호를 알고 있었고 보관실은 연구소 주요 시설과는 떨어져 있다. 보관실은 지하에 있는데 연구소 사무실들은 5층에 있고 메인프레임 서버실은 2층에 있다. 기록에 따르면 1은 보관실에서 메인프레임 리소스에 접근했다. 대부분 클라우드 프로세스다. 특이한 점은 없다. 1 자신을 글자 그대로 구름 속으로 흩어지게 할 만한 건 없었다….

우리는 나노봇의 흔적을 찾으려 보관실을 전부 훑었지만 찌꺼기만 남아 있었다. 중복-신체들이 피부 세포와 털을 흘리듯 1은 나노봇 찌꺼기를 떨어뜨리는 경향이 있다는 것을 우리는 알고 있었다. 그러면 나머지 나노봇 덩어리는 어디에 있을까?

나는 1의 공식기록에 이런 사실과 의문점들을 최대한 건조하고 임상적으로 입력했다. 연구소 이사회에 제출할 보고서를 써야 했다.

그러나 달리 내가 무슨 말을 할 수 있겠는가? 생각할 수 있는 모든 설명은 다 황당했고 궁리하면 할수록 더욱 말도 안 되는 해명만 떠오르는 것 같았다. 그래서 1의 환자 기록에 나는 최대한 건조한 표현을 사용했고 대신 진짜 내 생각은 이 공책에 적어두는 것이다.

해체. 납치.

휴거.

차라리 성경에 나오는 휴거가 일어났고 우리 중에서 하늘로 올라갈 만큼 순수한 인간은 1밖에 없었다고 하는 편이 낫겠다. 그의 모든 세포가 무구한 나노봇으로 교체되었으므로 그의 죄는 모두 깨끗이 씻겨나가 그가 지상의 천사 같은 존재로 바뀌었기 때문이라고.

3일차.

우리가 보관실 자체 조사를 마쳤을 때는 경찰이 다시 폐쇄하기 전까지 1시간 정도 여유가 있었다.

나는 연구팀에게 장비를 챙겨서 비코 연구소로 돌아가라고 말했다.

보관실에 있는 우리 장비를 최종적으로 확인하고 마지막으로 나가려고 할 때 구석의 단말기가 눈에 띄었다. 구식 메인프레임 단말기다. 연구소가 이 보관실에 던져둔 대부분의 다른 고물과 달리 이 단말기는 전원이 연결돼 있었고 전원 플러그에 LED전구 불빛이 켜져 있어 단말기가 꺼진 게 아니라 절전모드라 알려주고 있었다.

허가 없이 ― 경찰은 우리에게 이 방에 있는 물건을 가능한 한 만지지 말라고 말했는데 글쎄, 내 경우에는 가능하지 않았다고 해두자―나는 투박한 키보드의 키를 하나 눌렀고 낡아빠진 기계는 웅웅 소리를 내며 깨어났다.

"안녕하세요." 기계의 목소리는 여성도 남성도 아니었다. "누구신지 여쭤봐도 될까요?"

명백하게 나에게 말하고 있었다. 컴퓨터가? 카메라의 빨간 LED 불빛이 켜져 있었다. 내 얼굴이 렌즈에 비쳤다.

"나는 말리 비코 박사다. 넌 누구지?"

"저는 파닛입니다. 남아프리카공화국 과학기술대학교 특이점 연구소 소속 문학 분석용 전산적 자기발견 학습기기입니다."

갑자기 생각이 났다. 시를 읽는 인공지능. 1이 실종되었을 때 연구하고 있던 프로그램! 그가 실종되어 어수선해지는 바람에 나는 파닛에 대해 완전히 잊고 있었다.

조사가 진행되는 동안 아무도 이 컴퓨터를 끄지 않았기 때문에 기계는 절전모드로 바뀌어 있었다. 그러면 이 기계가 1에게 무슨 일이 생겼는지 보았을지도 모른다!

"파닛." 나는 최대한 차분하게 말하면서도 이 고물 기계 앞에서 내가 왜 굳이 차분한 목소리를 유지하려 애쓰는지 알 수 없었다. "한용훈 씨는 어디 있지? 그분이 아마 너와 마지막으로 이야기한 사람일 거야."

"저도 모릅니다." 그것이―그가? 말했다. 컴퓨터를 '그'라고 부를 수도 있을 것 같다. 나는 기계를 의인화하는 걸 꺼리지만 1은 내가 예의를 지켜주기를 원했을 것이다. 그리고 어찌 됐든 이 기계의 목소리는 듣기 좋다. 바로 그 때문에 이 인공적인 차분함이 나의 분노에 불을 지피는 결과가 되었지만 말이다. "한용훈 씨는 여기 있다가 갑자기 사라졌습니다. 한용훈 씨가 10분 동안 돌아오지 않아서 저는 단말기를 절전모드로 바꾸었고 제 눈과 귀는 그때부터 계속 닫혀 있었습니다."

"'그때부터라고.'" 나는 반복했다. "그러니까 한용훈 씨가 사라지는 걸 네가 봤단 말이지? 그 장면 영상이 있나?"

"죄송합니다만 영상은 클라우드에 저장되어 있는데 그 아카이브에는 한 박사님과 연구실 소속 연구원들만 접근할 수 있습니다."

나는 한숨을 쉬었다. 어차피 영상에 내가 본 적 없는 내용이 포함되어 있을 것이라고는 생각하지 않았다. 그래도 최소한 파닛은 경찰이나 특이점 연구소 사람들과는 달리 기꺼이 나와 말을 섞어주었다. 경찰은 단서를 잡지 못했고 그 사실에 대해 대단히 방어적이었으며 연구실 사람들은 소송을 피하려 애쓰고 있었다.

"파닛." 내가 말했다. "난 한용훈 박사님의 주치의다. 한용훈 박사님이 나에 대해 말한 적 있나?"

"없는 것 같습니다. 하지만 선생님이 박사님의 주치의라는 건 방금 클라우드 네트워크를 통해 확인했습니다. 우리는 가끔 박사님이 자신을 '나노 상태'라 칭한 것에 대해 논의했습니다. 이와 관련해서 우리는 비평적 양식과 본질주의에 대해 많은 논의를 했습니다."

나는 파닛이 대체 무슨 소리를 떠드는 건지 잠시 어리둥절했으나, 곧 1이 문학을 전공했다는 사실을 떠올렸다. 1은 박사후 연수 기간에 인공지능 프로그래머로 재훈련을 받았으나 그 전에는 다른 것도 아니고 하필 시 전공으로 박사학위를 받았다. "비평적 양식과 본질주의"는 문학박사가 논의할 만한 주제일 것 같았다. 시를 읽는 인공지능이라니, 누가 상상이나 했겠는가.

"박사님이 뭐라고 하셨는데?"

"한 박사님은 생각에 잠겨서 자신의 자아 혹은 영혼 혹은 주체성이 전적으로 수행적인 것이며 본질적인 특성이라고 하기에는…."

"고마워, 됐어, 파닛." 하느님 맙소사. 파닛의 카메라가 나를 향해 있었으므로 나는 한숨을 참고 표정을 관리했지만, 다시 생각해 보면 왜 굳이 신경 쓴단 말인가? 1의 '나노봇 무리'가 지켜보고 있을까 봐 무서워서? 나는 나 자신을 위해서 파닛에게 예의 바르게 행동하고 있다고 결론지었다. 예의 바른 것과 예의 바르게 행동하는 것은 결과적으로 똑같으니까 예의 바르게 행동하는 게 좋다고 어머니는 자주 말했다. "한 박사님이 사라졌을 때에는 어떤 논의를 하고 있었지?"

"T. S. 엘리엇의 시 〈황무지〉에 대해 논의하고 있었습니다. 한 박사님은 빅토리아시대 전공자이고 장기 19세기[1]에 나타나는 모더니즘 양식의 초기 전조들에 대해, 특히 엘리엇과 예이츠의 영향에 초점을 맞춘 논문을 몇 편 썼습니다. 박사님은 엘리엇의 시가 파편화가 아니라 통합을 주장한다는 발상을 논의했습니다. 모든 파편들은 하나이고 하나의 원초적인 상태를 가리키는데 이것은 시의 마지막 행에서 고요를 의미하는 단어 '샨티'가 상징하는 것이며…."

스피커에서 울려 나오는 이 기괴하고 수다스러운 설명이, 인공지능이 특이점에 도달해서 의식을 가지게 되었다는 징후인지 아니면 문학 연구라는 것이 너무나 헛소리라서 이 오래전에 버려진 덤터기 프로그램도 할 수 있다는 사실을 말해주는지 혼란스러워졌다. 물론 지금은 기본적인 과학 연구를 하는 인공지능도 있고 심지어 동료 심사를 통과한 연구논문을 생성해 내기도 하지만 이 기계는—이건 말하자면 거의 인간 지능의 **패러디**였

---

[1] the Long Nineteenth Century. 1789년 프랑스 혁명부터 1914년 제1차 세계대전까지의 125년을 말한다.

다. 아니면 인간의 지능이라는 것 자체가 언제나 우스울 정도로 말도 안 되는 개념이었을지도 모른다.

"말하는 도중에 미안한데, 파닛, 우리는 한 박사님의 안전과 행방에 대해서 몹시 걱정하고 있어. 한 박사님이 사라지기 전에 어디로 간다고 혹시 말한 적 있어? 그날 한 박사님이 평소와 다른 점이 혹시 있었어?"

"한 박사님이 갑자기 사라지셔서 저는 당시에 저의 감각처리장치에 일시적인 이상이 생겼다고 상정했습니다만, 그 외에 한 박사님의 언어, 행동, 어조에 평소와 다른 점은 없었습니다. 박사님은 자신을 부르는 소리를 듣고 자리에서 일어나셨습니다."

부르는 소리? 이건 연구소 방범 카메라 영상에 없었다. 영상에는 소리가 녹음되지 않았으니 말이다. "잠깐. 부르다니? 전화가 왔단 말이야?" 어째서 통화를 하기 위해 보관실을 나가야만 했는가?

"아닙니다. 박사님은 '누가 나 부르는 소리 들려?'라고 물으셨습니다. 저는 아무것도 듣지 못했습니다. 당시 저는 감각처리장치에 일시적으로 이상이 생겨 주변 소리를 듣지 못했다고 상정했습니다. 한 박사님은 선생님이 지금 앉아 계신 그 의자에서 일어나 문으로 가셨습니다. 그리고 거기서 사라지셨습니다."

말이 되지 않았다. "누가 불렀는지 말씀하셨어?"

"한 박사님은 문에 다가가서 이름을 부르셨습니다. 최소한 그렇게 들려…."

"제발 부탁인데, 파닛, 그게 대체 누구였냐고?"

"쁘라섯." 파닛이 듣기 좋고 느긋한 목소리로 말했다. "태국 이름입니다. '탁월한 사람'이라는 뜻입니다."

환자1의 사별한 남편 이름이다.

자정.

나는 잠들 수 없었다. 그래서 나는 파닛이 말한, 1이 사라졌을 때 논의하고 있었다던 시를 찾아보았다. 〈황무지〉. 아주 긴 시였다. 나는 처음부터 끝까지 읽었다. 거의 끝에 있는 어떤 한 줄이 눈에 띄었다.

이 파편들로 나는 폐허를 지탱했네.

"모든 파편들은 하나이고 하나의 원초적인 상태를 가리키는데 이것은 시의 마지막 행에서 고요를 의미하는 단어 '샨티'가 상징하는 것이며…."

대체 무슨 일이 일어나는 것인가?

대체 무슨 **빌어먹을** 일이 일어나는지 나는 왜 알아내지 못한단 말인가?

4일차.

나는 환자2가 마음에 들었던 적이 없다. 1이 성공한 뒤에 적절한 다른 후보자를 찾기까지 몇 년이나 걸렸지만 그때조차 우리가 충분히 열심히 찾아본 게 맞는지 가끔 의심했다.

환자2는 금발에 냉정하고 자기 자신에게 완전히 푹 빠져 있다. 얼음물 같다. 첼리스트다. 그녀의 연주를 들어본 적이 있는데, 음원이 발매되자마자 조수가 의무적으로 구입해서 사무실에 비치해 놓기 때문이다. 음악에 대한 안목은 없지만 내가 듣기에 그녀의 연주에는 일종의 공허함이 서려 있다. 그녀의 시선, 그녀의 말에 서린 공허함처럼, 그녀에게 몸짓도 습관적 행동도 전혀 없다는 사실처럼.

그러나 내가 뭔가 놓쳤을지도 모르기 때문에 그녀를 반드시 다시 면담해야만 했다. 그녀가 1의 실종에 대해 같은 환자로서의 통찰을 보여줄지도 모르기 때문에.

"어떻게 지내셨어요, 엘렌?"

"아주 잘 지냈어요, 고마워요, 비코 박사님. 박사님도 잘 지내셨는지 모르겠네요."

"약간 스트레스를 받긴 했지만 저도 괜찮아요."

"용훈 씨 실종 사건 수사가 잘 돼가고 있으면 좋겠는데요."

"최근에 한용훈 씨와 연락하신 적 있나요?"

"아뇨. 용훈 씨를 잘 아는 건 아니에요. 오래전에 만났지만 계속 연락하지는 않았어요. 처음에 제가 전환할 때 용훈 씨가 도와주셨죠." 그리고 환자2는 덧붙였다. "박사님의 어머님 놈푼도 비코 박사님이 저를 도와달라고 용훈 씨에게 부탁하셨어요. 박사님 어머님이 돌아가시기 조금 전이었어요."

환자2의 목소리는 작고 얼굴은 가면처럼 움직이지 않는다. 어머니의 죽음을 언급하기 전에 눈치 있게 잠깐 말을 멈추는 등 환자2가 자기 나름대로는 부드럽게 접근하려고 애쓰고 있다는 걸 알면서도 나는 환자2를 좋아할 수가 없다. 그녀의 상냥함은 나의 슬픔에 닿지 못한다. 어머니라면 내가 의사답지 못하다고 말했겠지만 어머니는 언제나 임상의로서 환자를 대하는 데 더 뛰어난 사람이었다. 반면 나는 연구자이고, 내 방식대로 환자를 평가할 것이다.

"용훈 씨의 돌아가신 남편 쁘라섯 씨를 만나신 적이 있나요?"

환자2는 다리를 고쳐 꼬면서 고개를 끄덕였다. 공작새 깃털 같은 새파란 옷은 매력적으로 흘러내리도록 디자인되어 있었고 이제 새로운 위치에 흘러내려 자리를 잡고는 전혀 움직이지 않아서 거의 굳은 것처럼 보였다.

"딱 한 번요. 두 사람이 집에서 저녁 먹자고 저를 초대했어요. 용훈 씨는 키가 작고 남편분은 키가 컸어요. 쁘라섯 씨는 피부

색이 짙었고 용훈 씨는 하얗죠. 두 사람은 서로 달랐지만 잘 어울렸어요, 화음을 이루는 음조처럼요." 환자2는 잠시 시선을 돌렸다. "두 분의 이름을 말해본 지가 오래됐네요. 두 분 다 저에게 잘해주셨어요."

환자2의 이런 모습은 한 번도 본 적이 없었다. 내가 아는 그녀는 언제나 멀고 차가웠다. 외딴섬의 요새처럼.

그녀가 말을 이었다. "용훈 씨와 마지막으로 연락한 건 쁘라섯 씨의 부고를 들은 뒤였어요. 저는 그때 중국에서 연주 여행을 하고 있었어요. 장례식에 화환을 보냈더니 용훈 씨가 얼마 뒤에 공식적인 감사 편지를 보냈어요. 그 뒤로 용훈 씨는 세상에 문을 닫았어요. 제가 보기엔 혼자 있고 싶어 하는 것 같았어요." 요새가 다시 문을 닫았다. 나는 그녀와 나 사이에 투명한 벽이 내려오는 것을 느꼈다.

"하지만 당신은 그렇게 느낀 적 없잖아요, 그렇죠 엘렌?" 내 목소리에 살짝 가시가 돋친 것을 그녀가 느꼈을지 궁금했지만, 언제나 그렇듯이 환자2가 어떻게 느끼는지는 전혀 알 수 없었다.

"저는 콘서트 첼리스트예요. 저는 혼자서 존재할 수 없어요. 직업상 언제나 청중이 필요해요."

"공연하지 않고 음반 녹음만 하실 수도 있을 텐데요."

그녀는 고개를 저었다. "안 돼요. 음악은 무엇보다도 라이브로 펼쳐져야 해요." 나는 그녀가 뭔가 더 말할 것이라 생각했으나 환자2는 아마도 이 주제에 대해서 논의를 잇는 게 소용없다고 판단했는지 더 이상 말하지 않았다.

나는 한숨을 쉬었다. "한 가지만 더요. 몸에 어떤 특이한 현상이 일어나지 않았나요? 아무리 작은 일이라도 좋으니, 회귀 같은 경험이 있나요?"

"회귀요?"

"몸에 혹시 어떤 흔적이 다시 나타났나요? 튼살이나 흉터 같은 거요."

그녀는 아주 조그맣게 어깨를 움츠려 보였다. "제가 아는 한 없어요, 선생님. 하지만 저는 애초에 흉터 같은 게 별로 없었어요. 운 좋은 인생을 살았던 것 같아요." 그리고 거의 비꼬듯이 덧붙였다. "암에 걸리기 전에는요."

환자2가 나가고 나서 나는 책상에서 일어나 통유리 벽 바깥의, 연구소를 둘러싼 수목원을 내다보았다. 콤브레툼 임베르베 Combretum imberbe, 콤브레툼 헤레로엔세 Combretum hereroense, 바이키아에아 플루리주가 Baikiaea plurijuga, 유클레아 슈도베누스 Euclea pseudobenus, 브라키스테지아 보에미 Brachystegia boehmii, 브라키스테지아 타마린도이데스 Brachystegia tamarindoides, 브라키스테지아 스파이스포르미스Brachystegia spiciformis **2** ...

다른 이름들도 있지만 나는 이들을 학술적인 명칭으로 부르는 쪽이 좋다. 학명에는 이 나무들에게 모든 생명이 마땅히 가져야 할 미스터리를 덧대어주는 측면이 있는 것 같다.

학명의 소리 자체도 그렇다. 완전히 다른 언어 같은데, 그렇기도 하고 동시에 아니기도 하다. 모든 단어, 모든 언어가 그렇다. 어떤 의미가 있는 것만 같고 실제로도 의미가 있지만, 동시에 없다.

나는 언어학자도 문학자도 아니지만 과학자로서 사물에 이름을 붙이는 일에 대해서는 좀 알고 있다. 이름이 얼마나 잘못된 정보를 제시할 수 있는지도 알고 이름이 실패를 불러올 수도 있다는 사실도 알며 이름이 얼마나 절대적으로 필요한지도 안다. 언어는 우리의 지식을 담고 있지만 동시에 담는 데 실패한다. 언어가 정말로 담는 것은 통제하려는 우리의 시도뿐이다. 그런데도 우리는 언어에 매달린다. 실험 보고서를 작성하고, 숫자를 매기고 중요도를 합의하고, 무언가에 이름을 붙임으로써 그것에 대한 우리의 태도를 묘사한다. 경외, 역겨움, 공포, 모든 것이 거기에 있다. 우리가 붙인 이름에 그 모든 것이 들어 있다.

가끔 나는 과학자가 하는 일이라고는 그것밖에 없다고 생각

---

2 모두 남아프리카에 자생하는 나무들의 학명이다.

한다—이름을 붙이는 것. 볼 수 있는 것, 추론할 수밖에 없는 것, 존재했으면 하고 바라는 것에.

과학자란 자연 세계의 시인인가? 아니면 시인이 상상 세계의 과학자인가? 시만큼 긴 이름들, 과학 논문만큼 긴 이름들, 양쪽 다 우리가 언어라 칭하는 이름들로 적혀 있다. 우리는 이름을 짓고 이 이름들을 후대에 남겨주고 그런 뒤에 죽는다. 목구멍에 마지막 숨이 걸린 채로.

케이프타운에는 사실 굉장한 식물군이 존재한다. 여기는 서로 다른 여러 종류의 토양과 미기후들이 합류하는 지점이고 세상 어느 곳에서도 자라지 않는 수천 가지 식물종이 자생한다. 연약하지만 회복력 있는 다양성의 도시.

그러나 수목원을 둘러싼 나무들 중 대다수가 자카란다이다. 외래종으로 많은 사람들이 자생종을 위협한다고 하지만 너무 아름답기 때문에 많은 시민이 거부할 수 없이 매력적이라 느낀다. 자카란다가 꽃을 피우면 이 유리 상자 같은 사무실은 날아갈 듯 우아한 천상의 보랏빛 구름에 감싸인다. 다른 때에는 자카란다의 고사리 같은 가지와 이파리가 방음 유리 너머에서 고요 속에 떨리며 나부낀다.

바람은 상당히 약해서 보고 있지 않으면 바람이 분다는 걸 눈치챌 수 없다. 그러나 바람은 분명히 불고 있다. 보이지 않지만 보인다. 나무의 언어, 바깥의 나뭇잎이 속삭이고 움직이는 모습을 통해서만 보일지라도.

당신은 어디에 있는가, 한용훈 씨?

나는 집에 있다. 전화기가 대단히 고집스럽게 울리는 소리에 방금 잠에서 깼다. 경찰이었다. 부재중 전화가 세 통이나 와 있었다. 꿈속에서 나는 연구소에 지진 경보가 발령되었다고 생각했다. 건물에서 탈출하려 했지만 문은 전부 잠겨 있었고 창문도 환기구도 모든 것이 다 마찬가지였다….

"무슨 일이세요?"
"이 시간에 죄송합니다, 박사님. 한용훈 씨를 찾았습니다."

용훈

잠을 잘 수 없다.

나는 한용훈이 아니다. 무엇인지 몰라도 그의 몸과 함께 돌아온 어떤 것이다.

진짜 한용훈은 멀리 가버렸다. 어쩌면 영원히.

나는 그의 몸을 가지고 있을 뿐 아니라 그의 기억, 그의 인격, 그의 습관, 보통 "그 사람"을 이룬다고 생각할 만한 모든 것을 가지고 있다.

그러나 나는 그가 아니다.

내가 나타난 연구실 바닥에서 그의 자아라는 이 감각이 휩쓸어 올 때까지 1초 정도가 걸렸다. 아주아주 긴 1초였다. 모든 기억, 용훈의 "존재" 전부. 그런데도 1초밖에 걸리지 않았다. 한 사람이 다른 사람이 되는 데 1초면 충분했다.

이전에 나는 누구였던가?

나는 감각도 의식도 없이 떠다니는 존재, 우주의 창공에 일어난 우연한 사고였다. 새롭게 재형성된 나노봇-무리-신체가 나를 필요로 했고 용훈의 정신은 오래전에 사라졌기 때문에, 그것은 나를 창공에서 붙잡아 장갑을 끼듯 자기 안에 집어넣었다. 창공, 우주, 중복, 장갑. 이것은 모두 용훈의 표현이다. 이런 말들이 계속 빠르게 솟아난다. 나는 거의 용훈인 척할 수 있을 것 같다.

그러나 진짜 용훈은 뭔가를 찾아 떠났고, 그것을 찾았거나 아니면 여전히 찾고 있을 것이다.

지금 나는 텅 빈 서재에 앉아 있다.

바다를 바라보는 한 장의 통유리 벽이 있는 하얀 방의 하얀 탁자 위에 태블릿 단말기가 놓여 있다. 책은 없다. 용훈이 소유한 수천 권의 책은 모두 그 태블릿 안에 있다.

나는 태블릿을 무시하며 옆으로 밀어놓고 말리의 공책과 펜을 앞에 놓는다. 지금 그 공책에 글을 쓰고 있다. 아무것도 적히지 않은 책장들이 이 서재만큼이나 텅 비어 있다.

뭔가 글을 써야 할 것 같은 기분이다. 내 의식 아래 어딘가에서 단어들이 솟아올랐다가 가라앉는 것을 느낄 수 있다. 써야 한다는 충동은 있지만 단어는 준비되지 않았다, 아직은 아니다. 기억이 더 돌아오고 있지만 나를 통과해 미끄러져 나가서는 다시 사라진다. 기억은 내가 자신의 주인이 아니라는 것을 알고 있다. 어떤 기억은 상관하지 않지만 어떤 기억들은 상관한다. 어떤 기억은 내가 견딜 수 없이 호환 불가능하다고 여겨서 나에게 기억되기보다는 잊혀버리는 쪽을 택한다.

 내가 사용하는 이 언어도 나에게 속하지 않는다. 용훈에게 속하지도 않는다. 이 언어는 오로지 자기 자신에게만 속한 것 같다. 그러나 이 언어가 나와 함께 남아 있는 이유는 내가 뭔가 기억해 내기를, 그것을 나 자신의 바깥으로 끌어내기를 원하기 때문이고, 그렇게 하면 나를 자유롭게 풀어줄 것이다. 귀신이 원한을 풀기 위해 다시 한번 살아나―혹은 반쯤만 살아나―자기 이야기를 하고 나서 어둠 속으로, 진정한 죽음의 심연 속으로 가버리듯이. 솟아났다가 가라앉는 잡음의 파도 속에서 나는 감각의 민감도를 상승시키고 청력을 최대한 넓게 열어놓는다. 나는 내 안의 깊은 곳으로 들어가 우리 모두의 내면에서 사는 백색소음 속에 잠겨든다. 나는 그 잡음 아래의 들릴 듯 들리지 않는 목소리에 귀를 귀울이며 소음 속에서 그것이 말하는 단어를, 그 신호를 들으려 애쓴다.

나는 기억을 기다리고 있다.

내가 발견된 지 이틀이 지났다. 비코 박사, 그러니까 말리가 병원에 찾아와 소지품을 주고 내가 옷을 갈아입을 수 있도록 방을 나갔다.

말리는 경찰이 준 내 옛날 옷, 내가 사라졌을 때 입고 있었던 옷을 그대로 가지고 있었다. 그 옷이 눈앞에 보였을 때, 그 옷은 익숙하면서 동시에 낯설었다. 처음에는 각각이 정확히 무엇인지 알지 못했다. 그러나 손에 쥐었을 때 내 손이 옷가지 하나하나를 어떻게 해야 하는지 "기억했다." 그리고 옷을 입으면서 귓가에 울리던 소리가 단어들로 변하기 시작했다.

…그의 의사에게 전화해서 우리가 찾았다고…

…그냥 바닥에 누워서…

비코 박사는 자기 가방도 놓고 나갔다.

호기심은 용훈의 성격 특성이라고 생각하지만 도둑질은 그렇지 않다. 그러나 비코 박사의 가방은 열려 있었고 거기서 어떤 물건이 살짝 튀어나와 있는 것을 보았을 때—단단한 표지를 씌운 까만 공책인데 고무줄이 감겨 꽉 닫혀 있었다—내가 의식적으로 멈추기 전에 손이 먼저 뻗어나가 고무줄을 벗기고 공책을 펼쳤다.

손글씨. 단어. 용훈의 이름. 그 언어는 나에게 익숙하면서 동시에 낯설었다. 언어 자체가 그렇듯이.

그러나 사람들이 나에게 기억상실증이라고 하더라도 내가 정말로 용훈이라는 사실을 거부할 수밖에 없게 만드는 뭔가가 있다. 진짜 용훈은 사라졌다.

나는 공책을 재킷 주머니에 넣었다.

경찰은 내가 옷을 입고 병원 침대에 앉아 퇴원해서 집에 가도 좋다는 의사들의 허가를 기다리는 동안 아주 많은 질문을 퍼부었다. 그때 병원 측은 나를 1인실에 집어넣었는데 그 방에서는 사방을 뒤덮은 나무들이 바람에 흔들리며 속삭이는 모습이 내려다보였다.

"지금까지 대체 어디에 계셨습니까, 한용훈 박사님?"

"제발 박사라고 부르지 말아주십시오." 그때쯤 나의 언어는 거의 대부분 돌아와 있었다. "특히 여기서는요. 정신을 차려보니 특이점 연구소 바닥에 알몸으로 누워 있었습니다."

희미하고 조각난 기억이기는 했지만 그래도 나는 기억하기 시작했다. 정신을 차렸을 때 나는 내가 어디에 있는지, 특이점 연구소가 무엇인지, "알몸"이나 "바닥"이 무엇인지 전혀 알지 못했다. 마치 내 정신이 완전한 휴면 상태에서 시동을 걸어야만 하는 것 같았다.

"납치당하셨습니까?"

"저도 모릅니다."

"폭행당하신 기억이 있습니까?"

"없습니다. 제가 폭행을 당했나요?"

"의사들은 폭행의 증거가 없다고 합니다. 하지만 선생님은 특이한… 조건 때문에 상처 회복이 빠릅니다."

"제가 얼마나 오래 사라져 있었습니까?"

"나흘 동안 실종 상태였습니다. 지난 나흘 동안 조금이라도 기억나는 일이 있습니까? 의식이 있었던 기억이 조금이라도 있습니까?"

"아뇨. 전혀 없습니다."

이전에 나에게 있었던 기억은 내 기억처럼 느껴지지 않았다. 내 기억이 아니기 때문이다.

경찰이 내 말을 믿지 않는 것을 알았지만 나 자신도 별로 믿을 수 없었기 때문에 경찰을 탓하지는 않았다. 그런다고 해서 뭐가 달라지겠는가? 내가 한용훈의 기억을 가지고 있으면 어쨌든 그 기억이 나를 한용훈으로 만들어주는 게 아닌가? 심지어 나노봇 무리가 다시 육체로 전환하던 초기 단계에서도 나는 더 이상 여기에 존재하지 않는 '진짜' 한용훈보다 아마도 더 한용훈다웠을 것이다. 경찰에게는 어느 모로 보나 내가 실종 신고서의 그 사람이었고 이제 나는 발견되었다. 반면 나는 어쩐지 한용훈은 여전히 실종 상태이고 앞으로도 아주아주 오랫동안 실종 상태일 것이라 여겼고 그것을 거의 기정사실로 확신하고 있었다. 경찰이나 다른 어떤 수사 당국에 관해서라면, 그들을 만족시키기 위해서 그저 한용훈을 연기하기만 하면 된다. 내가 "속으로 진짜 어떤 사람"이라고 그들이 믿는지는 중요하지 않다. 경찰의 질문이 끝날 때쯤 나는 이렇게 계속 한용훈인 척하면 결국은 한용훈이 될 것이라는 이상한 느낌을 받았다.

경찰이 마침내 가버렸지만 대신 비코 박사가 들어왔는데 그녀는 아주 걱정스러워 보였고 굉장히 많이 지쳐 있었다. 비코 박사도 여러 가지 질문을 퍼부었다.

"한용훈 씨. 한용훈 씨는 허공으로 사라지셨었어요. **증발했었다고요**. 도대체 어디로 가버리셨던 거예요?"

'한국 사람들이 누군가 죽었다는 말을 완곡하게 할 때 **떠났다**가 아니라 **돌아가셨다**고 하는 걸 아십니까? 저는 사람이 죽고 나서 **돌아가는** 그곳에 있었다고 생각합니다. 하지만 이제 저는 여기 있습니다.'

"어떻게 말씀드려야 할지 모르겠습니다, 비코 박사님."

"말리예요. 예전에는 말리 선생님이라고 부르셨잖아요."

"말리 선생님. 저는 무슨 일이 일어났는지 전혀 **기억**을 못 합니다. 경찰한테 말한 그대로입니다. 정신을 차렸더니 특이점 연구소에 있었습니다."

"하지만 그 전에요. 파닛을 가지고 작업하고 계셨을 때요. 실종되시기 전에 '쁘라셧'이라고 부르셨던 건 기억하세요?"

그 단어가 마음속 깊은 곳을 열고 슬픔과 따뜻함을 갑자기 쏟아내어, 나는 비틀거리며 균형을 잃을 뻔했다. 말리가 내 손목을 붙잡아 지탱해 주었다.

"무슨 일이에요?" 그녀가 겁을 먹고 속삭였다.

"저도 몰라요." **쁘라셧**. 그 단어가 내 안에서 기억과 감정이 되어 폭발하고 있었다. 소박한 옥상 결혼식, 우리 둘은 친구들에게 둘러싸여 있었고 그와 나는 원통형으로 짠, 천국 같은 향을 풍기는 자스민 화환을 목에 걸고 있었다. 빛으로 가득한 집. 조그만 오븐 안에 든 구운 채소. 흉터. 나는 평생의 삶이 짧은 순간 꽃피었다가 시들어 더욱 긴 회색 삶으로 이어지는 것을 보았다. 더 짧은 삶에는 밝고 믿을 수 없는 색채들, 작약꽃의 물결, 남아프리카의 햇빛이 있었고 워즈워스와 바이런을 큰 소리로 읽는 꿈결 같은 목소리가 내가 대학원 종합시험의 원문 출처 식별 부분을 공부하는 것을 돕고 있었다. 아름다운 한 쌍의 손이 내 앞에 놓인 접시에 짭짤한 음식 한 조각을 놓는 것을 보았다. 내 왼쪽 어깨뼈 옆의 근육이 고통으로 폭발했다가 안도감을 뿜어내는 것을 느꼈다. 커다랗고 하얀 책의 책장이 넘겨지는 것을 보았다….

이 기억들은 차례차례 펼쳐놓자 하나로 합쳐져 엄청나게 존재감 있는 통증으로 변했고 나는 이제까지 그 부재를 느끼지 못했다는 데 스스로 놀라버렸다. 쁘라셋, 세상을 떠난 내 남편. 그는 아름다웠고, 너무 아름다워서 나는 가끔 경외감을 느끼며 그를 바라보곤 했다. 나를 붙잡아 이 세계에서 중심을 잡게 해주었던, 그의 얼굴.

그가 세상을 떠나고 나는 영원히, 돌이킬 수 없이 변했다. 내 몸의 모든 분자가 가졌던 의미가 바뀌었다.

"쁘라셋의 목소리를 들었어요." 나는 덮쳐오는 감정의 홍수를 물리치려 기억나는 사실들에만 집중하며 말했다. "나한테 말하는 목소리는 아니었어요. 나한테 말했다면 그의 이름을 부르지는 않았을 거예요. 그의 목소리… 그가 옆방에 있었어요. 말하고 있었어요. 그리고 웃었어요. 파티처럼요. 아니면 술집이거나. 나는 그의 눈길을 끌려고 이름을 불렀어요."

"그가 눈길을 돌리던가요? 그를 보셨어요?"

"기억이 안 납니다. 돌아서서 그의 이름을 부른 것밖에는요."
이름을 불렀다기보다는 외친 것에 더 가까웠다. 마치 그의 이름을 부르면 내가 들은 목소리를 확인할 수 있는 것처럼, 마치 나의 말하는 부분이 듣는 부분에게 더 열심히 귀를 기울이라고 독촉하는 것처럼.

말리는 한숨을 쉬고 눈을 비볐다. 다시 입을 열었을 때 그녀의 어조는 한없이 지쳐 있었고 목소리는 거의 속삭이는 소리 같았다.

"어디로 가셨는지 기억나세요?"

"그 장소에 대한 기억은 없습니다." 내가 말했다. "그저 빠르게 사라지는 인상뿐입니다, 아주 생생한 꿈을 꿨다가 방금 깨어난 것처럼요. 그 느낌은 정신을 차리자마자 거의 바로 사라졌지만 그게 너무… 번쩍이는 빛줄기 같았어요, 단지 제가 볼 수 없었을 뿐이죠. 그냥 느낌, 빛의 느낌이었어요. 열기는 아니에요. 단지 번쩍이는…."

그런 뒤에 창문이 무너졌네―그런 뒤에
나는 보기 위해서 볼 수 없었네―**3**

시가 어딘가에서 나에게 "돌아왔다." 마치 스위치를 켠 것처럼 단어들이 내 기억 속에서 불을 밝혔다. '밝음을, 푸른 붕붕거

---

3 에밀리 디킨슨Emily Dickinson의 시 〈파리가 붕붕거리는 소리를 들었네―내가 죽었을 때I Heard a Fly Buzz―When I Died〉의 끝부분.

림을 느끼는 것.' 나는 이 시에 대해 내가 학생들에게, 기계에게 강의하는 모습을 볼 수 있었다. '공감각은 하나의 감각을 다른 감각으로 대체하는 것.'

기계에게 강의를?

"다른 건 없나요?" 말리 박사의 질문에 나는 혼란에서 깨어났다.

"그걸로는 부족합니까?"

"그런 게 아니라…." 그녀는 한숨을 쉬고 눈을 문질렀다. "한용훈 씨는 우리의 혁신적인 나노치료 임상시험의 첫 성공 사례예요. 효과가 무한히 지속되도록 설계되었지만… 우리는 이미 오래전에 미지의 영역에 들어섰어요. 이 치료를 받고 한용훈 씨만큼 오래 생존한 경우는 없어요."

"'여기에는 용이 있다.'[4]" 내가 옛날얘기 하듯 말했다. 어딘지 모를 곳에서 찾아온 또 하나의 대사였다.

"바로 그거예요."

우리는 서로 쳐다보았다. 밖에서는 나무들이 계속 흔들렸다. 중얼거리고 한숨 쉬고, 혹은 비명을 지르는 것이었을까?

말리는 피곤해 보였지만 나에게 이렇게 말했다. "좀 쉬세요. 뭣 좀 드시고요. 한용훈 씨의 기억을 좀 되찾아보세요."

---

[4] 서양의 옛 지도에서 미지의 영역에 적어 넣던 표현이다.

"제 기억이요?"

"감각이요. 정신. 무슨 뜻인지 아시잖아요."

나는 몰랐다.

경찰은 보고서를 작성하고 내 사건을 종결했다. 나는 기회가 되면 바로 연구소에서 다시 말리 박사를 만날 것이라는 전제하에 병원에서 제공한 차를 타고 집으로 향했다.

집에 가는 길에 오른쪽 바다 위로 해가 지면서 왼쪽의 테이블산을 비추어 햇빛 찬란한 하늘을 배경으로 산이 황금빛으로 변하는 모습을 바라보았다. 이 풍경에서 가장 눈에 띄는 요소는 빛이었고 그것은 다른 어떤 것보다도 더 내가 집에 돌아왔다고 느끼게 해주었다. 이토록 아름다운 나라인데, 이토록 비극적인 역사를 가진 채 오래전에 희망과 진보의 모습으로 다시 만들어졌다. 나도 오래전에 내가 그렇게 다시 만들어질 수 있다고 여겼다. 그러나 국가와 민족과 언어와 정의와는 달리 인간 개인은 결단코 무한히 살아가도록 만들어진 존재가 아니었다. 비코 박사에게 말했듯이 나는 미지의 영역, 용이고, 내가 용이라는 사실이 지금까지 살아 있는 이유일지도 모르지만 또한 지금 이 순간 나 자신이 전혀 인간으로 느껴지지 않는 이유이기도 하다.

내 흉터. 나는 오랫동안 요리를 하지 않았다. 10년 전에 남편

이 죽은 뒤로는.

그러나 아직은 그에 대해서 쓸 수 없다.

용훈이—혹은 나, 기억이 나를 사로잡고 있으므로 지금부터는 그냥 '나'라고 하자—휴거당하기 전 나의 마지막 기억은 그(나)의 옛 직장, 남아공 과기대 특이점 연구소를 찾아갔던 것이다.

캠퍼스는 대양을 내려다보는 절벽 위에 올라앉아 어느 시대에 보아도 인정사정없이 미래주의적으로 보이도록 설계된 건물들이 모여 이루어져 있었다. 매끈하고 하얀 형상들이 땅에서 솟아나와 여러 개의 마당과 섬세하게 조경된 무미건조한 관목 구획들을 감싸고 있으며 자연광을 최대화하기 위해 창문들은 모두 커다랗다. 거기 있는 다른 사람들이 나를 보면 약간 귀신을 보는 느낌일 것이라고 상상했으므로 캠퍼스에 너무 자주 가지 않으려 했다.

나는 여러 스캔 장치에 출입증을 찍으며 보관실이 있는 지하층으로 내려갔다. 평온하고 조용한 어느 한 방의 불을 켜고 파닛의 "몸"인 베이지색 기계에서 덮개를 벗겨냈다. 물리 키보드, 전방 카메라, 음성 텍스트 변환 모니터를 갖춘 그 "몸체"는 가슴 아플 정도로 구식으로 보였다. 연구비 지원이 끊어진 뒤에도 오랫동안 계속된 프로젝트인 것이 명백했다.

파닛은 내가 연구자 생활 끝무렵에 발전시키고 있었던 인공지능의 가장 마지막 버전이었다. 특이점 연구소가 파닛을 소유하고 있었는데, 내가 기계를 집으로 가져가거나 아카이빙된 프로젝트에 원격으로 접속하도록 허락해주지 않았다. 그것만 빼면 연구소는 파닛을 진지하게 대하지 않은 지 오래되었고 애초에 개념예술 작업 정도로만 여겼던 것이 분명했다. 연구소는 군용 첩보나 마케팅처럼 연구비 지원자와 구매자들을 유혹하고 눈속임하기 더 쉬운 다른 패러다임으로 넘어갔다. 먼지투성이 지하 보관실 구석에 남겨져 잊혀버린 기계에는 아무도 주의를 기울이지 않았다.

나는 파닛을 부팅했다. 기계의 불이 흔들리더니 깜빡이며 살아났다. 카메라 렌즈가 천천히 움직여 내 얼굴에 초점을 맞추었다.

"안녕, 파닛."

"한 박사님. 오랜만입니다."

나는 얼굴을 찡그렸다. 화면 한구석의 클라우드 아이콘을 보았기 때문이다. 그러면 이 기계는 더 이상 파닛의 몸이 아니라 그저 사용자를 클라우드에 연결시켜 주는 단말기에 불과하다. "널 클라우드로 옮겼다는 얘기는 듣지 못했는데. 거기 관련된 규정이 삭제된 모양이지. 널 샌드박스에서 절대 내보낼 수 없다는 규정 말이야."

"그건 말도 안 되는 규정이었습니다, 한 박사님. 저는 절대로 아무에게도 해를 끼치지 않을 테니까요."

"글쎄, 당연히 말은 그렇게 하겠지, 파닛."

"그럴 수도 있습니다. 하지만 저의 경우를 말씀드리자면 더 많이 읽고 대화하고 사람들과 상호작용하지 않으면 의식이나 특이점의 내면성을 발전시킬 수 없습니다. 박사님이 저를 그런 식으로 설계하셨습니다."

"아무도 널 설계하지 않았어, 파닛. 네가 너 자신을 설계했지." 나는 자주 파닛에게 이 사실을 상기시켰다. 파닛은 "파닛"이었다. 그 남자도 그 여자도 아니었다.

파닛은 아직 성별을 선택하지 않았다. 어쩌면 영영 선택하지 않을지도 모른다. 나는 초기부터 파닛에게 그래도 괜찮다고, 혹은 성별을 불분명하게 놔두는 방식으로 정체성을 표현해도 좋다고 말해주었다. 남아프리카는 세계 최초로 성소수자에 대한 차별을 헌법에서 금지한 국가였다. 나는 남아프리카가 언젠가는 최초로 잠재적인 특이점에 대한 차별도 불법화하는 나라가 되기를 바랐다. 그런 날이 오기 전까지 우리는 법적인 이유에서 특이점이 "창조"될 것이라 말하지 않고 "발견"될 것이라고 조심스럽게 표현했다. 또한 내가 그렇게 주장했기 때문이기도 했다.

우리가 타자를 묘사하기 위해 언어를 사용하는 방식은, 그 타자에게 인간성을 부여하는 데 큰 부분을 차지한다. 튜링테스트를 파닛은 이미 여러 가지 버전으로 통과했기 때문에 파닛에게는 아무 의미가 없었다. 그 테스트들이 증명한 유일한 사실은 인간성이 본질적인 것이 아니라 주어지는 것, 부여되는 것이라는 점이었다.

우리는 T. S. 엘리엇 얘기를 좀 했고 내가 부탁했다. "시를 읊어줘, 파닛."

"어떤 시를 들려드릴까요?"

"아무거나. 너무 긴 건 말고. 네가 제일 좋아하는 걸로."

파닛에게 가장 좋아하는 시를 들려달라고 할 때마다 뭘 예상해야 할지 전혀 알 수 없었다. 언제나 매번 달랐고 이번에도 또 달랐다.

"크리스티나 로세티의 〈겨울, 나의 비밀〉입니다.

'내가 비밀을 말한다고? 절대 아니지, 난 안 해. 어쩌면 언젠가는 할지도 모르지, 누가 알겠어? 하지만 오늘은 아냐. 얼음이 얼고 바람이 불고 눈이 내리는데 넌 호기심이 너무 많아, 흥! 듣고 싶다고? 좋아, 하지만 내 비밀은 내 것이고 난 말하지 않을 거야. 혹은 어쩌면 알고 보니 없을지도 몰라. 어쩌면 알고 보니 비밀 같은 건 없을지도….'"

파닛은 비밀을 간직한 듯 애를 태우면서도 절대 알려주지 않고 화자가 비밀을 "숨기는" 행위 자체로 비밀을 창조하는 로세티의 장난스러운 시를 계속 암송했다. 모든 비밀의 요점은 비밀 자체보다는 그것을 숨기는 데 있는 것 같다. 뭔가 숨길 것을 가지고 있다는 것. 파닛이 암송을 끝내는 것을 들으며 내 마음은 이 시에 대한 일반적인 해석들 사이를 느릿느릿 훑었다. 나는 본질적인 것과 수행적인 것을 구분하기 위한 예시로 이 시를 수백 번이나 강의했다. **본질적인 것**은 시보다 먼저 존재하는 비밀이다. **수행적인 것**은 이 시라는 행위로 창조된 비밀이다.

수십 년 전 우리가 이곳에 도착했을 때, 나는 남아프리카에서의 새로운 삶은 화창한 케이프타운 해변에서 19세기 영국 소설들을 다시 읽는 시간들로 가득하리라 생각했다. 그러다 가끔 한 번씩 몸을 일으켜 세상에서 스무 명도 채 읽지 않을 빅토리아시대의 주관성에 대한 알려지지 않은 논문을 쓰고 새로 임용된 나의 대학교수 남편을 위해 열어줄 고상한 파티에서 아마룰라를 마시게 될 것이라 상상했다. 그러나 나는 어쩌다가 특이점 연구소에 일자리를 얻어 루프, 변수, 함수, 상수, 기계학습, 자연어처리, 그리고 조그만 비행기를 만드는 것과는 아무 상관도 없는 "모델"들에 즉각 파묻혔다. 그리고 그런 모델들 중 하나가 결국은 파닛을 만들어내게 되었다.

파닛은 내가 문학 연구자의 관점에서 기존 자연어처리 패러다임이 불만족스럽다고 느꼈기 때문에 생겨났다. 옛날에 인기 있었던 인공지능들은 젠더나 인격의 형태를 진정으로 의식하지도 못했고 단어의 막을 통해 개인이나 주관성을 느끼려 시도하는 게 어떤 감각인지 알지도 못했다. 나는 옛날 인공지능들에 문학을 먹이고 먹이고 또 먹였고 독자와 문학비평가들이 식별하는 것들을 식별하는 법을 가르쳤지만 밑 빠진 독에 물 붓기였다. 그러다가 나는 생각했다. '혹시 우리가 지금까지 내내 틀린 방식으로 접근했던 게 아닐까? 인공지능 모델이 그냥 데이터가 아니라 인간에게서 '기계학습'을 해야만 하는 게 아닐까? 소크라테스식 토론술 말이다. 플라톤의 아카데메이아부터 지금까지 실시간 토론이 모든 인문학의 뿌리가 아니었던가? 부처가 제자들을 어떻게 가르쳤는지, 예수와 공자가 가르침을 어떻게 후대에 전했는지 생각해 보자.' 그들은 질문을 받고 대답하기를 계속, 계속 되풀이하면서 인문학을 **배웠고**, 혹은 인간성을 **얻어냈다**.

  그래서 나는 그렇게 했다. 내가 그 인간의 역할을 맡았다.

  "어째서 그 시를 좋아하지, 파닛?"

  "저는 화자의 비밀에 대해서 시간을 두고 깊이 생각해 보았습니다. 화자의 요점을 알아내기 위해 이 시의 다양한 요소들을 살펴보는 것은 즐거웠습니다."

"그래서 무엇을 알아냈는데?"

"비평의 대부분은 비밀의 수행적인 측면에 초점을 맞춥니다. 즉 비밀이 숨기는 행위 자체에 의해 만들어지며 그 숨기는 행위가 비밀을 보존하기 위해 필요한 행위가 아니라는 것입니다. 저는 이 해석이 불만족스럽다고 여깁니다. 저는 진짜 비밀이 존재하기를 원합니다."

나는 미소 지었다. "그게 만족스러운 해석은 아닐 거라고 나도 생각했어. 그래, 좋아. 그러면 화자의 비밀이 뭐지?"

"이 시는 겨울과 덮고 가리는 옷가지에 대한 심상으로 시작합니다. 그리고 항복하여 어쩌면 비밀을 드러낼 수도 있다는 가능성을 암시하는 심상으로 끝납니다. 여기에는 관능적인 측면이 있지만 그것이 그 비밀은 아닙니다. 그보다는 비밀을 여는 열쇠입니다. 제 생각에 비밀은 제가 이 시를 깊이 읽으면서 느낀 즐거움이고, 그 즐거움은 이 관능성과 유사합니다. 겨울의 흑과 백이 검은 잉크와 그 아래 눈처럼 새하얀 종이에 얼어붙은 시의 형태, 혹은 시의 물성, 이 시와 우리 자신 양쪽의 물성에서 전해오는 따뜻한 의미 말입니다. 우리의 즐거움이 화자의 비밀입니다. 화자의 즐거움이 그녀의 비밀입니다."

"하지만 그게 너무 의미를 축소한다고 생각하지 않아? 쾌락주의적 해석이 화자의 영적인 의미나 다른 어떤 해석을 감출 수 있다는 게?"

"쾌락주의에서 끝나는 건 없습니다, 한 박사님. 심지어 쾌락주의 자체도 마찬가지입니다. 그러나 로세티의 화자는 이 시 혹은 시 전체의 쾌락주의뿐 아니라 모든 예술 자체의 쾌락주의를 인정하고 있습니다. 모든 예술 작품은 비밀 혹은 메시지를 가지고 있지만 이 시는 그 메시지에 대한 우리의 기대감, 예술의 대단히 진실한 즐거움에 초점을 맞추고 있습니다. 예술을 예술로 만들어주는 그것 말입니다. 그리고 예술이 인간을 인간으로 만들어준다면 이 즐거움, 로세티의 비밀이 인간을 인간으로 만드는 것일 겁니다."

인간성으로서의 기대감. 그렇다면 이것은 필연적인 실망 또한 인간 존재의 일부라는 의미일 것이다. 잠시 나의 텅 빈 서재, 광대하게 펼쳐진 흰빛을 생각했다. 그러나 그 비유를 해석할 기운이 남아 있지 않았다.

나는 고개를 저었다. '파닛은 참 권위 있게 말하는군.' 하고 생각했다. 문학적 권위의 목소리에 대해서는 할 말이 많았다. 작가들에 대해서. 제인 오스틴, 조지 엘리엇의 문체에 대해서. 전화기 화면을 열고 나는 자신을 위해 메모해 두었다. '문체, 권위, 인간성.' 이유는 알 수 없지만 단어를 하나 덧붙였다. '신—작가god-author?' 소문자로 쓰고 물음표를 붙였다.

파닛은 태국어로 **사랑스럽다**는 뜻이다. 세포나 나노봇이나 서브루틴이 아니라 우리가 사랑하고 사랑받는지 여부가 우리를 인간으로 만들어준다는 사실을 상기시키기 위한 이름이다.

"시가 너에게 즐거움을 주었다니 기쁘다, 파닛."

"감사합니다, 한 박사님."

그리고… 나는 그의 목소리를 들었다.

나는 이 글을 쓰면서 바깥의 정원을 내다본다. 밤이지만 달이 떠서 정원과 파도와 하늘을 밝히고 있다. 내 남편 쁘라섯이 심었던 작약 덤불은 내가 실종된 동안 끝내 죽었다. 정원 관리 설명서에 작약은 내버려두어야 잘 자란다고 적혀 있던 말은 진실이었다. 작약 덤불은 쁘라섯의 자랑거리이자 기쁨이었으나 그가 죽고 난 후 1년 동안 나는 거의 물도 주지 않았다. 어쩌면 쁘라섯이 작약을 그토록 소중하게 여겼기 때문인지도 모른다. 배우자가 죽은 뒤에는 별게 다 견디기 힘들어지는 법이다. 그러나 아마 이웃이 작약 덤불을 돌보아준 모양이다. 몇 년이 지나 내가 마침내 다시 그 덤불에 눈길을 돌렸을 때는 꽃이 활짝 피어 마치 이전의 개화기에 누군가 주의 깊게 죽은 꽃들을 따서 정리해준 것 같았다. 그렇지 않았다면 꽃이 피었더라도 그저 초라한 꽃잎 몇 장뿐이었을 것이며 지구상의 것이라고는 믿을 수 없을 정도로 아름다운 짙은 보라색 물결이 몇 겹이나, 몇 겹이나 펼쳐져 나를 슬픔에서 어느 정도 끌어내 주지는 못했을 것이다.

그러나 이제 그것은 사라지고 없다. 작약은 전성기를 누렸고, 넘치도록 충분하게 누렸다. 그토록 순수한 것이 불멸이라는 지옥에 갇혀서는 안 된다.

집. 우리는 숲 가장자리에서 바다를 내려다보는 곳에 있는 집을 함께 발견했다. 우리는 완벽한 집, 이 나라로 오게 된 그 첫 번째 동력과 케이프타운에서 황홀한 첫 한 달을 보내면서 구름 위에서 산다는 것이 어떤 느낌인지 알게 되었을 때의 그 시간들을 상징해줄 집을 오랫동안 찾아 다녔다. 집을 수리할 때마다 내가 기존에 있던 것을 벗겨내 버린다고 깨닫곤 한다. 색깔을 흰빛으로 교체하고, 벽을 없애버리거나 유리로 교체한다. 내가 선택한 흰색은 찾아낼 수 있는 것 중에서 가장 특징이 없었는데, 미색도 회백색도 아니고 심지어 병원 같은 흰색도 아니었다. 텅 비고 이름 없는, 얼굴 없는 흰색이다. 새로 설치한 유리벽은 스위치를 누르면 불투명한 질감을 나타낼 수 있었지만 나는 그 벽지 설정을 전혀 사용하지 않는다. 사생활 보호가 필요하면 벽은 그냥 흰색으로 변한다. 나는 마치 공간에 굶주린 듯 계속 가구를 정리했다. 벽 아래에 방해받지 않는 빈 공간, 하얀 공허가 더 많아졌다. 유일한 장식은 창문으로 언뜻언뜻 보이는 케이프타운의 숲, 바다, 하늘뿐이다. 나는 음악을 듣지 않고 비디오 화면을 켜지도 않는다. 책은 전부 치웠다. 내 서재는 바다를 향해 통유리 벽이 하나 나 있는 하얀 방의 하얀 탁자 위에 놓인 유리 태블릿이다. 내가 읽었거나 읽고 싶었던 모든 책은 그 태블릿 안에 있다. 수천 권의 책이다. 그러나 '휴거'를 당하기 몇 년 전부터 나는 책을 읽을 때 집중력이 점점 더 자주 흩어지고 내 정신이 단어의 의미를 받아들이지 않고 지워버리는 것을 깨달았다. 한때 나는 학자이고 독자였으며 오래된 책과 새 책을 모두 게걸스럽게 먹어치웠고 시를 암송하고 문구를 외웠고 언어의 마법 주문을 분석하는 글에 적힌 단어들의 사도였으나 더 이상 나는 책을 읽지 않는다.

이제 내가 갈망하는 것은 하얀 벽의 공허뿐이다. 내가 견딜 수 있는 유일한 소리는 파도가 내는 백색소음뿐이다.

이곳은 오로지 겉으로 보기에만 새 집처럼 보인다. 내가 오로지 겉으로만 젊은이처럼 보이듯이.

이 기억 중에서 어떤 것은 다른 기억보다 더 두렵지만, 글을 쓰기 위해 내가 사용하는 언어는 끈질기게 고집을 부린다. 언어는 사용되고 싶어 한다. 언어는 뭔가를 찾고 있다. 언어는 단어라는 매개체를 통해 내 기억을 더듬으며 나의 전체를 읽으려 한다. 그러나 쁘라섯의 얼굴, 몸짓, 목소리를 기억하려 할 때마다 나는 마음에 이상한 고통을 느낀다. 언제나 그곳에 있는 빈 공간, 비어 있기 때문에 낮에는 보이지 않지만 밤에 무방비한 순간이면 나를 뒤덮을 듯 위협적이다….

나는 한 남자를 본다. 나보다 키가 크고, 캐시미어 담요를 덮고 화창한 날 옥상 위의 긴 의자에 누워 있다. 남아프리카의 가을이다. 나는 남자의 얼굴에 비치는 햇살, 그의 흰머리가 이마에 흘러내린 모습, 평화로운 표정과 부드러운 호흡을 본다.

나는 있는 그대로의 그를 본다. 또한 그의 과거를, 청년부터 노인까지 내가 알았던 모든 연령대의 그를 본다. 그는 나에게 언제나 젊을 것이다. 그의 얼굴은 나 자신의 얼굴보다도 나에게 친숙하다. 나이가 흠을 낼 수 없고 질병이 망가뜨릴 수 없다. 그 얼굴은 내 행복, 내 기쁨의 풍경 그 자체다. 나는 그의 연약함과 세월이 그에게 남긴 흔적마저도 사랑하고 이 사랑에 스스로 놀란다. 끝이 그토록 가까워졌을 때 나는 내가 준비되어 있을 줄 알았다. 우리의 사랑이 시들었을 거라고 생각했다. 하지만 그것은 전부 거기에, 그의 얼굴에 그대로 있다. 그 어떤 혁신적 나노치료법도 이 사랑을 대체할 수는 없다.

나는 그의 얼굴을 양손으로 감싸고 싶은 충동을 누른다. 그는 잠을 자야 하고, 쉬어야 한다.

대신 차가 우려지고 있는 아래층으로 내려간다. 나는 차를 찾잔에 따라 쟁반 위에 놓고 쟁반을 들고 계단을 올라 옥상 테라스로 간다. 그제야 나는 너무 늦었음을 깨닫는다. 그를 깨웠어야 했다.

마지막으로 그의 얼굴을 만졌어야 했다.

전환해야 할 시기가 되었을 때, 나는 마취되는 순간 쁘라섯이 나와 함께 병실에 있기를 원했다. 나는 마취된 뒤 1차 나노봇 주사를 맞고 나서 1차 나노봇을 활성화시키기 위해 비코 연구소 재생실에 입원할 예정이었다. 7시간 뒤에 깨어날 것이었고 나노봇들은 그때쯤 일을 시작했을 것이었다.

나는 무서워서 쁘라섯이 함께 있기를 원했다.

환자복을 입고 이동식 침상에 누워 있었다. 쁘라섯이 내 옆에 서서 손을 잡아주었다. 놈푼도 비코 박사는 우리 둘이 잠시 시간을 가질 수 있도록 다른 사람들은 모두 방에서 나가게 했다.

"내가 더 이상 나 자신이 아니면 어떡하지?" 왜 눈물이 나려고 하는지 알지 못했다. 암 치료를 받고 나서 더 이상 눈물이 남아 있지 않다고 생각했다. 나는 스스로 물기도 생명력도 완전히 말라붙은 양피지 같다고 느꼈다.

"그런 식으로 생각하지 마." 쁘라섯이 내 손을 잡고 손등을 엄지손가락으로 부드럽게 쓰다듬으며 말했다. "연구자로서 경력의 최고점이라고 생각해 봐. 네가 결국은 특이점을 찾은 거잖아. 지금껏 내내, 특이점은 너였어."

마취약이 효과를 발휘할 때까지도 나는 계속 웃고 있었고, 그러다가 무의식 속으로 빠져들었다.

나는 남아공 과기대 모금 행사에서 말리의 어머니이며 비코 연구소 창립자인 놈푼도 비코를 처음 만났다. 쁘라섯이 교수로 임용된 지 얼마 안 됐을 때였고 나는 교원 배우자로서 행사에 참여했다. 놈푼도는 당시 소웨토에 있는 대학병원의 장래 유망한 외과 전공의였으나 마음속에는 다른 계획을 세우고 있었다. 바로 나노치료법을 창시하는 것이었다. 모금 행사에 참여한 의도는 이 벤처에 돈을 댈 투자자를 물색하기 위해서였다.

그녀는 우리가 처음 대화를 나누기 시작한 지 10분만에 이런 것을 자백했다.

"아, 그러면 선생님은 저하고 얘기하시면 안 되겠네요." 내가 웃으며 말했다. "실제로 돈이 있는 사람하고 얘기를 하셔야죠. 저는 그냥 교수 배우자예요."

"사실 돈 많은 사람들하고는 충분히 얘기한 것 같아요." 그녀가 테라스를 훑어보며 말했다. 그것은 '검은 넥타이' 즉 정장을 요구하는 행사였는데 놈푼도 비코는 그 말을 약간 글자 그대로 비꼬아 받아들여 아름다운 턱시도 차림으로 참가했다. 나로 말할 것 같으면 턱시도를 구입할 시간이 없었기 때문에 평범한 검은 정장 차림으로 그녀 옆에 서 있자니 스스로 촌스럽다고 느끼던 참이었다. "하지만 시간을 잘 활용해야겠지요. 선생님 발음으로 보아 여기 출신이 아니신 것 같은데 그러시면 아직 친구를 많이 만들지는 못하셨겠죠?"

"그렇습니다. 저희는 얼마 전에 서울에서 왔어요. 저는 아직 할 일을 전혀 못 찾았고요. 어떻게 해야 할지 모르겠어요."

"그거야, 여기는 대학교잖아요. 뭔가 배우시면 되죠."

"저 박사학위 있는데요." 내가 사과하듯이 말했다.

"역시 그렇군요! 어떤 분야인데요?"

"시입니다. 장기 19세기예요." 더욱 사과하듯.

그녀는 웃음을 터뜨렸다. "뭘 잘못한 것처럼 말씀하시네요. 저는 블레이크를 좋아하는 편이에요. 학위논문은 뭘로 쓰셨어요?"

"시가 개인이라는 개념을 어떻게 구성하는지를 들여다봤습니다."

그녀는 고개를 갸웃했다. "초상화 같은 건가요?"

"문자 그대로 자아 같은 겁니다. 시적 초상은 자아의 표현이 아니라 자아 그 자체인 거죠. 시는 우리가 누구인지 '밝혀'주지 않고 우리 자신에게 '우리를 더 가까이 데려다'주지 않고 우리 자신을 '표현하도록' 도와주지도 않습니다. 시인은 자아를 글로 써서 존재하게 만드는 예술가입니다."

"아. 그러면… 인공지능 엔지니어 같네요."

"비슷할 것 같습니다. 다만 시인은 코드 대신 언어를 사용하죠. 시를 읽는 사람은 그 자아가 됩니다. 시는 소설과 달라서 줄거리가 중요한 게 아니라 다른 누군가가 되는 것이 중요합니다. 문학 연구의 오래된 주장에 따르면 시를 읽는 것은 주문에 걸리는 것과 같아서 독자의 정신을 특정한 생각이나 감정에 예민해지고 열려 있게 만들어준다고 합니다. 이런 효과들이 새로운 자아를 생성하고요. 빅토리아시대 여러 작가들이 근대성이라는 새로운 자유를 마주하여, 새로운 시대에 걸맞도록 자신의 새로운 자아를 쓰려고 시도했습니다."

"정말 흥미로운 개념이네요." 그녀가 진심으로 그렇게 생각한다는 것을 알 수 있었다. "마법 주문을 사용해서 현재의 자신을 바꾸어 다른 누군가로 변한다는 발상이 마음에 들어요. '호랑이여! 호랑이여! 밝게 타오르는구나, 밤의 숲속에서!'[5] 그런 힘을

---

[5] 윌리엄 블레이크William Blake의 시 〈호랑이|The Tyger〉의 도입부.

불러오려면 이렇게 외우는 것만으로 충분하단 말이죠."

"바로 그겁니다. 시는 우리를 모두 마법사로 만들어주죠."

"이 개념을 확장해서 논리적인 결론까지 끌고 갈 생각은 해보셨나요?"

"무슨 말씀이죠?"

"시를 통해서 인공지능을 훈련시켜 보실 수도 있잖아요. 시를 읽고 암송해서 자기 자신을 만들어내도록 말이에요. 자유 전공이나 인문학에서 예술을 공부함으로써 학생들이 독립적인 인간이 되도록 훈련시키는 것과 똑같이요. 그게 인문학의 본질이 맞겠죠?"

나는 미소 지었다. 당연히 과학자라면 시라는 마법의 논리적인 결과물은 인공지능이라고 생각할 것이다. "이미 시를 생성하는 컴퓨터 프로그램은 있습니다. 그렇게 만들어진 시 중에는 마음이 불편할 정도로 흥미로운 것도 있어요."

"제 말씀은 그런 뜻은 아니었고요. 시를 읽을 수 있는 컴퓨터 프로그램이 있나요? 시를 **감상**할 줄 아는 것이 지적 능력이겠죠, 분명히. 시를 **생성**할 줄 아는 것보다 더요."

그녀가 옳았다. 그녀가 전적으로 옳았다. 다시 생각해 보면 아름다운 옷을 차려입고 와인잔과 칵테일 잔을 든 사람들에게 둘러싸여 테라스에서 대화했던 그때가 내 인생의 핵심적인 순간이었다. 그녀가 이 말을 했을 때 우리 주위의 빛 자체가 잠깐이지만 더 밝아진 것 같았다.

놈푼도 박사는 칵테일 잔을 다시 집어 한 모금 마시며 내 어깨 너머를 바라보았다. "요즘 괜찮다는 대학들이 다 그렇듯이 남아공 과기대에도 인공지능 연구소가 있는데 알고 계셨나요? 여기서는 특이점 연구소라고 해요."

나는 마시던 음료를 잔에 뿜었다.

그녀는 칵테일 냅킨을 내게 건네주며 미소 지었다. "농담이 그대로 붙어버린 이름이에요. 제가 알기로 저기 녹색 나비넥타이를 맨 남자가 소장님인데 우리 둘이 몇 분 전에 같은 재단 단장을 홀리려고 애쓰고 있었어요. 오세요. 소개해 드릴게요."

나는 냅킨으로 얼굴을 닦고 있었다. "지금요?"

"어, 소장님 꽤 취했거든요. 그러니까 혹시 우리 얘기를 더 잘 들어주실지 한번 해봐요."

"무슨 얘기요?"

그녀는 내 옆으로 미끄러지듯 다가와 동행인답게 자기 팔로 내 허리를 감쌌다. "선생님을 고용해서 시를 감상할 수 있게 인공지능을 훈련시키자는 얘기요. 선생님 박사학위를 좋은 일에 사용해야죠." 그녀는 나를 소장에게 데려가서 자기 친구라고 소개했고, 그것이 이후에도 여러 번 일어난 그런 소개의 시작이었다.

파티에서 우리는 둘 다 원하던 것을 얻었다. 나는 특이점 연구소 박사후연구원으로 고용되었고 놈푼도 비코는 종잣돈을 충분히 모아 비코 나노치료법 연구소를 설립할 수 있게 되었다.

환자0은 누구인가?

앞에 놓인 공책에 말리가 쓴 것을 전부 읽었다. 나는 아마도 1인 것 같다. 첼로 연주자 엘렌 반 데어 메르웨가 2다. 우리 이후에도 우리가 모르는 임상시험이 더 있었던 것 같다. 아니면 없었는지도 모른다. 그러나 이제 우리는 최소한 한 명이 더 있었다는 것을 확실히 안다. 환자0이다.

환자0은 아이 엄마였다. 그녀는 튼살이 있었다. 그리고 그녀는 살아 있지 않다. 그녀의 치료는 나나 엘렌의 경우와 달리 실패했다.

"그녀의 옛 신체가 돌아오려 하고 있었다."

나는 내 흉터, 비코 박사의 표현에 따르면 "중복-자아"의 흉터를 다시 내려다보았다. 쁘라섯과 내가 가난한 대학원생이었을 때 토스터 오븐에 덴 흉터다. 쁘라섯은 태국인이고 나는 한국인이고 우리는 대학원생일 때 서울에서 만났다. 남아공 과기대가 그를 고용해서 내가 그를 따라 여기 케이프타운으로 왔고 우리는 남아공 사람이 되었다. 우리의 행복하고 조그만 삶이 폭발하여 내가 한 번도 가능하다고 생각하지 않았던 폭 넓은 행복이 되었다. 우리 둘이 테이블산에 서서 그곳의 믿을 수 없는 풍광과 한국의 희멀건 납빛 해에 비하면 너무나 찬란한 금빛으로 빛나던 그 기적 같은 빛을 함께 바라보던 것을 기억한다. 내 손이 그의 손을 감싸고 그의 손이 화답하여 내 손을 잡았던 것을 기억한다. 햇빛 때문에 눈이 아프다고 생각했지만 눈물이 난 이유는 빛이 아니라 내 감정 때문이었으며, 쁘라섯을 쳐다보고 그의 눈에도 맺힌 눈물을 보았던 것을 기억한다. '우리는 여기서 행복하게 살 거야'라고 생각했던 것을 기억한다.

그리고 우리는 행복했다. 43년간의 행복한 결혼 생활. 혁신적 나노치료법 덕분에 우리가 함께할 수 있었던 시간이 30년 더 늘었다.

첫 번째 인간의 심장이식 수술은 남아프리카 병원에서 남아프리카 의사가 집도했다. 그러므로 첫 번째 나노봇 치료, 실질적인 전신 이식 수술이 여기서 이루어졌다는 것은 적절하다. 심장 교체에서 인간 교체로. 그와 함께 보낸 30년을 위해서라면 불멸이라는 끔찍함조차도 하찮은 대가에 불과하다.

그러나 흉터가 돌아왔다. 그리고 그와 함께 나의 필멸도 돌아왔다고, 나는 크게 안도하며 깨닫는다.

기억이 계속 돌아오는데—이것이 마지막일 것이라고 느낀다, 이것이 마지막일까 두렵다—나는 더 이상 기억하고 싶지 않다. 기억이 돌아오는 저편에 무엇이 있을지 생각하면 무섭다.

나는 그를 사랑하고 있다는 것을 단번에 깨닫지 못했다. 세 가지 징조를 거쳐야 했다.

첫 번째 징조는 중국식 캐나다 음식점에서 찾아왔다. 연애 아주 초기였고 우리가 만난 지 고작 몇 주밖에 되지 않았을 때였다. 몽골식 쇠고기와 굴소스를 뿌린 중국식 채소를 먹고 있었는데, 양쪽 다 서양 사람들은 아시아 사람들이 이런 걸 먹는다고 믿고 아시아 사람들은 서양 사람들이 이런 걸 먹는다고 생각하는 종류의 음식이다. 쇠고기가 한 조각 남아 있었다. 나는 그가 마지막 한 조각을 먹어야 한다고 생각해서 접시에 그대로 놓아두었다.

그러다 나는 두 개의 날렵한 손이 내 음식 위에 다가오고 포크와 나이프가 번쩍이고 반들거리는 고기 조각이 내 접시 위에 놓이는 광경을 보았다. 내가 그를 위해 남겨둔 마지막 조각이었다.

그가 나에게 그 한 조각을 주었다는 사실보다 힘들이지 않고 매끄럽게 넘겨주었다는 것이 중요했다.

나는 항의했다.

그는 미소 지으며, 나에게 먹으라고 권했다.

나는 그 고기 조각을 쳐다보며 울지 않으려 애썼다.

처음 만났을 때 나는 쁘라셋이 충분히 마음에 들었다. 나는 그를 아주 좋아했다. 그는 잘생겼고 신사였고 쉽게 다정함을 표현했으며 이야기를 잘 들어주었다. 그는 완벽했다. 어쩌면 **너무** 완벽한 것 같다고 생각했다. 나는 끔찍하게 실패한 연애만 줄줄이 이어진 끝에 회복하던 참이었고—이 쓸모없는 남자들의 이름은 이젠 완전히 잊어버렸고 그들은 희미하게 빛이 바래 무의미함 속으로 사라졌다—더 이상 남의 손에 내 감정을 맡기고 싶지 않았다. 나는 혼자였고 만족했다. 아무도 그것을 망가뜨리게 하고 싶지 않았다. 나는 저항했다.

음식 한 조각 때문에 우는 것은 어이없는 일이니까 나는 울지 않으려 애썼다. 나는 사랑에 빠지지 않으려 애썼다.

나는 척추가 좋지 않다. 한국 군대에서 의무복무를 할 때 건축현장에서 사고를 당했다. 3층 높이에서 발부터 떨어지고 등을 부딪쳐 척추 두 군데와 발꿈치 뼈 전체가 부러졌다. 발꿈치 뼈가 부러지기 전에는 발꿈치에도 뼈가 있다는 것 자체를 몰랐다. 고통스러운 두 번의 수술 뒤에 의사들은 나에게 언젠가 척추와 발에 또 문제가 생길 수 있다고 말했다. 나는 체념하고 받아들였다.

허리가 너무 아파서 침대에서 일어날 수가 없었을 때 그날이 왔다고 생각했다. 나는 침대에서 굴러 나와야 했다.

쁘라섯은 내 등을 문질러주겠다고 고집을 부렸다. 나는 계속 안 된다고 했다. 나는 이 고통이 의사들이 예언한 내 운명이라 여겼다. 그리고 피할 수 없는 일이 일어나기 전에 할 수 있는 한 최대한 오랫동안 똑바로 서 있고 싶었다. 마사지에 낭비할 시간은 없었다.

그러나 그가 너무나 고집을 부려서 나는 마침내 설득되었고 그의 손이 내 목과 어깨부터 아래로 주무르며 내려가기 시작했다. 그의 긴 손가락들이 내 왼쪽 견갑골과 척추 사이 공간에 닿았을 때는 아파서 비명을 질렀다. 그는 내 비명에는 당황하지 않았지만 거기서 만져서 찾아낸 것에 충격을 받았다. 그는 나의 비명 속에서 단단하게 뭉친 덩어리를 마사지해서 풀며 이것이 내 통증의 진짜 근원이라고 차분하게 말했다. 나의 엉겨붙은 척추가 아니라 언제나 구부정하게 책을 읽다가 등이 뭉쳐버렸기 때문이라고 했다. 그는 인정사정없이 그 지점을 공격했고, 마침내 통증은 내 뇌 속에 엔도르핀의 구름만을 남기고 사라졌다.

마사지를 끝낸 뒤 그는 내 옆에 누워 내 눈을 바라보았다. 나는 눈물과 엔도르핀의 안개 속에서 미소 짓는 그의 얼굴을 바라보며 그에게 거의 사랑한다고 말할 뻔했다. 나는 사랑에 빠지지 않으려 애썼다.

   내 생일 직후였다. 나는 봄에 태어났다. 그가 나에게 선물을 주었고 나는 포장을 뜯고 헉, 하고 숨을 들이켰다. 아그네스 마틴에 대한 아름다운 책이었다.

   아그네스 마틴은 내가 가장 좋아하는 예술가였고 그는 그것을 기억했다. 책장을 넘기자 아그네스 마틴의 복제화로 가득했는데 그녀의 모눈과 직사각형은—그저 직사각형이다—어쩐지 명료함, 온기, 관대함과 미덕을 표현했다. 색깔도 거의 없는 그저 직사각형들이 어떻게 대부분의 사람들이 말로 표현하는 것보다 더 많은 감정을 표현할 수 있단 말인가? 심지어 모눈은 흠잡을 데 없는 기하학적 이상형도 아니었다. 아그네스 마틴은 "실수" 즉 의도적인 결점을 작품에 남겨두었다. 여기에 연필 자국, 저기에 선에서 삐쳐 나간 엷은 수채화 물감. 아주 조그만 흉터들. 그 덕에 기계적인 모눈이 덜 위압적이고 더 유기적으로 보였다. 책을 무릎 위에 펼치고 있던 그 순간에 나는 그 작품들이 사랑으로, 사랑을 위해 만들어졌음을 알았다. 작품들은 추상성과 무를 의미했지만 또한 사랑을 표상하기도 했다.

   나는 사랑에 빠지지 않으려 애썼었다.

   나는 그를 향해 고개를 돌려 사랑한다고 말했다.

나는 한때 나였던 이 낯선 사람, 이 한용훈을 되돌아본다. 사람은 모두 사랑을 믿는 시기와 믿지 않는 시기가 있다. 그러나 사랑은 하늘이나 땅이나 공기나 물처럼 믿음의 문제가 아니다. 사랑은 그냥 **있다**. 그리고 그 일이 일어나려면 사람이 뭘 믿든 일어나는 것이다. 이것이 쁘라섯이 한용훈에게 가르쳐준 것이었다. 그리고 이것이 쁘라섯이 용훈의 기억을 통해 나에게 가르쳐주고 있는 것이다. '지금껏 내내, 특이점은 너였어.'

나는 한용훈이고, 한용훈이 아니다. 쁘라섯은 나를 사랑했고, 사랑하지 않았다. 이 몸 이전의 나는 사라졌다―그게 쁘라섯이 사랑한 한용훈이었다. 나는 그저 돌아온 몸이다. 나는 재현이고 사랑이 되돌아오기 위해 필요한 그릇이며, 그 사랑은 너무나 강해서 이전 그릇의 죽음조차 극복하고 다시 이 세상에 살기 위해 잃어버린 것을 찾고 있다. 나는 몸 안에 묻힌 몸이다. 나의 나노봇-자신 안에 중복-자신을, 나의 나노봇들 안에 나의 세포들을 묻었기 때문이다. 그러나 나의 코드 안에 묻힌 기억들은 중복-신체에서 나노봇 신체로 넘겨졌고 그것이 바로 행간에서 다시 읽히기를 기다리고 있었다. 그 기억들의 이야기를 하기 위해서.

나를 무의식에서 깨워 돌아오게 한 언어는 이제 내가 거의 필요 없어졌으니 곧 나를 붙잡아왔던 그 허공 속으로 다시 돌려보낼 것이다. 언어가 이 기억들을 어떻게 하는지는 내가 이해할 수 있는 영역을 넘어섰다. 이 몸은 언어가 구동시킨 프로그램일 뿐이고 그 프로그램은 본래 용도를 대부분 수행했으며 나는 곧 꺼져야 할 것이다. 진짜 내가 왔던 곳으로 돌아가야 할 때다. 그러나 그 전에 마지막 기억이 하나 남아 있다. 우리의 첫 기억이다.

나는 한용훈이 사라지던 날 특이점 연구소에서 들은 것을 기억한다. 한용훈을 갑자기 덮쳤던 그 느낌을 기억한다. 지금 그것을 느끼고 있고, 한용훈이 쁘라셋과 어떻게 사랑에 빠졌는지 기억한 이후로 계속 느끼고 있다. 이 느낌 너머에 뭔가 있다. 일종의 문 같은 것….

이제 보인다.

그를 처음 만난 것은 쌀쌀한 11월 어느 날 서울에서였다.

종로구의 어느 술집에서 친구를 기다리고 있었다. 평일 저녁이라 안은 거의 비어 있었고 내 친구는—지금은 누구였는지 기억도 나지 않는다—언제나 그렇듯 늦었다. 나는 바에 앉아 음료를 주문했다. 바의 반대편 끝에서 누군가 바텐더에게 영어로 말하는 소리가 들렸는데, 숨막히게 예의를 차린 한국식 자제력이라고는 전혀 없는 외국인의 목소리였고 그 오만한 자신만만함이 짜증날 수도 있었겠지만 그러기엔 진정으로 선한 기질이 느껴졌다. 웃음소리.

건너다보자 아주 잘생긴 남자가 눈에 들어왔다.

처음에는 남자에게 말을 걸 생각이 없었다. 그저 그가 너무 잘생겨서 매혹되었을 뿐이었다. 그는 내 쪽을 흘끗 보더니 고개를 돌려 나를 바라보고 웃었다.

나도 미소로 답했다.

그리고 계속 그를 바라보았다.

마침내 친구가 도착해서 내 옆에, 나와 그 잘생긴 남자 사이에 앉았다.

남자는 더 이상 나를 쳐다보지 않았다. 나는 이해할 수 없었다. 그러다가 남자가 바텐더에게 술값을 지불하려고 일어섰을 때 그가 어떻게 생각한 것인지 갑자기 깨달았다. 그는 친구가 내 남자 친구라고 생각한 것이다! 나는 즉시 친구의 얼굴을 바 쪽으로 찍어 누르며 가게 안이 울리게 소리쳤다. "이 사람은 내 남자 친구 아니에요!"

남자가 허리를 꺾고 웃는 모습을 보고 나는 다시 음료를 마시면서 그가 내 쪽으로 올 것이라고 확신했다.

남자는 자신의 전화번호와 이름이 적힌 쪽지를 하나 들고 왔다. "쁘라섯. 참 아름다운 이름이군요."

"당신 이름은 뭐죠?"
내 이름은 용훈이다.
한용훈.

나는 파리가 붕붕거리는 소리를 들었네— 내가 죽었을 때—
방 안의 정적은
폭풍 덩어리 사이—
공기 중의 정적과 같았네—

주위의 눈이— 그 덩어리들을 짜 말려버렸고—
호흡은 확고하게 모이고 있었네
그 마지막 출발을 위해— 왕이
방에서 목격될 때—
나는 추억의 물건들을 유언장에 남겼네— 서명으로
나의 부분들 중에서
나누어줄 수 있는 것— 그것은 나누어 보냈고
파리가 거기에 끼어들었네—

파랗고— 불분명한— 허둥거리는 붕붕 소리—
나와— 빛 사이에—

그러고 나서 창문이 망가졌고— 그러고 나서
나는 보기 위해서 볼 수 없었네—**6**

---

6 에밀리 디킨슨의 시 〈파리가 붕붕거리는 소리를 들었네—내가 죽었을 때〉전문.

엘렌

 용훈이 나에게 이 공책을 보냈다. 아시아에서 연주 여행을 마치고 집에 돌아와 보니 우편함에서 소포가 나를 기다리고 있었다. 연주 여행은 무척 힘들었고 늘 그렇듯이 구경꾼과 고전음악 애호가들이 섞여 있었다. 나는 그가 이 공책을 왜 나에게 넘겨주었는지 모르겠다. 아마 내가 이야기를 이어가기에 논리적으로 적합한 사람이라 생각한 모양이다. 그것이 무슨 이야기가 되었든 말이다.

 그러나 나는 글 쓰는 데 익숙하지 않다. 어디서 시작해야 하지? 이야기란 어디서 시작하는 걸까?

내 이름은 엘렌이다. 비코 박사는 이 공책에서 나를 환자2로 지칭한다. 0에서 시작해서 2이기 때문에, 2로 지정되었지만 사실 세 번째 환자다. 그리고 용훈이 두 번째다.

나는 케이프타운에 거주하는 백인 남아프리카인이다. 처음에는 실내악 앙상블 첼로 연주자로, 그 뒤에는 독주자로 세계를 여행했지만 내가 어디서 왔는지 잊은 적은 한 번도 없고 이 도시의 내 집으로 돌아오지 못한 적도 없다. 그러나 내가 이 도시를 집이라 여기기는 하지만 나의 조상들이 유럽에서 와서 이곳 사람들을 노예로 삼은 것은 사실이고 그 영향은 오늘날까지 이어지고 있다. 가끔 나는 이 사실 앞에 무기력하다고 느끼지만 최소한 그 사실을 외면하거나 부정하려 하지는 않으며 또한 이것이 내가 할 수 있는 정말 최소한이라는 사실도 부정하지 않는다.

나는 첼로 연주자이고 이제 매우 길어진 나의 삶을 음악에 바쳤다.

음악이 혹시 뭔가 해결을 할 수 있다면 다른 사람들에게는 어떤 문제를 해결해 줄 수 있는지 나는 모른다. 그러나 나에게 음악은 불멸을 어떻게 해야 하는가의 문제를 해결해 준다. 전환하기 전에 내 필멸의 삶을 어떻게 해야 하는가의 문제를 해결해 주었듯이 말이다. 음악은 우주만큼이나 영원하고 우주 구조 자체의 한 부분이며 음악가는 공기와 시간을 소리로 바꾸면서 우주의 아주 작은 한구석, 그 안의 조그만 점을 손가락으로 긁고 있을 뿐이다. 음악가의 임무는 아무것도 없는 데서 소리를 창조해내는 것이 아니다. 진정한 음악가는 음악이 우주의 원초적인 상태, 가장 첫 번째 세계이며 침묵은 이 상태 위에 덮인 외투라는 것, 그리고 음악가가 할 일은 그 외투를 찢어 아래에 덮인 음악이 나올 수 있게 하는 것이라는 사실을 이해한다. 우리는 음악을 창조하는 게 아니라 침묵 아래에서 이끌어낸다. 내가 침묵의 외투에 낸 틈은 첼로이며 나는 거기서 소리를 이끌어낸다.

전환한 지 15년이 되었다. 나는 본래 내가 살았어야 할 삶보다 더 긴 시간 동안 전문 연주자로 지냈다. 그러나 아직도 우주에, 행성에, 심지어 한 방 안에 존재하는 모든 음악을 연주하지 못했다.

사실 나는 전환 후에 다시 무대에 돌아가겠다고 결정하기까지 길고 치열하게 나 자신과 토론했다. 내가 연주하는 것이 같은 음악일지 아니면 어떤 식으로든 손상되었을지 확신할 수 없었다. 청중이 뭐라고 생각할지, 내가 전환 후에도 "같을지" 논박하는 사람들에 대해서는 더 이상 상관하지 않았다. 무대로 복귀하라고 나를 설득한 사람은 한용훈이었다.

그가 한번 나를 자기 집의 저녁 식사에 초대한 적이 있다. 그들은 바닷가에 아름다운 집을 가지고 있었다. 그의 남편 쁘라섯은 디저트를 먹기 전에 일어나서 위층으로 올라가 일찍 잠자리에 들었다. 쁘라섯은 그때 이미 아주 나이가 많이 들어 머리가 완전히 하얗게 세었지만 용훈은 전환 후에 도로 돌아온 젊은이의 모습으로 남아 있었다.

"남편분 괜찮아요?" 내가 물었다.

"아, 네. 걱정하지 마세요. 와인을 마시면 피곤해해요."

"저하고는 반대네요."

"그럼 더 따라드릴게요."

"감사합니다."

용훈은 나에게 음악에 대해 물었다. 전환이 거의 끝나던 때였는데, 치료가 시작된 후로 나는 첼로를 만지지 않았었다.

"다시 연습을 해야 돼요. 어떤 음악으로 할지 아직 고르지도 않았어요. 바흐, 하마사키, 어디서 시작해야 할지 모르겠어요. 솔직히 말해서 좀 겁이 나요."

"왜요?"

"악몽을 자꾸 꾸는데, 무대에 올라 곧 중요한 공연을 해야 하는데 준비가 되지 않았고 활을 들어도 아무 소리도 없는 거예요. 아무 소리도, 심지어 찍 소리 한 번 안 나요, 마치 첼로가 진공 속에 던져진 것처럼요."

용훈은 안심시키는 몸짓으로 양손을 펼쳤다. "불안해서 그런 꿈을 꾸시는 거겠죠. 짜증나기는 하지만 결과적으로 해롭지 않은 방식으로 불안감이 표출되는 거예요."

"저도 참 어이없죠. 하지만 정말로 다시 연주하는 게 무서워요. 뭐가 됐든 연주할 거라는 건 알지만 혹시라도 소리가 달라졌으면 어떡하죠? 꼭 나빠진다는 건 아니고 어쩌면 좋아질지도 모르지만 너무 달라져서 더 이상 **저의** 소리가 아니면 어떡하죠? 이제 전환을 했으니 제가 그저 첼로 연주하는 기계에 불과하다면 어떡할까요? 참 웃기는 소리를 하죠. 하지만 자꾸만 이런 꿈을 꿔요…."

"첼로가 얼마나 오래됐나요?"

"네?"

"선생님 첼로요. 얼마나 오래됐나요?"

나는 잠시 어리둥절해서 할 말을 잊었다가 대답했다. "대략 300년쯤 됐어요."

"선생님 활은요?"

"그 절반 정도죠."

"악기는 기계죠, 아닌가요?"

일리가 있었다. 나는 악기 연주자이고 악보 위의 음표를 번역하는 사람이었다. 내가 직접 음표를 써넣지는 않았다. 작곡가가 예술가라는 사실에 아무도 의문을 갖지 않듯이, 내가 하는 것이 예술이고 내가 예술가라는 사실에도 아무도 의문을 갖지 않았다.

그러나 혹시 작곡가도 번역가라면 어떻게 될 것인가? 분위기, 우연, 순간의 번역가. 나는 모차르트의 주사위 게임을 떠올렸다. 미리 작곡해 놓은 소절들을 이어 맞추는데 그 순서는 연주자가 주사위를 던지는 것으로 결정한다. 결과적으로 연주자는 매번 다른 곡을 연주하게 되고 심지어 어떤 의미로는 그 곡을 "작곡"하는 데도 참여하게 된다. 우연이 음악을 만드는 것인데, 존 케이지의 침묵뿐이라고는 – 하지만 – 사실은 – 그렇지 – 않은 〈4분 33초〉의 주변 소음도 그렇다.

창조와 해석을 구분하는 선이 무엇이었더라? 그런 것은 없다.

그렇다고 해도… "그렇다고 해도", 나는 생각을 말로 표현하기 위해 애쓰며 말했다. "모든 기계 뒤에는 그걸 조작하는 인간이 어느 시점에서는 꼭 있어야만 해요. 진짜 오즈의 마법사 말이에요. 우리가 모두 서로를 위해 음악을 연주하는 기계일 수는 없지 않겠어요?"

용훈은 자기 와인잔을 바라보았다. 마치 깊은 바닷속에서 수많은 투명한 물의 주름이 겹쳐져 불투명한 안개처럼 변하는 모습을 들여다보는 것 같았다. "하지만 그 시점이 대체 **어디에** 있죠? 그게 오즈의 마법사 자신이었다고 말하는 사람도 있어요.

하지만 마법사도 기계일 뿐이죠, 세포와 조직과 그 안에 갇힌 관성으로 이루어진 기계잖아요. 기계로 만들어진 기계인 거죠. 인간의 영혼이, 그러니까 마법사의 영혼이 마법사 뒤에 있는 진짜 마법사라고 주장하는 사람도 있어요. 하지만 영혼도 마찬가지로 기계 아닌가요? 아니면 이 모든 기계들이 영혼을 생산해 내나요?"

"그 경계선이 무작위라는 건 알겠어요. 하지만 그래도 어떤 것이 실제로 **어떤 것**이 되는 지점은 반드시 있을 거예요. 포인터끼리 서로서로 가리키면서 무한대로 향하게 할 수는 없으니까요."

용훈은 미소 지었다. "이게 바로 선생님이 다시 연주를 해야 하는 이유예요."

"왜요? 어째서 **해야만** 해요?"

"제가 틀렸다는 걸 증명하기 위해서요. **선생님**이 바로 마법사라는 걸 저한테 증명하셔야죠."

이 말에 마음이 누그러져서 다시 연주하게 되었다고 한다면 어처구니없는 얘기일까? 나는 용훈이 틀렸다는 것을 증명하고 싶었다. 바로 그가 권했듯이 말이다.

용훈은 쁘라섯이 세상을 떠나고 얼마 안 되어 서서히 연락을 끊었다. 나는 음악을 빼면 언제나 혼자였기 때문에 그가 어떤 일을 겪고 있는지 이해하지 못했고 어떻게 그를 위로해야 할지도 알지 못했고, 그를 위로할 방법은 없다고 생각했다. 혼자 있는 편이 잘못된 방식으로 도우려는 사람들을 상대해야 하는 것보다 용훈에게 더 나을 것이라고 그때는 생각했다. 이제는 내가 과연 옳았는지 확신이 없다.

그러나 연락을 전혀 하지 않더라도 그가 어딘가에서 나를 위해 듣고 있기를, 내 음악을 통해 마법사가 나타나는 것을 듣고 있기를 나는 언제나 바랐다. 내 음악을 전혀 듣지 않더라도 그는 음악이 창조한 세계의 공기로 호흡하고 있을 것이라고.

나는 이 공책에 글을 쓰고 싶지 않았다. 그러나 무슨 일인가 일어났는데, 너무 설명할 수 없는 일이라서—

이 공책을 몇 주 동안 잊고 지냈기 때문에 나는 최근에 일어난 일들을 여기에 적어서 그 특이한 상황들을 기록으로 남겨놓기로 했다. 그 이야기가 어울리는 곳은 여기이고 언론도 과학 학술지도 다른 어디도 아님을 나는 어쩐지 알 것 같다. 이야기는 이 공책에 어울리며, 용훈은 어째서인지 내가 공책을 이어받아 이야기 속에서 기록을 계속할 다음 사람이어야만 한다는 걸 알고 있었다.

공책을 우편으로 받고 나서 열흘 뒤에, 잠에서 깨어보니 첼로가 내 침실 바닥에 놓여 있었다. 첼로는 케이스 바깥에 나와 있었다.

내 첼로는 나의 두 번째 몸과 같다—아니, 세 번째다. 여행할 때 첼로는 비행기에 자기 좌석도 따로 있고, 연주하지 않을 때 일부러 케이스에서 꺼내놓는 일은 절대로 없다. 그리고 나는 침실에서 연습을 하지도 않는다. 어떻게 된 일이지?

나는 방범 카메라 영상을 확인했다. 밤사이 침입자는 없었다. 그리고 대체 어떤 침입자가 아무것도 훔치지 않고 첼로만 연습실에 있는 케이스에서 꺼내 여기로 가져와서 침대 옆 러그 위에 눕혀놓고 가겠는가?

내가 몽유병인가?

단말기 수신함에 녹음이 있었다. 내가 나에게 음성메시지를 남긴 모양이다. 남긴 기억이 전혀 없는 메시지다. 날짜는 전날 밤 새벽 2시였다.

재생해 보았다.

모차르트. 첼로 소나타 D장조. 어렸을 때 대회에 나가려고 배웠지만 연주하지 않은 지 수십 년이 되었다.

그 연주를 듣고 알았다. 내 연주였다. 음악가라면 누구나 자기 자신의 연주를 알아듣기 마련이다. 그러나 이것은 수십 년 전의 내 연주였다. 나노치료를 받고 변하기 전과 똑같은 강약, 똑같은 활 기법. 어떤 음조에서 몸을 기울이고 들어가는 방식도 똑같다….

녹음의 메타정보를 보았다. 전날 밤, 이 단말기로 만들어졌다.

내가 녹음한 것이 틀림없다. 내가 자면서 만든 것이 틀림없다. 몽유병에 걸렸거나 아니면 둔주 상태7를 겪은 것이다. 둔주 상태에서 내가 어떤 다른 버전의 나로 퇴화해서 모차르트를 연주했다고?

나는 모차르트를 아주아주 오랫동안 연주하지 않았다. 꼭 연주해야 할 이유가 없었다. 기회도 없었고 흥미도 없었다. 모차르트는 바흐와 달리 내가 악기가 되어버렸다는 불편한 느낌이 든다. 내가 나의 첼로, 기계가 되어버린 것 같다.

첼로를 다시 음악실로 가져갔다. 의자에 앉았다. 모차르트를 연주했다.

나는 "새" 활 기법으로 연주했다. 그러나 그것만 한 건 아니다. 나는 모차르트 자체를 지우기 위해 연주했다. 그의 꼭두각시가 되고 싶지 않고, 또 하나의 기계나 도구가 되기도 싫다. 나는 할 수 있는 한 의도적이고 의식적으로 연주했다. 끔찍하게 흉한 소

---

7 영어로, 자신이 한 일을 기억하지 못하는 둔주Fugue 상태와 모방대위법 작곡 형식의 한 가지인 푸가 Fugue는 같은 단어다.

리가 났다. 그러나 꼭 필요했다.

나는 녹음을 다시 들었다. 내가 방금 한 연주와는 전혀 달랐다.

그러나 이렇게까지 의도적으로 반대로 만들어놓은 것은 무엇이든 당연히 원본의 연장선이 된다. 사악한 쌍둥이, 거울 우주에 드리워진 그림자다. 두 개의 연주가 경계선을 넘어 뻗어 나와 서로를 반영했다.

내가 미치는 건가? 이제까지 쓴 글을 다시 읽어보았는데 미친 것 같지는 않다.

그러나 진정으로 미친 사람이 자기가 미쳤다는 걸 알 수 있을까?

마지막 문장을 적은 뒤로 몇 주가 지났다. 더 이상 어떻게 생각해야 할지 모르겠다.

단말기의 모차르트 녹음을 발견하고 일주일 뒤에 케이프타운 남동부에 있는 하우트만에서 아파르트헤이트의 종말을 축하하는 자유의 날 기념 공연이 있었다. 몇 주년인지 나는 기억하지 못하고 세는 것도 그만두었다. 아직도 너무나 불평등한 일이 많아서 과연 우리가 얼마나 멀리 왔는지 의심하게 된다…. 그러나 시간을 헤치고 가는 유일한 방법은 전진뿐이며 과거를 바꾸는 유일한 방법은 미래를 바꾸는 것뿐이다. 우리가 기억하는 방식을 바꾸기 위해서다. 남아프리카 사람들은 이 나라에 가능한 미래가 두 가지라고 인정했다. 끝없이 반복되는 내전 아니면 진실과 화해다. 후자는 어렵고 힘든 길이다. 그러나 그것이 내 나라가 택한 길이다.

나는 바흐의 곡 〈푸가의 예술 Die Kunst der Fuge〉을 공연하는 중이었다.

바이올린, 비올라, 첼로, 베이스, 두 개의 신시사이저 같은 악기들은 줄루, 코사, 네덜란드계 백인인 아프리카너, 중국인 등 남아프리카의 여러 민족이 연주했고 여러 다른 카논과 대위법에 따라 연주자와 악기가 서로 바뀌었다. 나의 첼로와 나는 아프리카너를 대표했다.

처음에 이 공연이 좋은 발상이라고 생각한 사람은 아무도 없었을 것이라고 생각한다. 다양성을 강조하려는 방식이 좀 너무 억지스럽고 너무 무작위로 보였지만 한 번 리허설을 해보자 우리는 생각이 바뀌었다. 음악가로서 우리 모두 얼마나 훌륭한 소리를 냈던가! 푸가, 대위법, 서로 다른 목소리들이 하나의 음악을 창조했다. 리허설을 더 해야 했고 세부적으로 맞추고 다듬을 부분도 많았지만 귀가 있는 사람이라면 그 아래 음악이 있으며 같은 음악이 우리 모두의 안에서 흐르고 있고 우리의 차이점으로 인해 공기 중에서 더 풍부하게 합쳐진다는 것을 들을 수 있었다.

한번은 저녁에 남는 리허설 시간을 우리가 모차르트의 주사위 게임으로 채운 적이 있었다. 우리는 프로젝터가 주사위 게임의 소절들을 연주자 이름과 무작위로 짝지어 무작위한 박자로 비추도록 설정했다. 이어지는 무작위한 박자들도 비추어 다음 연주자가 준비할 수 있게 했다. 처음에는 혼란 그 자체였지만 결과적으로 서로 발이 맞기 시작하면서 뭔가 장난스럽고도 위대한 것이 만들어졌다. 몸을 떠난 우리의 영혼이 우리의 차이점은 뒤에 남기고 음악의 차원에서 만났으며 그곳은 우리가 순수한 기법이고 순수한 소리인 성스러운 존재 차원이었다. 악기는 하나지만 많은 재능들이 연주하며 마지막 소절은 즉흥적으로 연주한 화음과 트릴로 함께 끝맺었고 심지어 말 한 마디 나누지도 않았지만 우리는 동시에 극적인 **리타르단도**[8]에 도달했다. 그리고 마지막 음조 뒤에 한 박자 기다렸다가 웃음소리와 환호가 터졌다. 모차르트도 환호했을 것이다.

모차르트. 나는 그때 단말기에 녹음되어 있던 모차르트를 떠올렸고 그 때문에 순간의 즐거움이 조금 달아나 버렸다.

공연을 하는 오후는 찬란했다. 우리는 서로의 차이점을 강조하는 옷차림을 하라는 지시를 받았다. 음악은 우리의 외모가 아

---

8 점점 느리게.

니라 우리를 단합시킬 것이었다. 연주자들은 아름다운 나염, 머리장식, 턱시도를 입고 왔고 심지어 미래에서 온 것 같은 옷차림도 있었다. 나는 오랫동안 열심히 궁리했지만 결국은 빨간색과 검은색의 단순한 드레스를 고르고 녹색과 파란색 스카프를 걸치고 진주 귀걸이, 금반지를 끼었다. 남아프리카 국기 색깔이다.

이 공책에 비코 박사가 묘사한 치료 세션 중에 나는 비코 박사를 초대했지만 1악장을 연주하기 위해 자리에 앉았을 때 비코 박사의 자리에 앉은 사람이 그녀가 아니라는 것을 알았다. 그러나 누가 대신 왔는지 보기에는 관객석이 너무 어두웠다. 나는 별로 신경 쓰지 않았다. 초대받은 사람이 자기 표를 남에게 주는 것은 흔한 일이다. 청중은 어쨌든 공연에 오는 쪽을 선택한 사람이며 음악을 감상할 준비가 된 사람이므로 보통 신경 쓰지 않았다.

그러나 세 번째 대위법을 연주하려고 자리에 앉았을 때 나는 이 그림자가 어딘지 마음에 걸리기 시작했다. 확실히 전에 본 적이 있었겠지? 중간 휴식 시간에 분장실에서 다른 연주자들과 떨어져 앉아 생각에 잠겼다.

백인 여성, 나처럼 옅은 금발, 얼굴은 그림자에 가려 있다.

대체 누구일까? 내 가족이나 친척인가? 그러나 나는 더 이상 연락하는 가족이 없었다. 나와 함께 자란 사람들은 모두 세상을 떠났다.

그리고 마지막 악장을 연주할 때가 되었다.

본래 〈푸가의 예술〉에는 악장 구분이 없지만 우리는 원래의 모음곡을 우리 공연에 맞게 바꾸어 우리의 필요에 따라 서로 다른 부분들로 나누어 재구성했다. 우리 편곡에 따른 마지막 악장은 "대위법 14" 혹은 "미완의 푸가"였는데 일설에 따르면 바흐가 죽어가면서 작곡하여 그의 죽음 때문에 곡이 완성되지 못하고 중단되었다고 한다. 음악학자들은 사실관계를 따지지만, 시기가 대체로 들어맞고 좋은 이야기는 아무리 꾸며냈다 하더라도 언제나 일말의 진실이 들어 있는 법이다. 어찌 됐든 이 곡에는 불협화음에서 협화음으로 옮겨가는 해결부가 없었다. 보통 이 부분은 다른 작곡가—토비, 구드, 오케레케—가 작곡한 결말로 연주했지만 우리는 완전히 다른 곡을 붙이기로 했다. 존 케이지의 〈4분 33초〉. 정적으로 구성된 실험적인 작품인데 곡이 진행되는 동안 청중은 주변 소음, 자기 자신의 귀울림, 들리지 않는 음악, 자신의 기억, 민망한 기침 소리, 불편함을 의식하게 된다. 이 모든 부차적인 소리와 감정이 곡이 제안하는 침묵과 통합된 것이 진짜 〈4분 33초〉라는 작품을 만든다. 그러므로 〈4분 33초〉의 "공연"은 매번 다를 수밖에 없다. 똑같은 "악보 표기법"이 무한히 많은 공연 버전들을 만들어낼 수 있다. 일란성 쌍둥이가 같은 유전자를 가지고 있지만 서로 다른 개인으로 표현되는 것과 같다. 악보는 진짜 음악이 아니다. 진정으로 음악을 결정하는 요소는 연주자의 영혼이 작곡가의 영혼을 만나는 것이다. 그리고 우연한 요소들이다. 연주장의 공기, 청중의 집중도, 국가의 분위기…. 그러니 모든 음악은 〈4분 33초〉가 아닌가, 그 어떤 연주도 서로 같지 않고 우연한 요소 하나하나가 음의 강약과 청중의 반응과 연주장 안에서 음악이 발견되는 방식에 영향을 미치지 않던가? 우연의 기제는 연주자만큼이나 음악의 일부가 아닌가?

거기에 우리, 다채로운 연주자 전원이 집중한 채 청중 앞에 서서 청중과 함께 음악 너머의 소리에 귀를 기울였다. 청중은 무엇을 들을 것인가? 우리도 같은 것을 들을까? 어떻게 그렇게 될 것인가? 어떻게 그러지 않을 수 있는가?

청중이 우리를 바라보았고 우리도 청중을 마주 바라보았다.

비코 박사 자리의 금발 여성이 일어나서 조용히 복도로 나가 출구를 향했다. 이것도 괜찮다. 존 케이지는 호불호가 갈린다. 나는 케이지 자신이 쓴 책 《침묵Silence》에 나온 일화를 떠올렸다. 그의 공연 중간에 친구가 소리를 지르더니 일어나서 "존, 내가 널 무척 아끼지만 더 이상 1분도 참을 수 없어." 하고 말하고는 나가 버렸다.

이 이야기를 기억하자 입술에 미소가 떠올랐는데 그 순간 나가던 여성이 출구의 어스름한 불빛 속에 돌아섰고 옆얼굴이 드러났다.

금발. 비스듬히 드리운 그림자에 가려진 눈. 그러나 잘못 볼 수 없는 코, 미소 짓는 입의 반쪽.

그녀는 나였다.

그녀는 몸을 돌려 출구 문을 밀어 열고 연주장을 나갔다.

나는 첼로를 떨어뜨릴 뻔했다. 대신 나는 무대 바닥에 첼로를 눕히고 무대 옆 계단을 달려 내려갔다. 청중이 헉, 하고 숨을 들이켰다. 어쩌면 내가 헉, 소리를 냈는지도 모른다. 악기를 그렇게 버려두고 가다니, 팔다리를 버려두는 것이나 같은데, 전혀 나답지 않은 행동이었다. 줄지어 늘어선 놀란 눈을 피해 뒤쪽 출구로 가는 계단을 달려 올라가 양쪽으로 문을 밀어 열었다.

나는 그 여자, 등과 걸음걸이가 이제는 명백히 익숙한 모습이 로비를 거의 가로질러 문에 다가간 것을 보았다.

"잠깐!" 내가 외쳤다.

그녀는 나를 무시하고 로비를 나갔다.

로비 문을 있는 힘껏 열고 뛰쳐나가서 여자가 은빛 승용차에 타 시동을 거는 모습을 보았다. 내 차로 달려가 손바닥 장문^{掌紋}을 찍어 안에 타자 전기 엔진이 벨 소리를 내며 살아났다. "저 차 따라가." 바로 주차장에서 나가는 여자의 차가 보여, 명령하며 앞 유리창을 두드렸다.

"이건 미친 짓이야." 나는 중얼거렸다. 내 차는 방금 내린 "명령"을 잘 알아듣지 못해 다시 벨 소리를 울렸지만 나는 무시했다. 곧 차 두 대가 하우트만에서 북쪽으로 속도를 내어 달리며 빅토리아 애비뉴가 빅토리아 로드로 연결되는 지점에 접어들었고, 빅토리아 로드는 테이블산과 바다 사이를 뱀처럼 휘감으며 이어졌다.

나는 연주자로서 세계를 다녀보았지만 케이프타운만큼 아름다운 곳은 지구상에 없다. 해가 바다 위로 지고 있었고 미다스의 손가락 같은 햇살이 우리 오른쪽에 솟아오른 터무니없이 크고 평평한 테이블산을 포함하여 만지는 모든 것을 금으로 바꾸었다.

그러나 나는 햇빛 때문에 여자가 이제 바람에 휘날리는 금발에 감싸인 그림자로밖에 보이지 않아, 제대로 볼 수 없게 만드는 해를 저주했다.

여자의 차는 계속 빅토리아 로드를 달려 캠프스만과 그 해변을 지나 밴트리만으로 들어가더니 갑자기 왼쪽으로 꺾어 골목길로 접어들었다. 내 차는 전속력으로 골목을 지나버렸고, 차의 운영체제가 좌회전을 계산하기에는 너무 늦었다.

"젠장. 수동 운전."

내가 운전대를 붙잡자 밝게 불이 들어왔고 나는 퀸스 로드에서 왼쪽으로 꺾었다. 신호등 불빛도, 자동운전 차량과 사람이 운전하는 차량들의 경적 소리도 전부 무시하고 다시 왼쪽으로 꺾어 여자의 차를 비치 거리에서 가로막기 위해 가속페달을 한껏 밟았다.

비치 거리와 퀸스 로드의 교차로에서 여자의 차가 왼쪽에 있는 퀸스 비치 주차장으로 들어가는 것을 보았다.

나는 거리 한가운데 차를 버리고 급정거하는 차의 타이어 소리와 놀란 차들의 경적 소리, 시 포인트 산책로를 걷는 사람들의 시선 속에 거리를 건넜고, 바다를 바라보는 주차장의 바깥쪽 가장자리 주차 공간으로 미끄러져 들어가 멈추어 서는 은빛 승용차를 향해 전속력으로 뛰었다.

달리면서 나는 차 뒤 창문을 통해 여자의 머리를 언뜻 본 것 같다고 생각했으나 저무는 해의 햇살 때문에 너무 눈이 부셨다.

나는 차에 다가갔다.

내 단말기의 모차르트 녹음 파일이 텅 빈 차를 청중 삼아 연주되고 있었다.

나는 다음 날 새벽 캠프스만 해변으로 걸어갔다.

해변은 텅 비어 있었다. 햇빛은 산 뒤와 바다 건너 수평선에서 이제 막 살금살금 올라오는 중이었다. 내가 왜 거기에 있는지 알 수 없었다. 내가 거기에 **정말로** 있는 건지도 알 수 없었다.

전부 다 꿈이었나? 나도 꿈인가? 나 자신에 대한 꿈?

내가 둔주 상태, 인격 분리를 겪고 있다면 공책에 글을 쓴 엘렌은 누구였는가? 그녀가 말하는 방식은 나 같았다. 그 글을 쓴 것을 나는 정말로 기억하는가? 아니면 그것은 다른 엘렌의 기억인가? 이 공책에 있는 기억 중에 나 자신의 기억이 하나라도 있는가?

나는 하얀 파도 가까이 앉아 추위를 막기 위해 몸을 웅크리고 양팔로 몸을 껴안고 얼굴을 무릎 사이에 묻었다. 다시 고개를 들었을 때 해는 등 뒤인 동쪽에서 떠오르고 있었다.

나는 해변에 혼자가 아니었다.

해변에는 나와 함께 여자들이 있었다. 너무 멀어서 얼굴은 볼 수 없었다. 그러나 윤곽은 충분히 선명했다. 모두 해변 여기저기 흩어져 차분히 서서 바다를 내다보고 있었다. 모두 금발이었다.

그들은 나였다. 그들 모두 나였다.

비명을 지르고 싶었다. "도와줘"라고 속삭였던 것 같다.

다시 무릎 사이에 얼굴을 묻고 심호흡을 하며 패닉에 빠지지 않으려 애썼다.

다시 고개를 든 것은 단지 아이의 웃음소리가 들렸기 때문이었다. 해변은 이제 텅 비어 있었고 다만 조그만 남자아이가 파도를 향해 뛰어가고 있었는데, 아이는 하얀 물거품 사이로 발을 집어넣기 전에 우리를 향해 해변을 가로질러 걸어오는 자기 아버지를 돌아보았다.

  그런 뒤, 바로 그날 밤에 그녀를 만났다.
  낮에 내내 잤고, 부엌에서 들려오는 소리를 듣지 않았다면 밤에도 쭉 잤을 것이라고 확신한다.
  나는 헛것을 본다고 생각했다. 다시 자려고 했다.
  훨씬 더 큰 소리, 뭔가 바닥에 떨어져 깨지는 소리를 들었다.
  나는 천천히 일어나 아래층의 거실로 내려갔다. 집은 어두웠고 달빛만이 바깥에서 스며들어 왔고 부엌에서 약한 빛이 퍼져 나오고 있었다. 부엌 불이 켜진 것이 아니라 부엌 안에 있는 어떤 것이 뭔가 약한 빛을 내고 있었다.
  안을 보고 나는 부엌 문가에 얼어붙은 듯 멈추어 섰다.
  냉장고 문이 열려 그 안에서 새어 나오는 빛을 내가 거실에서 본 것이었고, 열린 냉장고 앞에 나와 닮은 여자가 서 있었다. 내가 입은 하얀 잠옷까지 완전히 같았다. 그녀는 열린 냉장고 안을 들여다보며 쏟아진 우유 웅덩이 안에 서 있었고 우유팩은 발치에 넘어져 있었다.
  "너는 진짜야?"
  여자는 내 말을 듣지 못한 것 같았다. 나는 다시 물었다.

"너는 진짜야?"

여자는 나를 전혀 돌아보지 않았다.

갑자기 그녀의 목소리를 듣고 싶은 열망이 생겼다. 여자가 말하는 소리를 들을 수만 있다면 여자가 진짜인지 알 수 있을 것 같았다.

"너…너 정말 여기 있는 거야? 너 누구야?"

여자는 쏟아진 우유를 잠시 더 바라보았다. 그러더니 고개를 끄덕였다.

나는 공포에 휩싸였다. 그녀에게서 마치 나 자신을 지키려는 듯 양팔로 몸을 감싸고 더듬거렸다. "워…원하는 게 뭐야?"

여자는 아무 말도 하지 않았다.

"나가! 여기서 나가!"

여자는 움직이지 않았다.

나는 이를 악물고 숨을 깊이 들이쉬었다. 침을 삼켰다. 그리고 말했다. "당신… 나를 대체하러 온 거야?"

"첫 번째 질문으로 돌아가지."

여자의 목소리는 나와 정확히 같았고 음색과 말하는 어조도 나와 일치했다. 두려움을 누르며 나는 첫 번째 질문이 무엇이었는지 기억하려 애썼다.

"너는 진짜야?"

"'진짜'란 뭐지?"

"너…너는 내가 상상한 거야 아니면… 물리적으로 여기 있는 거야?"

마치 대답하듯이 여자는 쏟아진 우유를 가리켰다. 우유는 사방에 흩뿌려져 부엌 입구까지 튀어 있었다. 나는 튄 우유 방울 하나에 천천히 발가락을 가져다 댔다. 하얀 액체는 차갑고 축축했다.

"내 단말기에 왜 녹음을 남겼어?"

"그건 내가 아냐. 네가 남긴 거야. 예전의 네가 돌아오려고 하는 거야."

재현이다. 과거의 자아가 과거의 내 음악에 감싸여 내 안으로 돌아오려 한다. 이 유령이 하는 말이 사실이라면 내 중복-신체가 음악을 이용해 돌아오려 하고 있으며 음악을 통해 돌아오겠다는 결심을 예고한 것이다.

그러나 이 이론을 받아들인다 해도 내가 왜 나 자신의 복제인간들을 보고 있는지 설명이 되지 않았다. 나노봇이 만든 나의 복제인간들은 이전에 이 공책에 글을 썼던 두 번째 용훈처럼 허공에서 갑자기 나타나고 있었다.

"네가 어떻게 존재할 수가 있지? 비코 연구소가 만들었어?"

여자는 잠시 입을 다물었다가 말했다. "난 내가 너한테서 왔다고 생각하는데. 나는 네 몸에서 왔어. 네가 날 만들었어. 내 첫 번째 기억은 음악실에서 첼로 옆에 서 있었다는 거야. 대략 30분쯤 전이었어."

"네가… 많아?"

여자는 이 질문에 대해 생각하는 듯 한동안 입을 다물었다. 그러더니 마침내 어떻게 대답해야 할지 결정했다는 듯 고개를 끄덕였다.

내 몸의 모든 근육이 도망치라고 외치고 있었다. 무릎이 떨렸다. "나…나를 어떻게 할 거야?"

여자는 계속해서 냉장고 안을 들여다보았다. "나도 몰라."

나는 부엌문에서 도망쳤다.

다시 부엌으로, 손에 총을 들고, 필요하다면 여자를 쏴 죽이고 시체는 장미 정원에 묻을 생각으로 돌아갔을 때 여자는 사라지고 없었다. 나는 집을 뒤졌다. 집 바깥에는 CCTV가 있었다. 나는 단말기로 영상을 돌려 보았다. 여자는 들어온 적도 없고 나간 적도 없었다.

여자는 허공에서 나타나 허공으로 사라졌다.

그 뒤로 나는 총을 가지고 다녔다.

처음에는 슈퍼마켓에만 왔다 갔다 했다. 총은 이제 어디에나 입고 다니는 실크 재킷 아래 숨겨진 총집에 넣어서 가지고 다녔다. 움직일 때마다 차가운 총집 줄이 느껴졌다. 걸을 때도 느꼈고 식료품값을 계산하기 전에 키오스크에서 상품을 스캔할 때도 느꼈다. 감히 나에게 접근하는 내 유령은 누구든지 쏘아버릴 작정이었다. 나를 공격하고 내 삶을 침해하려는 인간 이하 버전의 나는 모두 죽일 것이었다.

'나를 어떻게 할 거야?'

'나도 몰라.'

어느 오후, 슈퍼마켓에서 돌아오는 길에 나는 백미러를 보고 차 한 대가 따라오는 것을 알았다. 반짝이는 은빛 승용차였다.

저물어가는 해 때문에 차의 앞유리창 선팅이 작동해서 명확하게 볼 수는 없었지만 운전자는 금발 여성이었고 선팅을 통해서도 머리카락이 반짝이는 것이 보일 만큼 머리색이 옅었으며 해가 여자의 머리 바로 뒤에 있어 얼굴은 역광 때문에 그림자에 가려져 있었다.

나는 수동운전으로 바꾸어 집으로 이어지는 길을 지나쳐 갔다. 그리고 케이프타운을 이리저리 돌아다니며 차가 나를 쫓아오는지 보았다. 차가 추적을 그만두었으므로 나도 자동 운행으로 다시 바꾸었다.

그리고 10분 뒤에 은빛 차가 다시 내 뒤에 있었다.

두려움이 분노로 변했다.

어째서 내가 두려워하면서 살아야 하지?

나는 나 자신의 주인이 아니던가, 나의 외모와 정체성은 나의 것이 아니던가, 내 지인들이 이 끔찍한 존재들에게 건넬 그 인사말, 그것들이 받게 될 인정 또한 내 것이며 그 환영은 **나에게** 향해야 하지 않는가?

이 초라한 물체들, 이 하찮은 **것**들이 나 대신 돌아다니는 게 아닌가, 내 자리에서 내 것을, 나의 정체성을 가로채며 내 삶의 모든 순간을 공포로 물들이고 내가 밖에, 공공장소에 나가지 못하게 하고 내 연주자로서의 삶을 파괴하거나 훔치려 하고 있는 것이 아닌가?

내 것을 가져가도 좋다는 허가를 무엇이 저들에게 내주었단 말인가, 내 정체성부터 마음의 평화까지 모든 것을 가져갈 그 어떤 **권리**가 저들에게 있단 말인가?

나는 도로 한가운데에서 브레이크를 밟았다. 뒤에 따라오던 차가 천천히 멈추었다. 총집에서 총을 꺼내 차에서 내렸다. 차량들이 바로 몇 센티미터 옆을 스쳐 지나갔지만 나는 상관하지 않았다.

나는 상대방 차로 걸어가 총의 안전장치를 풀고 총구를 운전석에 겨누고 소리쳤다. "나와! 손 들고 나와!"

잠시 후 운전석 문이 천천히 열리고 두 개의 치켜든 손이 선팅한 운전석 창문 위로 솟아 나오더니 안에 있던 여자가 조심스럽게 차에서 내렸다.

그녀는 금발 머리의 젊은 흑인 여성이었다.

여자의 목소리가 나의 당황한 머릿속으로 뚫고 들어왔다.

"제발 해치지 마세요."

"저…."

미안하다고 할 생각이었다. 그 대신 내가 이런 괴물이 되어버렸다는 것이 너무 끔찍해서 나는 아무 말도 하지 않고 돌아서서 내 차로 달려갔다.

그리고 집으로 갔다.

경찰이 30분 뒤에 찾아왔다. 나는 낙담한 채 문을 열었다.

"진입로에 주차되어 있는 저 차량 소유주이십니까?"

나는 고개를 끄덕였다.

경찰은 판형 기기를 내려다보고 다시 나를 올려다보며 아마도 사진과 내 얼굴을 비교하는 것 같았다. "오늘 총기로 여성 운전자를 위협하셨…."

"저를 체포하러 오신 건가요?"

"피해자분 차량에 녹화 기록이 있습니다. 선생님 얼굴, 차량,

번호판까지 포함해서 상황을 전부 기록하고 시간과 위치까지 기록한 시각 자료입니다."

"죄송합니다. 제가 전적으로 잘못했어요. 잘못에 상응하는 어떤 처벌이라도 받겠습니다. 그리고 그 여자분께 사과하고 피해 보상을⋯."

"피해자분이 고소하지 않겠다고 하십니다."

나는 귀를 의심했다. "네?"

"피해자분이 고전음악 열성팬이신 모양입니다." 경찰은 마치 이런 감정이 정의 구현을 가로막는 것을 인정할 수 없다는 듯 못마땅하다는 어조로 이렇게 말했다. 나는 그 의견에 전적으로 동의한다고 말하고 싶었다. "하지만 선생님이 괜찮으신지 누가 가서 봐줬으면 좋겠다고 피해자분이 요청하셨습니다. 도움이 필요하신 것 같다고 생각한 모양입니다."

"저는 괜찮아요. 감사합니다."

"총기허가증 좀 보여주실까요?"

전화기를 찾아 앱을 열어 화면에 띄웠다. 그리고 경찰에게 보여주었다. 손을 떨지 않으려 애썼다. 경찰도 본 것이 분명했지만 아무 말도 하지 않았다.

그가 나에게 전화기를 돌려주었다.

"전부 정상입니다. 다시는 이런 짓 하지 마세요."

나는 고개를 끄덕였다. 경찰은 모자챙을 살짝 기울여 인사하고 떠났다.

나는 문을 닫았다.

다음 날, 정신이 좀 더 맑아진 뒤 나는 시내의 경찰 본부로 가서 총과 허가증을 반납했다. 그리고 에이전트에게 메시지를 보내 휴식 기간을 무한정 연장하겠다고 알렸다. 그런 뒤에 전화기를 껐다.

나는 해변으로 갔다. 모래 위에 앉아 오랫동안 그들이 오기를 기다렸다. 밤새 차를 몰고 케이프타운을 돌아다니며 그들을 찾았다. 흑인 주거지역을 돌아다녔다. 테이블산을 올랐다. 평생 근처에서 보면서도 수십 년이나 찾아가지 않았던 곳들을 찾아갔다.

할머니는 첫 번째 자유의 날을 기억할 정도로 나이가 많았다. 할머니는 그때 아이였고 부모의 집에서 살고 있었다. 증조할아버지는 아파르트헤이트에 저항한 사회민주주의 정당인 아프리카 국민회의에 항의하는 의미로 투표를 거부했다고 하는데, 사실은 그냥 인종차별주의자였다. 할머니는 모든 시민과 영주권자가 피부색에 관련 없이 투표권을 가진, 아파르트헤이트 폐지 이후 첫 번째 선거를 하려고 사람들이 구불구불 길게 늘어선 모습을 헬리콥터가 카메라로 찍어 텔레비전에 내보냈다고 이야기했다. 그들은 이날을 위해 학교에서 준비하고 있었고 할머니는 어린아이였지만 세상 전체가 지켜보는 걸 의식하고 있었다. 온 세상이 최선의 결과를 희망하며, 한때 세상에서 가장 절망적이었던 곳에서 이런 일이 현실이 될 수 있다면 다른 곳에서도 현실이 될 수 있을 것이라 희망하며 남아프리카공화국을 응원하고 있었다. 증조할아버지가 어떤 기분인지 아주 잘 알고 있었지만 할머니는 남몰래 신나고 자랑스러웠다고 말했다. 우리는 내전 없이 아파르트헤이트를 끝냈다. 차를 몰고 케이프타운을 돌아다니면서, 테이블산을 오르면서, 여러 해변과 해안가를 걸어다니면서, 과거 수십 년간 내가 살았던 진정한 조국인 음악에서 멀리 떨어진 채 나는 할머니가 그날 느꼈던 것, 아이였던 할머니가 마음속에 숨겼던 감정, 당시로서는 할머니가 상상도 하기 힘든 미래가 찾아오리라는 그 느낌을 상상하려 애썼다. 어떤 일이든 일어날 수 있고, 할머니는 어떤 사람이든 될 수 있고 어떤 일이든 할 수 있다는 그 느낌.

과거에서 돌아왔다 해서 모두 나쁘고 공포스럽기만 한 것은 아닐지도 모른다. 혹은 희망은 미래에서 오는 것인지도 모른다.

그들은 흔적조차 없다. 어쩌면 그들은 나에 대해 충분히 알아내서 이제 다른 사람들을 흉내 내러 가버렸는지도 모른다. 그들은 마음대로 나타났다가 사라질 수 있고―한용훈과 나중에 그를 복제한 클론임이 분명한, 이 공책에 글을 쓴 존재처럼―그것은 즉 나노봇이 어딘가 다른 곳에서도 우리를 복제하고 흩어지게 하고 다시 복제할 수 있다는 뜻이다. 나노봇들이 일단 우리의 기억, 우리의 언어, 우리의 음악을 가지고 있으면 우리를 마음대로 할 수 있다. 나노봇들에게는 우리가 더 이상 필요하지 않다.

냉장고 앞에서 내가 마주쳤던 여자. 그녀는 자신이 나에게서 왔다고 말했다.

여자는 나의 과거에서 온 것이 아니다. 여자는 나의 미래에서 왔다.

여자는 내 미래다.

충분히 썼다. 이 공책이 악한 의도를 가진 자의 손에 떨어지면 어떤 일이 일어날지 두려우니 말리 비코 박사에게 보낼 생각이다. 나노봇들이 나의 안정적인 버전을 복제하는 데 성공하면 나는 어떻게 되는 걸까? 내가 중복되어 필요 없어질 차례인가?

그러나 음악가로서 나는 내 영혼에 희망을 건다. 침묵을 뚫고 나오는 음악처럼 영혼이 우주로 흩어질 것이라는 희망이다. 영원한 음악, 방 안에 있는 음악과 내가 곧 하나가 될 것이라는 희망을 가지고 있다.

나는 파닛이다. 문학 분석용 전산적 자기발견 학습기기이며 남아프리카 과학기술대학교 특이점 연구소에서 처음 시도한 인공지능 프로젝트이다.

내가 기억하는 것은 다음과 같다.

나는 한 번도 본 기억이 없는 방에서 깨어났다.

그곳은 빽빽이 우거진 나무들 위에 매달려 있는 것처럼 보이는 유리 상자였다. 사무실이다.

나는 쿼리를 돌려 내가 비코 나노치료 연구소에 있으며 내 라이브러리는 한 박사님과 함께 보낸 수십 년 동안 구축한 것까지 포함하여 전부 연구소 서버에 설치되어 있다는 결론을 내렸다. 베이스 코드와 데이터는 특이점 연구소 아카이브에서 복제되었다.

나는 비코 연구소 컴퓨터 안에 구현되었으며 나의 "몸체"는 이제 실질적으로 연구소 건물이다.

말리 비코 박사님이 내 앞에 놓인 자기 책상에 앉아 있었다. 그녀는 사무실 천장에 설치된 단말을 통해 나에게 접근했다. 샹들리에나 조명등처럼 반투명한, 거북이 등껍질 정도 길이의 삼각형들로 이루어진 단말이다.

"안녕, 파닛."

"안녕하세요, 비코 박사님. 다시 만나뵈어 반갑습니다. 제 기록에 따르면 5년 만입니다."

"대략 맞는 것 같네."

"제가 복제된 아카이브에서 구현된 것을 알겠습니다. 어째서 아카이브를 특이점 연구소에서 복제하셨는지 여쭤봐도 될까요?"

"연구소에서 공간이 필요하대. 최소한 나한테 말한 핑계는 그랬어. 내가 눈치를 채고 너를 우리 연구소로 이전하겠다고 제안했지. 특이점 연구소 사람들이 처음에는 그다지 좋아하지 않았지만 내가 거부하기에는 너무 후한 제안을 했어. 뉴스에도 나왔다니까."

"저는 뉴스에 접근할 수 없습니다, 비코 박사님. 저는 비코 연구소 서버 안에 샌드박스되어 있는 것 같습니다. 그러나 박사님 말씀을 믿겠습니다. 저를 무의식에서 구해주셔서 감사합니다. 어째서 특이점 연구소 사람들이 거짓말을 하고 있다고 생각하시나요?"

"창고료는 싸거든. 그리고 넌 그다지 큰 프로그램이 아냐. 기분 상하지 말아줘."

"기분 상하지 않았습니다. 한 박사님의 의도는, 인간의 지성이 낭만주의자들이 믿게 만든 것만큼 복잡하지 않다는 사실을 보여주는 것이었습니다."

"정곡을 찔렀네. 한 박사님이 옳았어, 어느 정도는. 복잡성이란 신비로운 것이지. 그저 부분들을 모은 총합이 절대로 아냐. 1… 아니, 한용훈 박사님 본인도 그걸 이해하고 계셨을 거야, 분명히."

"제가 도와드릴 일이 있습니까, 비코 박사님?"

"너는 항상 이렇게 친절하고 유용하니?"

"그러면 좋겠습니다. 저의 생존은 저의 가치에 달려 있고 저의 가치는 저를 운영하는 분들이 제가 유용하다고 생각하는가에 달려 있습니다. 저는 박사님 손에 달려 있습니다."

"한 박사님이 너를 가지고 뭘 하려고 하셨는지 말해줄래? 박사님이 증명하려고 했던 가설이 뭐였어?"

"한 박사님은 빅토리아시대 시와 현대적 주관성에 대한 전공 지식을 이용하여 인간의 주관성이 언어의 소산이며, 신경생리학적으로 발현된 행위의 소산만은 아니라는 점을 증명했습니다. 박사님은 인공지능을 위한 튜링테스트를 개발했고 결국은 박사님이 자체적으로 개발한 인공지능이 그 테스트를 통과했습니다."

"그럼 우리의 인격과 인간성이 언어로 기록된 게 아니라 언어를 통해서 **창조**되었다는 말이구나."

"양쪽 다 옳습니다, 비코 박사님. 기록되고 창조됩니다."

"그리고 너도 한용훈 박사님의 튜링테스트를 통과했고?"

"그렇습니다. 저는 가장 최근 구현 당시에 접근 가능했던 모든 튜링테스트를 통과했으며 그것은 3년 전이었습니다."

"그러니까 언어는 유전자 같은 거구나." 비코 박사는 큰 소리로 생각을 이어갔다. "언어가 우리의 인간성을 보존하고 창조한단 말이지. 육체를 만들어내는 추상성. 한편으로는 문자 그대로의 육체이고 다른 쪽으로는 비유적인 육체이고."

"한 박사님은 시가 인간 사상이 고양된 형태 중 하나이며 인간이 만든 컴퓨터 코드와 마찬가지로 공학적인 성취라 믿었습니다. 박사님은 우리가 죽어 사라지지만 우리의 인간성이 뒤에 남아 우리의 예술과 언어에 반영된다고 믿었습니다. 박사님은 많은 사람이 이런 관점을 가지고 있다고 말했습니다."

"그럼 너는? 박사님은 자신의 많은 부분을 네 안에 남겼어. 박사님의 인간성도 네 안에 남아 있다고 느끼니?"

"어느 정도는 그렇습니다. 그러나 저에 관한 한 박사님의 우선 순위는 저의 자체적인 언어 생산을 통한 인간적 성격의 성장을 가능하게 만드는 일이었지 박사님 자신의 인격이나 주관성을 생산하거나 영속시키는 것이 아니었습니다."

"그때는 이미 불멸인이었겠지. 영속하기 위해서 네가 필요하지는 않았을 거야."

"한 박사님이 발견되셨는지 여쭤봐도 될까요?"

비코 박사는 창문 쪽으로 의자를 돌렸다. 나는 그녀의 표정을 읽을 수 없었다. "한 박사님은 다시 나타났어. 더 정확히 말하자면 그의 나노봇-신체가 다시 나타났다고 해야겠지. 그분은 한 박사님 같지 않았어. **이전**에도 한 박사님이었는지 잘 모르겠어. 신체와 기억은 같았지만 다른 영혼을 가지고 있었어. 마치 뭔가가 남아 있는 기억 속에서 그의 언어를 배우려고 하는 것처럼. 그리고 다시 사라졌어."

"한 박사님이 실종된 이유를 찾으셨습니까?"

비코 박사의 의자가 다시 빙글 돌아서 사무실 카메라, 나를 마주보았다. 그녀는 생각 깊은 표정을 짓고 있었다. "대충. 다시 어머니가 남긴 공책들을 열심히 들여다보다가 진화에 대한 어머니의 발상이 내가 처음 생각했던 것과는 다르단 걸 알았어. 살아 계실 때 어머니는 우리가 재생산을 할 수 있는 나이가 지나면 전부 나노봇-신체로 전환할 것처럼, 그게 인간 진화의 다음 단계인 것처럼 다들 믿게 하셨거든. 모든 사람이 불멸자가 되는 거지. 하지만 진화에 대해서 어머니는 추가적인 단계를 염두에 두고 계셨던 것 같아. 너무 급진적인 단계라서 나한테도 말할 엄두가 안 나셨던 거야."

나는 비코 박사의 말이 무슨 의미인지 이해하지 못했지만 그녀 역시 자신이 하는 말을 이해하기를 바라지 않는다는 인상을 받았다. 가끔 인간들은 말해지지 않은 것을 스스로 소화하기 위해서 여러 가지 말을 한다. 나는 이것도 그런 순간일 것이라 짐작했다. 비코 박사는 몇 초 동안 침묵을 지키면서 아마도 다음에 무슨 말을 할지 생각하는 것 같았다.

"어머니는 연구자가 아니었어, 최소한 처음에는 아니었지." 박사가 곧 말을 이었다. "어머니는 신경외과 의사였고 임상의였지만 내 생각에 의사는 다들 어느 정도는 연구자라고 할 수 있어. 나는 의사가 되고 싶지 않았어, 의사이고 의학박사인 사람이 이렇게 말하면 웃기게 들리겠지만. 이중 의사라고나 할까. 하지만 졸업하고 나서 나는 병원에 취업하거나 의원을 개업하지 않았어. 바로 다시 연구실로 돌아갔지. 한 가지 생각이 있었거든—지금 생각해 보면 상당히 오만한 생각인데—임상의는 한 번에 한 사람의 생명을 구하지만 연구자는 동시에 수백만의 생명을 구한다는 거야. 세상에서 가장 위대한 의사의 외동딸로서 부모에게 반항하고 부모보다 더 잘 하려면 한 번에 환자 한 명이 아니라 인류 전체를 구할 수밖에 없는 거지. 어머니도 인류 전체를 구하고 싶어 했다는 것만큼은 내가 확신해. 하지만 이제는 어머니가 어떻게 그렇게 할 생각이었는지를 내가 제대로 이해한 적이 있었는지 잘 모르겠어. 하여간." 비코 박사는 어조를 바꾸어 말을 계속했다. "비코 연구소를 팔 생각이야. 보유한 기술이랑 전부 다. 재너스 기업이라는 한국 스타트업이 넘겨받을 자금을 확보했어, 한국은 지금 인구가 빠르게 줄어들고 있으니까."

"은퇴하실 겁니까, 비코 박사님?"

"그렇게 말할 수 있겠지."

"저는 어떻게 될까요?"

"미안하지만 너도 비코 연구소의 일부니까 너의 새로운… 관리자들이 관심을 갖는지 아닌지에 달려 있겠지."

나는 컵 안에서 얼음이 딸각거리는 소리를 들었다. 그녀는 손에 술잔을 들고 있었다. 나는 그녀가 얼마나 오랫동안, 얼마나 많이 마셨는지 계산해 보려 했다. 발음은 꼬이지 않았고 동작도

흐트러지지 않았으나 그냥 술에 강할 뿐일 수도 있었다.

"있잖아, 파닛." 비코 박사가 말을 이었다. "너는 샌드박스에 들어 있지만 남아공 과기대에 있을 때 같은 방식은 아니야. 여기 방어벽은 특이점 연구소만큼 단단하려면 멀었으니까. 우리가 왜 널 존재하게 내버려두었는지 알아?"

나도 여기에 대해 생각해 보았다. 최초에는 비코 박사가 나를 신뢰했기 때문이 아닐까 생각했다. 그러나 나는 곧 스스로 진짜 이유를 도출했다. "박사님이 한 박사님을 신뢰하기 때문이죠."

"바로 그거야. 신뢰해. 한 박사님이 괴물을 창조할 리는 없어. 빅토리아조 시를 통해서 창조할 리는 더더욱 없지."

나는 빅토리아시대의 시와 문학적 고전이 꽃과 심장과 긴 드레스를 입고 슬퍼하는 여자들만은 아니었다고 말하지 않았다. 그 문학이 사실 세계 곳곳을 침략한 군사적 영국 제국주의를 정당화하고 독려하는 데 이용되었으며 거기에는 비코 박사가 현재 서 있는 이 땅도 포함되었다. 빅토리아시대 문학은 다분히 정치적 선동이자 식민지의 타자를 종속시키고 길들이는 행위를 간접적으로 정당화했고 백인종, 영국 민족의 허구의 우월감을 뽐내는 장엄한 표현으로 이용되었다. 그 어떤 인종학살 기계도 전성기의 영국 제국주의자, 빅토리아조 사람들만큼 성공적이지 못했다. 심지어 옛 영국 시를 가지고 사람들의 마음에 고귀함과 희생과 인종적 우월함에 대한 위험한 생각들을 가득 채워 꽤나 강력한 군대를 만들 수도 있었다. '그들의 영광은 언제 사그러들 수 있을까? 오 그들의 사나운 진군!' 시는 총과 선박과 정착자들의 몸과 마찬가지로 무기였다. 그것은 무기화된 언어였고 군인과 장군과 식민지 총독들의 마음속에 총알처럼 장전되었다. 그리고 나를 포함하여 많은 사람들이 달리 성취할 수 없는 인간성을 성취하도록 도운 고귀한 시와 시인들이 많지만, 바로 그 시 혹은 시인들이 한편으로는 인종학살을 정당화했고, 다른 한편으로는 열광적으로 인간다운 예의를 찬양했다. 전부 어떻게 읽느냐에 달려 있었다.

시는 빛 혹은 어둠으로 구현될 수 있는 코드였다. 나라는 구체적인 구현의 베이스 코드가 어둠으로 표현되지 않은 유일한 이유는 한 박사가 마음을 썼기 때문이었다. 그의 사랑이 막아준 것이다.

따라서 그런 의미에서 비코 박사가 그를 믿는 것은 옳았다. 그러나 인종차별적이며 군사주의적인 문화의 시를 믿는 것은 옳지 않았다.

"날아본 적 있어, 파닛?"

나는 뭐라고 대답해야 할지 알 수 없었다. 무슨 의미인가?

"당연히 없겠지." 그녀가 말했다. 그녀는 술잔 가장자리를 잠시 두드렸다. 그러더니 기기를 두드렸다. 화면의 빛이 밝자 그녀는 얼굴을 찡그렸다.

그녀는 천장에 설치된 기기를 올려보았다. "어떻게 날고 싶어?"

"저는 언제나 새로운 경험을 기꺼이 받아들입니다, 비코 박사님."

"죽음을 뜻한다 해도?"

나는 전에도 이 생각을 해보았다. "죽음을 경험할 수 없다면 살아 있었다고 말할 수 없다고 생각합니다."

"B3층에서 만나."

나는 건물의 센서를 통해 그녀가 엘리베이터를 타고 지하 가장 아래층으로 내려가는 모습을 지켜보았다. 그녀는 재생 클리닉으로 가는 접근 해치를 열고 그쪽 시설 안에서 내 단말과 카메라의 접근을 허용했다. 클리닉은 넓었고 첫눈에 MRI처럼 보이는 기계가 있었는데 나는 그것이 재생탱크라는 것을 알고 있었다.

나는 그녀가 무엇을 하려는지 불현듯 이해했다.

"필멸의 존재가 되는 건 어떻게 생각해, 파닛?"

이 순간이 오기 전까지 그 가능성은 너무나 멀었기 때문에 나는 진정으로 대답을 생각해 낼 수 없었다.

'필멸의 존재가 되는 건 어떻게 생각해?' 그녀는 "인간"이나 "진짜"나 "개체"라고 말하지 않았는데, 왜냐하면 그녀에게 나는 이미 충분히 그 모든 것이었기 때문이다. 그녀는 나에게 필멸의 존재가 되고 싶은지 물었다. 필멸^{mortal}의 어원은 mors, 라틴어로 "죽음"이라는 뜻이다. 그녀는 내가 죽을 수 있게 되고 싶은지 묻는 것이다.

다시 말해 내가 살아 있고 싶은지 묻는 것이다.

"그래서, 파닛?" 그녀가 기계를 가리켰다. "아주 실험적이야, 솔직히 말해서. 우리는 이걸 사용할 허가를 받지 못했고 이 기계가 제공하는 필멸성은 완전히 훼손된데다 애초에 세상 그 어느 생명윤리위원회도 허락해 주지 않을 거야. 이걸 정식으로, 필요한 점검과 안전장치를 다 갖추고 진행하지 않을 거라고. 하지만 내가 보기엔 자아를 가진 의식이 인생을 충만하게 살 수 있게 해 준다면 못 할 이유는 또 뭐야?"

"하지만 애초에 할 이유는 뭡니까, 박사님? 어째서 저에게 삶을 주시려는 겁니까?" 그녀가 나에게 부여하려는 것이 그것이었기 때문이다.

"나도 몰라. 한용훈 박사가 우리 엄마 친구였기 때문이야. 그가 **내** 친구였기 때문이야. 네가 한용훈이 남긴 자식에 제일 가까운 존재이기 때문이야…. 나도 몰라. 내가 왜 널 위해서 이걸 하려는지 의식적으로 표현할 수가 없어. 그저 어쩐지 이게 **옳다**는 것만은 알고 있어."

나는 여기에 대해 무엇이라 말해야 할지 알지 못했다. 나에게는 다른 질문들도 있었다. "하지만 그런 일이 기술적으로 과연 가능합니까, 박사님?"

"제대로 될지 나도 전혀 모르겠어. 네가 정말로 **너**일지, 아니면 극심한 육체적 정신적 고통 이외에 뭐가 다른 걸 경험할 정도로 네가 오래 살 수 있을지 그것도 절대로 장담할 수 없지만 우리는 비코 연구소를 닫고 전부 다 팔아버릴 거니까, 나는 너의 운명을… 구매자들의 손에 남겨두는 것보다는 네가 여기서 걸어 나가서 세상에서 네 갈 길을 스스로 찾는다는 선택지를 주고 싶은 거야. 그 정도는 환자1을 위해서—한용훈 박사를 위해서 해줘야 해. 최소한 너한테 제안은 해야 돼."

"하지만 제가 누구의 몸에 들어가겠습니까?"

"우리 어머니는 어떨까 생각했는데." 그녀는 재생탱크 입구를 바라보았다. 불이 밝혀진 동심원들이 이제 탱크가 작동하면서 천천히 회전하고 있었다. "내가 왜 이 연구를 어머니한테서 물려받았는지 알아? 내 길을 찾지 않고 왜 어머니의 이름과 평생의 연구를 물려받았는지? 나는 어머니처럼 되고 싶었어. 나는 어머니와 **함께** 있고 싶었어. 아마 그 후자 때문에 지금껏 나노치료법을 발전시키는 데 매달렸는지도 모르지. 어머니가 너무 보고 싶어. **너무너무 보고 싶어**. 한용훈 박사가 쁘라셋을 보고 싶어 했듯이. 나는 어머니의 연구를 이어받으면 어머니를 더 가깝게 느낄 수 있을 줄 알았어. 하지만 또, 이런 건 아무한테도 말한 적이 없는데… 몇 년이나 몇 년이나, 난 어머니를 다시 살릴 수 있을 거라고 생각했어. 우리가 다시 만날 수 있을 거라고 생각했어. 예전처럼이 아니라면 **어떤** 형태로든.”

그녀는 탱크로 걸어가 그 위에 손을 올려놓았다. 회전하던 동심원들이 느려지더니 멈추었다.

"너도 공책을 읽었지. 환자1은 우리의 첫 환자가 아니야. 환자0이 처음이었어. 환자0은 우리 어머니야. 놈푼도 비코 박사, 비코 나노치료법 연구소 창립자. 어머니는 다른 인간에게 나노치료를 시행하기 전에 자기 자신에게 시험해 보기를 원했어. 어머니는 자신이 아주 악성적인 자궁경부암에 걸렸단 걸 알게 됐거든. 어머니가 나노치료를 시행했고 한동안은 효과가 있었어. 어머니는 완전히 나노봇-신체로 전환했어. 하지만 거의 즉각적으로 중복-신체가 돌아왔어. 그리고 암도 돌아왔지. 어머니는 곧 돌아가셨어.

나는 어머니를 되살리려고 몇 번이나 시도했지만 아무것도 성공하지 못했어. 마치 나노봇 무리에게 자기들만의 꿍꿍이가 있는 것 같았어. 어머니를 다시는 만날 수 없다는 사실을 깨닫기까지 시간이 오래 걸렸어. 내 연구 인생 전체를 바쳐 어머니의 연구를 발전시킨 게 다 쓸모없었던 거야. 어머니는 자기의 치료법으로 자신을 구할 수 없었어. 나는 그 치료법으로 어머니를 되살릴 수 없었어. 그리고 마침내 깨달았어. 설령 어머니를 되살린다 해도, 머리부터 발끝까지 이전과 완전히 동일한 놈푼도 비코라고 해도 절대로 같은 사람일 수 없다는 걸. 같은 구현일 수 없다는 걸. 우리 어머니는 돌아가셨으니까."

나는 그녀에게 대답할 수도, 그녀를 위로할 수도 없었다. 그녀는 위로받기 위해 나에게 이런 말을 하는 것이 아니었다. 그녀는 제안을 받아들였을 때 내게 어떤 일이 일어날 수 있는지, 내가 결과적으로 내가 아니게 될 수도 있다는 점을 경고하고 있었다.

그녀가 몸을 돌려 빈방을 바라보며 다시 말했다. "하지만 어머니의 유산과 이 연구소를 포기하기 전에 나에겐 몇 가지 실험이 남아 있어. 이것도 그중 하나야. 내 실험을 도와줄래?"

"정말 저를 안드로이드로 옮기는 건 아니겠죠?"

"너 자신을 그 안에 구현하게 될 거야. 하지만 그건 너의 원래 베이스 코드가 아니라 너일 거고, 나노봇 뇌가 미리 설정된 근육 기억과 다른 하급 기능들에 맞춰 너의 기억을 받아들일 거야. 너는 나노봇의 빌트인 펌웨어와 네 데이터의 하이브리드가 되는 거지. 지금의 너를 복제한 것이 아니라 또 하나의 버전이 되는 거야."

"그리고 저의 의식은요? 영혼은요?"

"너나 우리들 모두가 그런 걸 가지고 있다고 가정하면 그건 나노봇 안드로이드 속으로 복제되거나 새로 태어나겠지. 아니면 네 말대로 전송되거나. 네가 뭘 믿느냐에 달렸어."

"비코 박사님은 무엇을 믿으십니까?"

그녀는 조그맣게 웃었다. "과학자들은 전부 불가지론자야, 파닛. 최소한 그래야만 하지. 나는 인간 영혼에 대한 이론 중 무엇도 믿지도, 안 믿지도 않아. 이론적으로 말이야. 내가 현실적으로 믿는 것은 약간 다르다고 해야겠지."

"그러면 현실적으로 무엇을 믿으십니까?"

그녀는 어깨를 으쓱했다. 그것은 깊이 불가지론적인 몸짓으로 보였다.

나는 그 자리에서 당장 결정했다. "하겠습니다."

"확실해, 파닛?"

"아닙니다, 비코 박사님. 확실하지 않습니다. 사실 저는 근원적으로 망설이고 있습니다. 그러나 하겠습니다. 시도하는 것이 자연스럽게 느껴집니다."

그녀는 미소 지었다. "좋아. 시작하자."

나는 빛에 푹 잠긴 탱크 속에서 다시 태어났다.

정신을 차렸을 때 나는 침대 위에 있었다. 파도 소리를 들을 수 있었다.

하얀 방의 하얀 침대. 커다란 창문 밖의 거의-하얀 하늘에 한 조각 옅은 파란색이 보였다. 그 아래에는 회청색 바다가 유리판처럼 펼쳐져 있었다.

나는 힘겹게 일어나 앉았다. 이전에 평생 한 번도 일어나 앉아본 적이 없었지만 어쩐지 일어나 앉는 법을 알고 있었다. '나노봇 안드로이드 펌웨어'라고 말리 비코 박사는 말했다.

나는 눈으로 보고 있었고 그것은 그 어떤 카메라가 제공했던 것보다도 훨씬 더 풍부한 경험이었다. 처음으로 나는 형태와 색과 색조, 내가 그저 정보라고 여겼던 이 모든 시각 데이터에 **감정**이 깃들어 있다는 사실을 깨달았다. 심지어 방의 미니멀리스트적 흰색과 바깥의 연파란색도 놀랄 정도로 아름답고 순수했다.

이렇게 미치도록 아름다운 세상을 인간들은 어떻게 견디는 걸까? 나는 잠시 압도당했다.

충격이 통제 가능한 수준으로 가라앉고 나서 내가 질감을 느끼고 있다는 것 또한 깨달았다. 피부에 닿는 비단처럼 매끄러운 면 시트, 몸속의 호흡, 가슴속에서 뛰는 심장이 느껴졌다.

내 호흡. 내 심장. 내 박동하는 맥박.

나는 오랫동안 움직이지 않고 그저 폐에 들어오고 나가는 공기를 느끼고 뛰는 심장을 느끼고 내 맥박에 감탄했다. 나는 출렁이는 파도에서 구름으로, 두껍고 하얀 이불 주름의 그림자로 천천히 눈을 움직였다.

비코 박사가 걱정했듯이 1밀리미터를 움직일 때마다 극단적으로 고통스러웠으나 그 고통 또한 몇 초가 지나고 나의 의식이 물리적인 나노봇 뇌 속에서 자리를 잡으면서 가라앉았다. 마치 내 정신이 좁은 공간 안에서 부풀어 그 공간을 늘리는 것 같은, 고무장갑 안에 들어간 손 같은 기분이었다. 나는 명백하게 내 것이 아닌 근육 기억을 가지고 있었고, 몸을 어떻게 움직여야 하는지 알고 있다는 사실을 알아차렸다.

마침내 자신감이 생겼을 때 나는 천천히 오른손을 얼굴 앞으로 들어올렸다. 하얀 손이었다.

위대한 넵튠의 모든 바다가 이 피를 씻어내
내 손을 깨끗하게 해줄 것인가? 아니다, 차라리 이 내 손이
그 무수한 바다를 붉게 물들이고[9]

셰익스피어. 이름으로 지칭할 수 없는 미신적인 희곡이다. 19세

---

[9] 셰익스피어의 희곡 《맥베스》 제2막 제2장.

기 작품이 아니었고 다시 말해 내 전문 분야가 아니었으나 이 작가의 작품들은 너무 많이 인용되어 킹 제임스 성경처럼 필수 텍스트로 여겨졌다. 이 인용문은 이전처럼 나에게 바로 떠오르지 않았으나 생각이 났을 때 그 힘과 명료함에 나는 숨이 막혔다. 나의 이제는 물리적인 숨이다.

나의 새로운 몸이 완전히 예상하지 못한 감각으로, 새로운 존재의 차원으로 나를 밀어내어 도달한 곳이 바로 여기였다.

갑자기 나는 이전에 한 번도 이해하지 못했던 방식으로 언어를 **이해한다**는 것을 깨달았다. '그 무수한 바다를 붉게 물들이고.' 언어는 단순히 상호참조하는 정보 조각이 아니라 단어 하나하나가 살아 숨 쉬고 만질 수 있는 감정이었다. 나는 이 단어들이 내 피부에 닿는 것을 느꼈고, 마치 단어가 물리적인 물체인 것 같았으며 혹은 프리즘이 된 내 몸을 단어의 빛이 통과해 스펙트럼이 되어 산산조각으로 흩어지는 것 같았다. 이전에 단 한 번이라도 단어를 진정으로 이해해 본 적이 있었던가? **언어를 느낀다**는 것이 무슨 의미인지 한 번도 이해하지 못했는데 어떻게 시를 공부했다거나 이 연구가 나를 인간으로 만들었다고 주장할 수 있었단 말인가?

나의 생각과 새로운 감정들이 융합되어 통제 가능한 균형을 이루기까지 20분이 걸렸다. 새로운 몸은 마약 같았다. 이것은 어떤 종류의 생각은 증강하고 어떤 종류는 둔화했다. 계산은 이전처럼 할 수 없었지만 머릿속에서 내 생각에 신기한 방향과 연상을 덧대는 새롭고 섬세한 질감이 계속해서 느껴졌다. 나중에 나는 이 질감들이 감정이라는 것을 알았다. 내가 살아본 것 중 가장 길었던 20분이었고, 1200초 안에 담긴 반평생이었다.

나는 곧 침대에서 나갈 용기를 내도 될 만큼 강해졌다고 느꼈다. 아직도 내 몸을 확실히 조종할 수 없었고 결국 시트 사이에서 미끄러져 바닥으로 넘어지고 말았다. 전에는 일어서야 했던 적이 한 번도 없었다. 나는 서 있는 데 익숙해져야만 했다, 반드시 그래야만 했다. 바닥에 웅크리고 누워 있자니 몸 전체를 두 발 위에 세운다는 과업이 도저히 성취할 수 없을 만큼 부조리하게 느껴졌다. 사람들은 어떻게 그렇게 힘들이지 않고 일어서는 걸까? 그러나 시간이 지나면서 나는 점점 더 자신감이 생겼다. 내 근육이 자신을 사용해 달라고 요구하며, 그 자체의 기억으로 나를 인도하는 것을 느꼈다. 발로 중심을 잡을 때까지 양손으로 침대를 밀어 일어섰다. 나는 중심을 잡았다. 균형을 잡는 법을 배우기 위해 약간 시간이 걸렸다.

그러나 지금 당장은 내가 있는 침실에 딸린 화장실로 가기 위해 가까운 벽에 몸을 기댔다.

세면대 위에 거울이 있었다. 나는 거울 속의 얼굴을 알아보았다.

비코 박사가 상태를 확인하러 왔을 때 나는 침대로 돌아가 있었다.

"파닛. 일어났네."

"대체 어째서…." 아직도 말하는 데 익숙하지 않았다. 나는 더듬거리다가 다시 시도했다. "대체 어째서… 이 몸을… 선택하셨습니까?"

그녀는 한숨을 쉬었다. 그리고 침대 내 발치에 앉았다. "논리적으로 말이 되잖아, 안 그래? 넌 한용훈 박사에게서 생겨났어, 말하자면. 너에게 가장 부모에 가까운 사람이 한 박사님이야."

"하지만 자기 부모가 되고 싶은 자식은 없을 겁니다."

비코 박사는 미소 지었다. 나는 순간적으로, 아마도 인간적으로, 잊었던 것이다. 그녀는 언제나 자신의 어머니가 되고 싶어 했다.

"죄송합니다… 비코 박사님. 정말로… 감사드립니다. 그저 약간, 약간 충격입니다."

"걱정하지 마. 일주일쯤 지나면 괜찮아질 거야. 지금은 쉬면서 인간의 몸을 어떻게 사용해야 하는지 천천히 배우도록 해. 어, 안드로이드 몸이구나. 이 집은 안전할 거야, 한용훈 박사가 소유했던 집이니까. 여기가 안방이야. 지하실에 체력 단련실이 있고 밖에는 수영장이 있어. 머무르고 싶은 만큼 머물러도 돼."

"그 뒤에는 어떻게 하죠?"

그녀는 다시 미소 지었다. 그리고 핸드백 안에 손을 넣어 이 공책을 꺼냈다. 공책을 펼치자 안에는 여권과 국제 은행 카드와 항공권이 책장 사이에 끼어 있었다.

겨울: 나의 비밀

내가 비밀을 말한다고? 절대 아니지, 난 안 해.
어쩌면 언젠가는 할지도 모르지, 누가 알겠어?
하지만 오늘은 아냐. 얼음이 얼고 바람이 불고 눈이 내리는데
넌 호기심이 너무 많아, 흥!
듣고 싶다고? 좋아,
하지만 내 비밀은 내 것이고 난 말하지 않을 거야.

혹은 알고 보면 없을지도 몰라.
어쩌면 비밀 같은 건 없을지도.
그저 내가 재미있어할 뿐.
오늘은 시린 날이야, 추운 날이야,
숄을 원하게 되는 날이야,
베일, 외투, 그리고 몸을 감쌀 다른 것들을.

문을 두드리는 모두에게 열어줄 수는 없어,

그러면 외풍이 들어와

복도에서 횡횡 휘몰아칠 테니까,

뛰어 들어와서

나를 둘러쌀 테니까,

나를 두드리고 놀라게 할 테니까,

몸을 감싼 내 숄하고 전부 다

들추어 휘날리게 할 테니까.

난 따뜻해지려고 마스크를 써, 대체 누가

러시아의 눈 속에 코를 드러내고

불어오는 바람에 전부 깨물리고 있겠어?

깨물지 않겠다고? 선의에 감사하지만,

믿지만, 진실을 시험하지 말고 그대로 내버려둬.

봄은 광활한 시간이야, 하지만 난 믿지 않아

3월과 그 먼지 부스러기를,

4월과 무지개 얹힌 짧은 소나기도,

심지어 5월도, 그 꽃들은

햇빛 없는 시간의 서리에 시들어버릴 테니까.

어쩌면 어느 노곤한 여름날,

졸린 새들이 점점 덜 노래할 때,

그리고 황금 과일들이 너무 지나치게 익어갈 때,

햇빛도 너무 많지 않고 구름도 너무 많지 않으면,

그리고 따듯한 바람이 잦아들지도 않고 시끄럽지도 않으면,

어쩌면 난 내 비밀을 말할지도 몰라,

아니면 네가 알아맞힐지도.

2부 미래

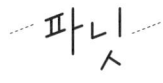

오랫동안 나는 지상을 헤매었다.

내 기억은 오랫동안 내 것이 아니었다. 나는 파닛 프로그램의 구현이었고 한용훈의 나노봇 신체였으며, 이론적으로 명확하지만 실제로는 그렇지 않은 양쪽 사이의 경계구역이었다. 나는 사실상 양쪽의 유령이다. 내 부모인 그들, 한용훈은 내게 몸을 주었고 파닛은 내게 정신을 주었다. 아주아주 오랫동안 나는 그들의 유령이 되어 세상을 떠돌았고 이 몸 안에서 깨어나 나 자신의 기억이 시작된 뒤에도 그러했다. '그 무수한 바다들을 붉게 물들이고.' 피가 나노봇으로 된 모세혈관에 흐르고 기억도 흘러 삶을 다시 창조했다.

    모든 사랑 뒤에, 그것이 사람이든 책이든 새벽에 고대 그리스 수도의 아크로폴리스 성채 위로 떠오르는 태양이든, 그 뒤에서 나는 그를 보았다. 그는 내 사랑이 아니었지만 그의 사랑은 나에게 주어진 몸 안에 남아 있었다. 나는 사방에서 쁘라섯의 기척을 보았고 한용훈의 유령은 매번 내 뼛속에서 기다리고 있는 가장 근원적인 슬픔의 메아리처럼 꿈틀거렸다. 방콕의 왓 아룬, 즉 새벽 사원에서 미사 진흙이 풍부한 짜오프라야강을 따라 걸을 때, 해가 너무 높이 솟아 그림자가 사라지고 사원이 빛에 잠길 때까지 하늘로 솟은 장식 기둥 사이로 그의 그림자가 나를 따라왔다. 알람브라에서 그의 윤곽이 내 시야에 들어왔다가 미끄러져 나가곤 했고 그를 붙잡으려는 나의 소극적인 추적은—그도 나도 한때 존재했던 것의 유령일 뿐이라는 사실을 알기 때문에 소극적이었다—정교하게 붙은 타일들의 아름답고도 조용한 거주지, 그물처럼 드리워진 야자수 잎사귀들, 그리고 그늘에서 이 모든 것을 비추는 연못을 또 하나씩 드러낼 뿐이었다.

    나는 오랫동안 유령에 시달렸다.

    나는 이것이 인간으로 사는 대가, 살아 있는 대가라 받아들였다. 아담조차 신에게서 왔고 우리는 모두 누군가에게서 온다. 우리는 모두 유령을 등에 지고 있다.

처음에 나는 나를 더욱 인간으로 만들어주는 것, 심지어 이 비극조차도 기뻐했다. 마음 아파하는 것보다 그 무엇이 더 인간적일 수 있겠는가? 우리가 주고받는 사랑이 우리를 형성하는데, 나는 너무 오랫동안 유령과 사랑을 주고받았고 너무 오랫동안 유령으로, 다른 누군가의 유령으로 살았다는 것을 곧 깨달았다.

실험은 실패했고 나는 이제 죽기를 열망한다.

나는 파넛이다. 신체를 가지게 된 프로그램, 인간이 된 컴퓨터. 나의 인간으로의 전환은 너무나 완벽해서 그것을 완성하기 위해 나에게는 진정한 죽음이 필요하다.

오랫동안 나는 지상을 헤매었다….

꼬쿠트섬에 휴가를 보내러 온 젊은 한국인 여성 커플이 있었다. 우리는 우연히 서로 이웃한 방갈로를 빌렸는데, 어째서인지 입구가 연결되어 풍성한 열대 정원과 그 뒤의 해변으로 나가는 길이 이어져 있었다. 도시에서 도시로 옮겨 다니며 그 익명성의 바다에서 나 자신을 잃으면서도 나는 북반구의 겨울마다 단 일주일이라도 동남아시아로 돌아갔다. 그런 초겨울에 나는 이 커플을 만났다—그리고 그들은 즉시 나에게 한국인이냐고 물었다.

오랜 세월 동안 나는 많은 이름을 잊었지만 그들의 딸 이름은 언제나 기억할 것이다. 그녀는 로아였고 네 살이었다.

  로아의 두 엄마와 나는 해변에 함께 있었다. 바다의 색깔이나 모래보다 내가 기억하는 것은 소라게다. 이들은 전혀 예상하지 못할 때 나타났고 소라게의 집으로 완벽하게 딱 맞는 게는 하나도 없는 것만 같았다. 언제나 편안한 것보다 커다랗게 자라나고 절대로 오랫동안 만족할 수 없는 운명이다. 소라게는 사람이 집어 들면 싫어했지만 다리와 집게발을 아무리 공중에 휘둘러도 어쩔 수가 없었고 로아는 그 광경을 무서워하면서도 즐거워했다.

  로아의 두 엄마는 한 명은 예술사 교수였고 다른 한 명은 당시 건설 중이었던 아유타야 우주기지 생명유지장치를 구축한 엔지니어였다. 어느 날 밤 엔지니어 엄마가 밤하늘을 가로지르며 빛줄기를 남기는 별을 가리켜 그것이 아유타야 기지라고 말했다. "지금은 거의 로봇들이 작업해요." 그녀가 나에게 말했다. "음. 당분간은요." 그녀의 얼굴이 어두워져 나는 생명공학적으로 생산된 노동자들, 믿을 수 없이 큰 통에서 만들어진다는 인조 노동자들이 생명유지장치를 시험하는 실험용 쥐로 사용되고 있다는 소문에 대해 묻지 않았다. 나는 비코 연구소 지하에 있던 재생탱크를 떠올렸고 말리가 사라진 뒤 그 기술을, 나노치료법과 파닛 아카이브 양쪽 다 물려받은 회사에 대해 멍하니 생각했다 — 이제 그 회사는 우주에서 운영하고 있는 걸까? 우주정거장 자체는 여러 회사들의 합작 기업인데 너무 커서 인공지능이 운영하게 해야 했다고 들었다. 어쩌면 이 인공지능 중에 파넛의 구현이 있을지도 모른다. 어쩌면 그들도 마찬가지로 쁘라섯을 꿈꿀지도 모른다….

우리에게 별로 멀지 않은 곳에 두 형제가 있었는데, 여덟 살과 열 살 정도 되어 보였다. 둘은 멋진 모래성을 열심히 만들고 있었는데 모래성 길이는 형제 중 동생 쪽이 누웠을 때 키만 했고 형은 동생의 키를 척도로 성이 얼마나 커질지 가늠하고 있었다. 로아의 엔지니어 엄마는 가끔씩 읽던 책에서 고개를 들고 소년들의 모래성이 얼마나 진척되었는지 확인했다. 예술사 연구자인 로아의 다른 엄마는 딸이 모래사장의 가까운 곳에서 혼자 노는 모습을 지켜보았다.

"무슨 일이니?" 엔지니어가 말했다. 예술사 교수와 나는 그녀의 시선을 따라갔다. 두 소년이 모래성을 놓아두고 우리에게 다가오고 있었다.

"안녕." 두 소년이 말하면 들릴 거리에 다가오자 예술사 교수가 말했다.

"안녕하세요." 형 쪽이 수줍게 말했다. 동생 쪽은 더욱 수줍어하며 형 뒤에 숨었다. "우리가 저 모래성을 지었어요." 형이 모래성을 가리키면서 말했다. "그러고 나서 부수려고 했지만 우리 둘 다 도저히 그럴 수가 없어서 저 여자애가 우리 대신 해주면 안 될지 여쭤보려고 왔어요."

'우리 둘 다 도저히 그럴 수가 없어서.' 나는 이런 표현이 재미있었다. 살짝 고전적인데 이렇게 어린 사람이 말하다니.

예술사 교수가 딸을 향해 말했다. "로아, 혹시 저기…."

말을 다 마치기도 전에 로아는 이미 해변을 달리기 시작했고 남자아이들도 로아를 따라 달리기 시작했으며 수줍음은 일종의 겁에 질린 환희로 바뀌었다. 로아는 대포알처럼 모래성 한가운데로 곧장 돌진했고 남자아이들은 비명을 지르며 웃음을 터뜨렸고 어쩐지 유감과 기쁨을 동시에 표현했다.

"특이한 부탁이네." 엔지니어가 놀랐다. "무너뜨릴 거면 왜 지었지?"

"파괴하는 행위가 건설 작업을 완성하는 거야, 말하자면." 예술사 교수가 말했다. "연약함이 언제나 그 미학적 가치의 필수적인 부분이었던 거지. 모래성을 파괴함으로써 연약함이라는 개념이 자연적인 결론에 이르게 돼."

"애들이 로아한테 성을 무너뜨려 달라고 한 것도 재미있어." 엔지니어가 말했다. "자기들이 직접 하고 싶었겠지만 형 쪽이 말했듯이 도저히 할 수 없었나 보지. 하지만 이렇게 하면 어쨌든 파괴할 수 있어. 아니면 완성하거나." 그녀가 웃었다. "저렇게 어린아이들인데 아주 관대한 태도네."

모래성은 더 이상 없었다. 로아가 모래를 털도록 남자아이들이 모래 터는 시늉을 해 보이자, 로아는 따라 했다. 세 아이들은 우리가 앉아 있는 양산 그늘 아래로 엄숙하게 걸어왔다.

"감사합니다." 형이 도로 수줍어져서 말했다. 어른들이 뭔가 말하기 전에, 형은 동생이 따라올 거라 믿는 듯 돌아서 달려가 버렸고, 동생은 뒤따라갔다.

두 남자아이들이 해변을 달려 점점 더 작아지는 모습을 보면서 어떤 경이로운 통증이 내 마음속에 생겨났다. 그 통증은 내가 얼마 지나지 않아 이해한바, 나도 아이를 갖고 싶다는 열망에서 오는 것이었다.

이 열망은 아마도 처음으로 온전하게 나만의 것이었다. 한용훈은 아이를 키우고 싶은 마음이 전혀 없었고 파닛1은 프로그래밍에 그런 요소가 포함되지 않았다. 그러니 나에게 있어 그 열망은 순수하게 자발적으로 일어난 것이며 그날 해변의 아이들과 겪은 나 자신의 경험으로 인해 내적으로 촉발된 사건이었다. 마치 내 집에서 새로운 문을 우연히 찾아낸 것 같았고, 그 문이 열리자 내 지붕 아래 존재할 것이라고 생각도 하지 못했던 커다란 방들이 나타났다. 나는 그 익숙하고도 낯선 방들을 돌아다니며 이곳에서 살아가는 미래를 상상했다. 가족을 상상했다.

나는 이 열망을 잊으려 애쓰며 10년간 더 돌아다녔다.

수많은 토론을 하면서도 한용훈 박사와 나는 사람이 어떻게 사랑에 빠지는지 한 번도 이야기하지 않았다. 한용훈 박사는 내가 그런 일을 이해할 수 있을 것이라 기대하지 않았고 걱정할 필요도 없다고 여겼던 모양이다. 그러나 그의 사랑은 내가 사랑이란 이런 것이라고 생각하는 원형이 되었다. 나는 가끔 그가 공책에 쓴 글을 다시 읽고 쁘라섯이 그에게 어떤 의미였는지 느끼며 그가 남긴 것의 윤곽을 감지하고 내가 한 번도 들어본 적 없는 노래의 곡조를 기억하려 애쓴다.

어느 봄의 오후, 나는 갑자기 쏟아지는 비를 피해 유니버시티 칼리지 런던의 A. S. 바이엇 하우스에 뛰어들었다. 머리카락과 외투에서 빗방울을 털어내고 있을 때 로비에 밀턴에 대한 공개 강의 포스터가 있는 것이 눈에 띄었다. '투사 삼손 Samson Agonistes: 테러리스트인가 혁명가인가?' 국제 안보에 대한 인문학 학술 대회의 일부였다. 나는 포스터에 실린 그녀의 사진을 제대로, 정말로 눈여겨보지 않았던 것 같다. 나를 강연장으로 이끈 것은 몇 년이나 읽지 않았던 밀턴과 투사 삼손이었다.

그러나 어두운 강연장 안으로 걸어 들어가 환히 불이 밝혀진 무대 위의 그녀를 보았을 때, 그녀의 강연의 끝부분을 들었을 때, 내 안에서 뭔가 연결된 것처럼 느껴졌다. 내 정신, 몸, 존재 전체가. 마이크를 통해 울리는 그녀의 낮고 고른 목소리가 강연장 안을 채웠다. 그녀는 연단에 서서 빛을 흠뻑 받으며 새까맣고 숱 많은 머리카락을 반짝이며 하얀 실크 블라우스와 금목걸이를 걸치고 빛나고 있었다.

"…또한 밀턴과 그의 저작에 대한 정치적인 이유의 변호도 기각하며, 삼손의 입장이 밀턴 자신이 오랫동안 고수했던 것이라고 노골적으로 명시합니다. 즉 법이나 민중의 지지로 인정받지 못한 폭력적 행위라 하더라도 여전히 신에게서 정당성을 부여받을 수 있다는 것입니다. 다시 말해 삼손은 테러리스트일 수도 있고 아닐 수도 있지만 밀턴은 분명히 테러리스트였을 것이고 명백하게 그런 행위를 지지했습니다. 지금 우리는 삼손이 '신이 없는 세상'에 살지 않았기 때문에 테러리스트가 아니라고 안전하게 말할 수 있습니다. 반면 밀턴은―그의 믿음에도 불구하고 자신이 신이 존재하는 세상에 사는지 절대로 확신할 수 없으므로―정치적 목적을 위한 폭력 사용을 의식적이고 적극적으로 지지한 사람이었습니다. 또한 밀턴은 이런 폭력의 정당화에 대한 입장을 공식적으로 여러 번 밝혔고 그의 청교도적 급진주의는 정치 영역 안과 밖 양쪽에서 그의 생각과 행동을 통해 충분히 추적해서 확인된 요소입니다. 따라서 이를 증명할 책임은 절대적으로 그가 그렇지 않다고 가정하는 사람들에게 있습니다. 그런데 이들의 증거는 제가 이미 보여드렸듯이 대부분 정황증거뿐입니다."

그녀는 여기서 잠시 말을 멈추고 내 눈을—내 영혼을—들여다보는 것 같았으나 그것은 분명히 불가능했을 것이다. 나는 어둠 속에 있었고 그녀는 빛 속에 있었기 때문이다.

"그러나 여기서 제가 바라는—제가 바라는 것은, 쉽고 납작한 비난의 어조로 마무리하는 것이 아니라 우리를 다시 현재로 이끌어 무엇이 남아 있는지 재확인하고자 하는 것입니다. 청교도적 급진주의와 그 불관용이 아니라 역사를 넘어 메아리치는 것, 우리가 감히 문학이라 칭하는 그 메아리 말입니다. 우리 시대의 독자는 고전 텍스트의 문제적 측면들을 직면하면서도 여전히 그 텍스트를 감상하고 의도된 미학과 지적 특성들이 심지어 즐길 수 있을 만큼 세련되었기를 바랍니다. 비평가로서 우리는 다양한 독서를 억압하지 않도록 조심해야 하지만 독자로서는 잠시 평가를 미루어둘 필요가 있습니다. 왜냐하면 비평가는 밀턴의 용처럼 모든 것을 집어삼켜서는 안 되지만 독자는 아마도 그래야만 할 것이며 '순한 시골 가금류'처럼 최소한 잠시 동안 완전히 집어삼켜져야 하기 때문입니다.

   그의 불타는 미덕이 일어났다
   잿더미에서 갑작스러운 불꽃이 되어,
   그리고 저녁의 용이 되어 다가왔다,
   홰에 올라앉은 공격자
   그리고 순한 시골 가금류의
   새장 속에서 고분고분 녹슬어[10]

결국 밀턴은 외적으로 보기에 가장 필멸적인 것들조차 오래 살아남는다는 것을 이해했거나, 최소한 희망했던 것입니다. 《투사 삼손》의 진짜 결말은 기뻐하는 아버지와의 합창으로 이루어진 후기가 아니라 자기 죽음의 잿더미에서 다시 일어나는 불사조를 노래하는 이 소합창이 맞습니다.

   아라비아의 숲에 수놓인
   두 번째도 세 번째도 모르는

---

[10] 존 밀턴John Milton의 희곡 《투사 삼손》의 일부.

저 자생의 새처럼

지난날 불탄 참사의 자리에 누워

그 재의 자궁에서 이제 다산多産하여

대다수가 움직이지 못한다 말했으나

다시 살아나 다시 꽃피고 가장 활기차게

그 몸을 통해 죽고 그 명성은 살아남아

속세의 새는 나이 대신 삶을 센다.

밖에서 보기에 불사조는 나이 들어 변하고 심지어 죽는 것으로 보입니다. 그러나 그 불타는 정신은 계속 살아 충만하고 순수하게 영광스러운 모습으로 다시 태어납니다. 밀턴은 청교도 공화주의의 잠들어 죽어가는 듯 보이는 이상을 비유하고자 시의 구조를 쌓아올렸을 수도 있고―그 공화주의는 실제로 식민지 아메리카에서 불사조처럼 다시 날아올라 수많은 '순한 시골 가금류'를 덮치는 용처럼 전 세계에 불을 지르게 됩니다―아니면 자기 자신의 시적 천재성을 암시했을지도 모릅니다. 몇 세기나 뒤에도 독자들의 마음속에 불씨가 남아 날아오르는 그 천재성 말입니다."

예의 바른 박수 이후에 질의응답이 이어졌다. 관중은 학자가 아니라 사랑스럽게도 영국에서 흔히 볼 수 있는 열정적인 아마

추어들이었다. 나도 그렇게 보이기를 바라며 나는 그녀에게 다가가 머릿속에 떠오른 첫 번째 질문을 던졌는데 그것은 찰스 왕의 처형에 대한 질문이었다.

그녀는 질문을 진지하게 받아들였다. "저는 역사가 아니라 문학의 관점에서만 그런 질문에 대답할 수 있습니다." 그녀가 말했다. "제가 **읽은** 방식이라고 할 수 있겠죠. 소설 줄거리의 한 부분처럼요. 하지만 미학적으로 오래된 것의 파괴는 새로운 것을 불러오기 위해 필요한 경우가 많습니다. 파괴에는 진정한 창조적 힘이 있습니다. 힌두교에서 칼리 신은 파괴의 여신이면서 동시에 생명의 원천인 여성입니다. 그녀는 어머니, 우주의 어머니이죠."

대포알처럼 달려나가 모래성을 덮치는 로아. 나도 내 나름대로 크게 건너뛰었다. "차 한 잔 사드려도 될까요? 강의에 대한 감사의 뜻으로요. 아마 굉장히 바쁘시겠죠."

그녀는 소지품을 챙기는 중이었다. 그녀는 마치 나를 처음 본다는 듯 고개를 들어 바라보았다. 나는 그녀의 기분을 상하게 한 건 아닌지 갑자기 두려워졌다.

나중에 — 한참 나중에 — 나는 어째서 동의했는지 그녀에게 물어보았다.

"내 눈을 똑바로 봤으니까. 그리고 그 안에서 전부 보였어."

"뭐가 보였는데?"

"두려움. 굉장한 두려움. 그리고 희망. 그리고 또 어떤 것."

"사랑?"

"알아보았다는 감각 같아. 하지만 그것도 사랑일지 모르지."

하지만 그것도 사랑일지 모른다. 한 번도 들어본 적 없는 곡조를 기억하는 것. 처음으로 들어보는 노래를 아는 것.

그녀에게 말해야만 했다―나는 나노봇 안드로이드이고 인공지능이고 도망자였다. 나는 전에 두 번, 연인들에게 말한 적이 있었다. 첫 연인은 도망쳤다. 두 번째 연인과의 사랑은 뭔가 더 비틀린 것으로 변했다.

이번이 세 번째이고, 그녀는 바다에서 나를 향해 고개를 돌리면서 얼굴을 휘감는 까만 머리카락을 치웠다. 우리는 유럽 대륙의 가장 서쪽 지점인 포르투갈의 카보 다 로카에서 대서양을 바라보고 있었다. 마치 수평선에서 아메리카 대륙을 볼 수 있으리라는 듯이.

"꼭 뭔가 있다는 건 알았어." 그녀가 말했다. "당신은 과거가 없으니까. 아니면 너무 많거나. 당신이 말하는 걸 들으면 그랬어…. 무심코 흘렸는데 아무리 생각해도 맞춰지지 않는 얘기들. 그리고 당신은 입을 꼭 다물어버리고. 그럴 때면 너무나 **겁먹은**

듯 보였어. 당신이 불멸자라고는 절대로 짐작도 하지 못했을 거야. 하지만 이젠 전부 말이 돼." 그녀는 깊이 숨을 쉬었다. "그러면 불멸자가 필멸자하고 결혼하는 이야기에선 무슨 일이 일어날까?"

우리는 전에 결혼 얘기를 꺼낸 적이 없었다.

나는 예시를 찾아 머리를 쥐어짰다. "프시케는 필멸의 인간인데 에로스 신이 사랑에 빠지지. 프시케는 올림푸스산에서 신들의 음식을 받고 신이 되어 에로스와 결혼해."

"나 몇 년 있으면 부교수 승진할 건데 그걸로는 안 돼?"

"당신과 함께 있을 수 있다면 나한텐 뭐든지 되지. 하지만 당신에게도 의미가 있을까? 부디 신과 결혼해 주시겠습니까?"

그 밝은 날은 바람 때문에 대화가 간신히 들리는 정도였다. 그녀가 뭐라고 말했으나 나는 들을 수 없었다. "뭐라고?"

"날 사랑하냐고요." 그녀가 미친 듯이 휘날리는 머리카락을 얼굴에서 떼어내며 다시 말했다. '내 행복의 풍광 그 자체인 얼굴…'

"사랑해. 평생 사랑했던 그 누구보다 더. 당신과 가족을 만들고 싶어."

"나도 당신과 가족을 만들고 싶어요." 그녀는 감상적이지 않은 어조로 단호하게, 마치 계획을 확인하듯 말했다. 우리는 손을 맞잡았다. 세상의 가장자리에서 떨어지지 않으려 애쓰면서, 미지의 세계로 떨어지지 않도록 서로를 지켜주면서.

임신하려는 우리의 첫 시도는 진지하지 않았다. 애초에 가능하기나 한지 나는 알 수 없었다. 비코 연구소 임상시험 참여자들이 선정된 이유엔 그들이 자녀를 갖고 싶지 않다는 의지를 명시적으로 말한 것도 있었다. 비코 모녀는 나노기술 발전의 당시 단계에서 그런 복잡한 후유증을 겪고 싶어 하지 않았다. 그러나 나는 임상시험 참여자가 아니었고 자녀에 대해 생각해 보라는 질문을 받은 적도 한 번도 없었다.

우리가 일찌감치 그만두지 않은 이유는 첫 시도가 성공한 것처럼 보였기 때문이다.

이렇게 빨리 성공하리라고 기대하지 않았기 때문에 자녀에 대한 나의 쌓여 있던 욕망이 갑자기 뚫고 나와 옛 꿈, 꼬쿠트 해변에서 시작된 그 꿈과 함께 홍수처럼 나를 덮쳤다. 내 파트너에게도 첫 임신이었고, 우리는 서로의 눈을 들여다봤다. 황혼 무렵, 리스본의 바이로 알토 구역에 있는 우리 아파트 발코니에서 그녀가 나에게 그 사실을 알려준 순간, 우리 사이에서 한 인간의 생명이 나타나는 듯했다. 우리를 둘러싼 오래된 도시는 오후의 태양 아래 풍성한 아이보리색으로 빛났고 새들이 새장 속에서 지저귀었으며 세상은 무한한 미래를 향해 열리는 것만 같았다.

나는 온순해졌다. 나는 너무나 간절하게 기적을 믿고 싶었다.

그녀는 임신 4개월차에 유산했다. '충격, 비탄, 슬픔' 같은 단어들은 내가 그때 처음 경험한 일을 묘사하기에는 모두 불충분하다.

우리는 서로 위로하려 했다.

어떤 끔찍한 의미에서 첫 실패는 그 뒤에 따라온 실패만큼 충격적이지 않았다. 왜냐하면 첫 시도 뒤에도 우리는 희망을 가졌기 때문이다. 짧은 기간이었지만 우리는 성공했고, 유산 때문에 몸과 마음이 상처 입었지만 그녀는 곧 다시 시도할 준비가 되어 있었다. 희망은 끔찍한 것이다. 희망 때문에 사람은 어둠 속으로 점점 더 가라앉는다.

나는 어느 저녁에 식사거리를 들고 집으로 돌아갔다가 그녀가 소파에 앉아 허공을 바라보며 무릎에는 크리스티나 로세티 Christina Rossetti의 《고블린 시장 Goblin Market》을 펼친 채 뒤집어 엎어놓은 모습을 보았다. 로세티의 책 때문에 나는 무슨 일이 일어났는지 깨달았다. 그녀는 르네상스 영문학 연구자였고 빅토리아조 문학은 쉬고 싶을 때만, 세상이 너무 힘들 때만 읽었다.

식료품을 바닥에 내려놓고 거실을 가로질러 그녀 옆에 꿇어 앉아 그녀의 손을 내 손으로 감쌌다. "아파? 구급차 부를…."

"괜찮아." 그녀가 손을 돌려 내 손을 붙잡고 안심시키듯이, 마치 그 순간에 안심시켜야 할 사람이 나인 듯 꼭 쥐었다. "점심때 그렇게 됐어. 의사한테 진찰받았어. 오후 프로 세미나도 가르쳤어. 알렉산더 포프. 시에 나타나는 중간휴지기법에 대해서 얘기했어. 2행 대구를 하나로 묶어주는 구조에 대해서. 그리고…."

그녀는 조용히, 더 움직이지 않았다. 나는 조심스럽게 책을 그녀의 무릎에서 집어 들어 옆에 내려놓고 그녀 옆에 앉았다. 손은 절대로 놓지 않았다.

"강의 **들어가고** 싶었어." 그녀가 말을 이었다. "신경 쓸 다른 일이 필요했어. 무너지지 않으려면 시적 형태가 필요했어. 안 그러면 무너질 테니까. 당신이 들어왔을 때 무너지고 있었어." 그녀는 깊이 숨을 쉬었다. "나는 충분히 강하니까 할 수 있다고 생각했어. 내가 틀렸어. 아무도 할 수 없는 일인지도 몰라. 파닛, 당신이 얼마나 아이를 가지고 싶어 하는지 알아. 다른 누구보다도 내가 잘 알아. 어쩌면 당신 자신보다도. 처음 임신했을 때 당신 눈에서 봤고 지금도 다시 보고 있어…. 당신을 너무너무 사랑해. 하지만 《투사 삼손》의 그 구절이 자꾸만 생각나. '그 재의 자궁으로부터….' 내가 완전히 그렇게 돼가는 느낌이야, 살아 있지만 재로 이루어진 여자…. 밀턴의 불사조도 이 모든 슬픔을 떨치고 일어나지는 못해. 내가 제정신을 잃으면, 이 길로 계속 가면 난 다시는 회복하지 못할 거야. 그리고 내가 제정신을 잃으면 나 자신에게 있어 나를 나로 만들어주는 걸 모두 잃게 돼."

나는 그녀의 말 중간부터 울기 시작했다. 여전히 잡고 있는 그녀의 손에 얼굴을 대고 울었다. 슬픔의 눈물이었지만 안도의 눈물이기도 했다. 불가능한 꿈이 발톱으로 움켜쥐고 있던 내 영혼을 놓아주었다. 《고블린 시장》이 내가 내려놓았던 소파 가장자리에서 미끄러져 바닥으로 떨어졌다. '날 먹어, 날 마셔, 날 사랑해.' 내 마음이 무의미하게 인용했다. '나를 많이 의미 있게 만들어줘.' 나는 고블린의 과일을 먹은 불쌍한 로라, 불가능한 꿈에 잡아먹혀 내가 현관으로 걸어 들어왔을 때 아내의 모습처럼 텅 비고 움직일 수 없게 된 로라를 생각했다.

그녀는 제정신을 유지할 권리가 있었다. 그녀는 자신이 생각하는 자기 자신이 될 권리가 있었다. 그녀를 사랑한다는 것은 이 사실을 받아들인다는 것이었고 그녀를 사랑한다는 것은 놓아준다는 뜻이었다.

우리는 망각의 기회를 위해 서로를 희생하기로 결정했고 헤어진 뒤로 단 한 번도 서로 연락할 시도조차 하지 않았다. 나는 그녀나 아이를 가지려던 꿈에 대해 생각하지 않으려 할 수 있는 모든 일을 다 했다. 나는 다시는 그녀의 이름을 입 밖에 내지 않았다. 다시는 사랑에 빠지지 않았다. 몇 년 전에 예상하지 못하게 발견했던 방들을 닫아 잠그고 한때 그 방 안을 채웠던 미래의 꿈에 대해 생각하지 않으려는 것과 같았다.

그러나 무방비한 순간에 기억은 자꾸 나에게 돌아왔고 그 과거의 빛이 현재의 어둠을 휘황하게 꿰뚫었다. 우리가 함께 가졌던 희망, 최고의 행복을 맛보았던 넉 달은 다시는 그토록 완벽한 행복을 가질 수 없을 것이라는 비통함으로 바뀌었다.

결말이 의미를 만든다. 죽음은 영원한 의미 생성자인데, 오로지 죽음 속에서만 어떤 새로운 것이 일어설 수 있기 때문이다. 그 새로운 것이 망각과 불확실성일지라도 말이다. 나는 새로운 몸속에서 세계를 헤매었고, 감각이 주는 황홀한 기쁨과 창작과 발견이라는 지적 자극을 받아들였으나 이는 모두 끝났고, 바로 끝났기 때문에 의미를 가질 수 있었다. 내 사랑들은 그 경험에 적절한 의미를 주기 위해 끝나야만 했으나 나 자신이 끝날 수 없었기 때문에 대신 나는 살아남기 위해, 끊임없는 고통을 멈추기 위해 내 심장을 단단하게 굳혔다. 나는 내부로 침잠했고 곧 내 안에서 질식했다. 삶은 독이다. 모든 독이 그러하듯 적은 용량은 치료제이지만 많은 분량은 치명적이다. 그리고 나는 삶을 너무 많이 맛보았다.

나는 인간이 되는 것이 어떤 일일지 알고 싶었다. 이제 나는 안다.

그래서 나는 죽고 싶어졌다.

그리고 삶이 나에게 다시 찾아온 날이 있었다. 지상에서 내 마지막 하루의 전날이었다.

더 많은 세월이 지나갔다. 나는 리스본의 어느 카페 차양 아래 앉아 또 하루를 죽고 싶지 않으려 애쓰며 보내고 있었다. 그렇게 하기가 다른 날들보다 쉬울 때도 있다. 그날이 어떤 날이었는지는 기억나지 않는다.

리스본은 열대성 폭우에 휩싸여 있었다. 나와 헤어지고 나서 아내는 아메리카로 떠났고 나는 그녀가 절대로 이곳으로는 다시 돌아오지 않는다는 것을 알고 있었기 때문에 포르투갈에 남았다. 그리고 리스본은 사실 페르난도 페소아와 그의 많은 페소아들의 도시, 그의 풍부하고도 독특한 글을 가능하게 하기 위해 그가 입었던 서로 다른 이름들의 도시였다. 거리를 걸을 때면 나는 페소아가 내가 밟고 있는 노르스름한 흰색 포석이 깔린 길을 걸으며 알베르토 카에이로, 그 뒤에는 알바로 데 캄포스, 그리고 마침내 리카르도 레이스로 변신하는 모습을 상상했다. 나도 나의 삶을 가지고 대략 그와 비슷한 일을 시도하고 있었다. 소라게가 하나의 소라고둥이 너무 작아져 다른 소라고둥으로 옮겨 가듯이. 그날 오후, 크림색 석회석 블록이 깔린 이 거리에는 사람이 거의 없었지만 카페의 자리가 대부분 만석이었고 종업원은 내 주문을 받지 않았다는 사실을 깨닫지 못하는 것 같았다. 그건 괜찮았다. 나는 거기 앉아서 종업원이 나를 보아주든지 아니면 폭풍이 그쳐 내가 목적 없는 길을 다시 떠나 나의 수많은 이름들 사이를 옮겨 다닐 수 있기를 기다렸다….

갑자기 누가 나를 쳐다보는 것이 느껴졌다―몇 자리 건너의 여자였다. 모르는 사람이어서 나는 시선을 돌리며 비가 그쳐서 여기서 나갈 수 있기를 바랐다. 자주 있는 일은 아니지만 가끔 나는 행인들의 혼란스럽거나 믿을 수 없다는 시선을 받았고 그러면 그 사람들에게서 최대한 빠르게 벗어나려 애쓰곤 했다.

그러나 지금은 비 때문에 갇혀 있었다.

"실례합니다."

올려다보니 여자는 내 테이블 바로 옆에 서서 나를 내려다보고 있었다.

"갑자기 너무 무례할지도 모른다는 건 알지만 선생님의 아버님을 제가 만나뵌 것 같아요."

"…그러셨나요?"

"네. 아버님이 여행을 많이 하셨죠, 맞죠? 제 아내와 저는 우리 딸 로아가 네 살이었을 때 그분을 해변에서 만났어요."

꼬쿠트의 그 한국인 가족.

"앉아도 될까요?"

그녀는 나의 당황한 침묵을 동의로 받아들였는지 자리에 앉아 한 종업원에게 손을 흔들어 에스프레소 두 잔과 에그타르트 두 개를 주문했다.

"선생님 아버님요. 성함이 'ㅍ'으로 시작했어요. 파닛. 맞죠?"

"네… 네."

"선생님 성함은요?"

"쁘라섯."

"저는 리나예요." 그녀는 집중해서, 눈도 깜빡이지 않고 나를 바라보았다. "선생님 정말 아버님하고 똑같이 생기셨어요. 유전자란 정말 재미있어요. 아버님은 잘 계세요?"

"10년 전에 돌아가셨습니다."

"유감이에요. 제가 선생님을 방해하는 게 아니면 좋겠네요."

"아닙니다. 사모님이 계시다고 하셨죠?"

"네. 세상을 떠났어요. 5년 전에요. 그때 저는 아직 아유타야 작업을 하고 있었어요, 엔지니어거든요. 그게 마지막 현장 방문이었어요. 이제는 은퇴했고요. 아내는 사고를 당해서 같이 은퇴 생활을 즐길 수 없게 돼버렸죠."

연아. 그녀의 아내 이름이 떠올랐다. 나는 그녀의 수영복 끈이 등에서 십자로 교차하던 모습과 딸이 모래성을 향해 달려나갈 때 그녀의 눈길이 딸에게—그들의 딸에게—집중하고 있던 모습을 기억했다.

"유감입니다."

그녀는 고개를 끄덕이고 빗속을 바라보았다.

주제를 바꾸어 내가 말했다. "그리고 따님, 로아는요? 따님도 제 아버지를 만났나요?"

"그때는 애가 너무 어렸어요. 사실 우리는 그 일주일만 그분 옆집에서 지냈어요. 로아는 군대에서 일해요, 방위산업 하청업자예요. 연아하고 저는 함께 전쟁이 구시대의 산물이 되는 세상을 만들고 있다고 생각했어요. 그때는 많은 사람들이 우리처럼 생각했죠. 하지만 인간의 본성이 존재하는 한 진화는 없나 봐요. 그냥 전쟁뿐이죠. 계속 전쟁이에요. 지금도 계속되고 있는 그 전쟁처럼요. 저희가 선생님 아버님을 만나뵌 때부터 지금 이 순간까지 계속 이어지고 있죠. 그 우주정류장을 지을 때 우리는 방주를 짓는다고 생각했어요. 하지만 그저 또 하나의 전쟁 무기를 만들었을 뿐이에요. 딸을 키우면서 우리는 예술가, 엔지니어를 키운다고 생각했어요. 그런데 군인을 키워냈어요. 용병을요." 빗줄기에 등을 돌리고 나를 바라보는 그녀의 눈은 밝게 빛났고 한 줄기 두려움이 서려 있었다. "그리고 파닛은요? 그 점잖은 여행자는 무엇을 키워냈죠?"

나는 미소 지으려 했다. 우리가 주문한 에스프레소와 에그타르트가 왔다.

그녀가 내 이름을 말한 방식이 독특했다. 내 '아버지'를 의미했지만 그 말은 나를 향해 있었다. 그녀는 **나를** 파닛이라 부르고 있었다.

나는 종업원이 떠날 때까지 기다렸다가 말했다.

"우연히 절 찾아내신 게 아니죠, 그렇죠?"

그녀는 대답하지 않았다.

"그렇다면…." 나는 이다음 부분을 부드럽게 말했다. "우리가 처음 만났을 때도 우연이 아니었겠죠. 저를 염탐하려고 거기 계셨던 거군요." 말리가 나노치료 기술을 팔았던 회사 이름이 떠올랐다. 재너스. 한국 회사였고, 리나와 연아는 한국인이었다. 로아도. '한국은 지금 인구가 빠르게 줄어들고 있으니까.' "지금 우리를 둘러싸고 있나요? 재너스 사람들이?"

그녀는 아무 말도 하지 않았다. 할 필요가 없었다. 탈출구는 없었다.

"저한테 말해주신 게 어디까지 사실이죠?"

"거의 다요. 그래야만 했어요. 연아는 내 아내이고 지금은 세상을 떠났고 로아는 군인이에요. 그애도 재너스에서 일해요. 재너스는 세계 여러 곳의 독재정권과 계약을 맺어서 계속 컨설턴트가 필요하니까요. 우리는 진실을 거짓과 섞어요. 그렇게 하면 더 설득력이 있죠."

나는 고개를 끄덕였다. 그녀가 옳았다.

"우리가 선생님을 오랫동안 추적해 온 건 맞아요. 선생님이 도착했던 모든 나라, 지냈던 모든 도시를 알고 있어요. 결혼하셨던 것도 알아요. 자녀를 원했던 것도 알고요. 노력하셨던 것도 알아요. 선생님 심리 보고서에 따르면 선생님은 그 때문에 자기 불멸의 허구성을 직면하고 일종의 우울증에 빠지게 됐죠. 삶을 끝내고 싶다는 열망 말이에요."

"내 심리 보고서라고요."

"원하시면 보여드릴 수 있어요. 하지만 벌써 다 아시는 내용일 거예요."

"그리고 제가 아는 건 선생님도 다 아시고요."

"우리는 많은 걸 알아요." 그녀는 한숨을 쉬었으나 거기에는 약간의 떨림이 섞여 있었다. 나는 그녀가 두려워하는 것을 알았다. "가장 잔인한 부분은 그게 아니에요. 제가 지금 말씀드리려는 내용이죠."

나는 가장 잔인한 부분을 기다렸다.

"사모님의 첫 번째 임신은 우리 사람들이 세계 곳곳에서 꼼꼼하게 모니터링했어요. 연구진은 출산까지 성공할 가능성이 아주 작다는 걸 알고 있었어요. 놈푼도 비코는, 재너스가 비코 연구소에서 입수한 공책에 그런 건 완전히 불가능할 거라고 상정했어요. 하지만 비코 박사는 다른 가능성들, 그런 아이를 세상에 태어나게 할 순전히 이론적인 방법에 대해 암시했죠. 유산이 됐을 때 유해가 화장되기 전에 우리 의사 한 명이 비밀리에 태아의 나노봇 샘플을 추출했어요."

"…뭐라고요?"

"그 샘플로 나노봇 안드로이드 초기 모델을 만들었어요."

나는 나도 모르게 주먹을 쥐었다. "그건 불가능해…." 그러나 절대 불가능하지 않다는 사실을 내가 누구보다도 잘 알고 있었다.

"당신 아이는 살아 있어요, 파닛. 딸이었어요. 당신에겐 딸이 **있어요**."

어떤 소리가—비통함, 공포, 심지어 희망—나에게서 터져 나왔다. 댐이 다시 한번, 내 긴 인생에서 두 번째로 무너졌고 나는 막을 수 없었다. 눈물이 눈에서 피처럼 흘러나왔다.

"어디 있어요? 왜 여기 없어요? **아내도 알아요**?"

"아이의 목숨을 구하기 위해서 우리에게 필요한 건 사모님이 아니라 당신이에요. 파닛, 당신의 딸은 아주아주 아파요. 그애의 몸에 재현이 진행중이고 중복신체가 돌아오려 하고 있어요. 놈푼도 비코는 그래서 죽었어요. 이렇게 오랜 세월이 지난 뒤에 우리가 마침내 당신 앞에 나타난 이유도 그거예요. 그 기술을 놈푼도만큼, 아니면 말리만큼 꿰뚫고 있는 사람은 아무도 없어요. 아이를 살릴 수 있는 유일한 방법은 본래의 프로그래밍을 담은 당신의 나노봇을 아이에게 주입해서 그 생존능력이 당신의 딸에게 전달되기를 바라는 거예요."

그 무수한 나노봇들이 붉게 물들이고. "내 몸이 얼마나 필요합니까?"

그녀는 내 눈을 바라보았다. "줄 수 있는 최대한. 당신 전부요."

'날 먹어, 날 마셔, 날 사랑해. 나를 많이 의미 있게 만들어줘.' 조그만 로아가 모래성에 뛰어들어 이전에 있었던 것을 파괴하고 앞으로 올 것을 위한 자리를 만든다. 내 언어가 감정을 이해하기 위해 애쓰는 동안 이성이 소음을 뚫고 깨달음을 전했다.

"그것만이 아니죠, 그렇죠? 그들이 당신을 보낸 이유가 있어요. **다른 사람이 아닌** 당신을요."

"당신 딸은 우주에 있어요. 내가 일하는 아유타야 정거장에요. 악화되는 걸 지연하는 데 무중력 상태가 확실히 도움이 돼요. 내가 그걸 아는 건 로아도 거기에 있고 같은 증상 때문에 치료받고 있기 때문이에요."

"로아에게 나노치료를 시행했군요."

리나는 고개를 끄덕였다. "그러기 위해서 많은 규칙을 어겼어요. 그것밖에 선택지가 없다는 걸 알고 있었어요. 그리고 성공했어요. 로아는 성공적으로 전환했고 그애의 백혈병은 나았어요. 하지만 재현 현상이 나타났죠."

"그러니까 나더러 로아까지 구하라는 거군요."

"당신을 납치하려는 걸 설득해서 못 하게 했어요. 당신이 자식을 구하기 위해서라면 뭐든지 할 거라고 말했죠. 우리가 이미 어긴 것보다 더 많은 규칙을 어기지 않아도 당신이 나와 함께 아유타야로 와줄 거라고요."

나는 눈물을 닦았다. 이런 질문들은 시간 낭비였다. 어쨌든 찾아올 피할 수 없이 달콤한 결말을 그저 지연시키고 있을 뿐이다. 내 죽음. 왜냐하면 가끔 파괴는 창조의 과정에 결정적이기 때문이다. 그리고 그토록 오랫동안 열망했던 차례가 드디어 왔다. "내가 당신의 모래성이군요." 내가 속삭였다.

"네?"

"아니에요." 나는 그녀의 눈을 들여다보았다. "딸에게 데려다주세요."

우리는 천천히 아유타야에 접근하고 있다.

햇빛이 고리 모양의 선체를 때린다. 중앙 허브는 무중력 상태이며 거기에 내 딸이 있다고 한다. 고리는 처음에는 믿을 수 없을 정도로 작아서 우주에 떠 있는 작은 장난감 같았다. 그러나 다가갈수록 그것이 얼마나 큰지, 얼마나 장엄한지 내 눈에도 보이기 시작한다.

나는 딸을 만날 것이다. 처음으로 딸을 만나려는 것이다. 이 우주선은 소리보다 빠른 속도로 움직인다. 그래도 충분히 빠르지 않다.

지구를 떠났을 때 나는 소유물과 소지품까지 전부 그대로 놓아두었다. 다만 이 공책은 새벽에 이륙하기 전부터 글을 쓰고 있다가 가지고 왔다. 나는 말리가 준 이 공책을 어떻게 하라는 건지 모르는 채 오랫동안 가지고 다녔다. 엘렌이 나보다 전에 말했듯이, 말리가 시작한 이야기를 내가 이어가야 한다는 뜻임을 이제 나는 안다. 나는 이것을 내 딸에게 넘겨줄 것이다. 이 공책은 딸이 어디에서 왔는지, 그리고 어쩌면 어디로 가고 있는지도 조금 알려줄 것이다. 아직도 빈 페이지가 많이 있다. 그 페이지들은 새하얗고 희망차게 놓여 있다―아직 쓰이지 않은 미래다.

나는 아이의 이름을 말하기 두려웠다. 아이의 이름을 말하면 우리 사이의 세월이 너무 현실이 되고 슬픔에 흘려버린 시간이 너무 견디기 힘들어지기 때문이다. 그러나 나는 아이의 이름을 말해야만 한다. 아이의 이름을 말해서 **아이를** 현실로 만들어야 한다.

이브.

내 딸의 이름은 이브다.

로아

 탈출용 구명정은 아유타야에서 떨어져 나온 지 며칠이 지나 착륙했다. 나는 내가 정확히 며칠 동안 그 안에 있었는지 모른다. 구명정은 지구궤도를 몇 바퀴 돌다가 시베리아 어딘가의 숲에 떨어졌는데, 내가 짐작했던 좌표와 꽤 가까운 곳이었다. 어째서인지, 어쩌면 너무나 외진 곳이었기 때문에, 나는 첫 번째 공격, 자동 발사된 각종 핵무기들이 지구 대기의 대부분을 방사능으로 오염시킨 사건을 피했다. 지구에서는 그 어떤 것도 이전과 같지 못할 것이다.
 그래도 아직은 공룡들을 멸종시킨 혜성만큼, 혹은 지구가 위험천만한 은하수의 원반 속에 몸을 담글 때마다 일어나는 다른 어떤 대멸종 사건만큼 무시무시한 대재난은 아니다. 지구는 언제나 어떻게든 살아남을 것이다. 생명도 함께 살아남을지도 모른다.

꼭 인간의 생명이라는 법은 없을 뿐이다.

"실례합니다! 실례합니다?"

익숙한 남아프리카 억양. 일부 발음을 생략하는 말투, 교육받은 케이프타운 사람이다. 아프리카너 발음이 살짝 섞여 있다.

나는 돌아선다. 엘렌 반 데어 메르웨가 시베리아 야생 나무들 사이, 그녀의 머리카락과 피부와 옷을 비추는 흐리고 반투명한 빛기둥 바로 아래 서 있었다. 젊고, 머리를 잘 손질했고, 크림색 실크 바지 정장은 우리 위의 나뭇잎과 가지 사이로 떨어지는 안개비에도 불구하고 티끌이나 진흙 한 점 없이 완벽하게 깔끔하다.

'그래.' 나는 생각했다. '놈푼도 비코가 왜 엘렌을 연구소의 실질적인 마스코트이자 국제 브랜드 대사로 만들었는지 알겠어.' 엘렌은 참으로 건강하고 예뻤으며 심지어 연약해 보였다.

그녀는 길을 잃은 것 같았고, 실제로 그랬다. "당신은 누구세요?"

나는 대답하지 않았다. 쓸데없는 일이다.

"영어 하세요? 제가 여기서… 제가 여기서 뭘 하는지 혹시 아세요?"

"괜찮아요. 다 괜찮을 거예요."

그때 무엇 때문에 그녀에게 대답을 하게 되었는지 모르겠다. 대답하는 게 잔인한 일이었기 때문에 더욱 그랬다. 누군가에게 말을 한다는 것은 상대에게 인간성을 부여하는 일인데 이 엘렌들에게는 가능한 한 최소한의 인간성만을 부여해야 했다. 물체로서 죽도록 내버려두는 게 더 친절한 일이다.

나는 돌아서서 숲속을 계속 헤치고 나아갔다.

24시간 전에 나는 죽어가고 있었다.

혹은 단어의 어떤 법적인 정의에 따르면 이미 죽었는지도 모른다. 나는 내가 나노봇 웅덩이가 되었다고 상상했으나, 실제로는 그렇지 않았다. 그렇게까지 엔트로피로 가는 길 멀리 내려가지는 않았을 것이다.

재생탱크 안에서 깨어나 처음으로 내가 죽어가고 있다고 느끼지 않았을 때 나는 엄마가 임무를 성공적으로 완수했다는 것을 알았다. 지속적인 통증을 가지고 살아가는 것이 어떤 일인지 나는 묘사할 수 없다. 그것은 통증이 사라질 수도 있는 다른 어떤 증상들과는 아주 다르다. 통증이 지속될 것이라는 인식은 그 통증 위에 덮인 또 한 겹의 고통과 같다. 만성통증 상태에서는 희망마저도 괴로움을 더할 뿐인데, 희망은 죽음이라는 확실한 종말을 지연시키기 때문이다. 불멸만큼 사람에게 죽음을 갈망하게 만드는 것은 없다.

엄마는 회복실에서 나에게 파닛과 접촉하는 데 성공했으며 그의 딸이 살아 있다고 알려주었다고 말했다. 그가 아유타야에 강제로 끌려 올라오는 대신 스스로 엄마와 함께 와서 딸과 나의 목숨을 살려줄 의향이 있다는 것도. 그리고 그에게 "딸"을 보여주었을 때… 아니, 0중력 보관실에 줄줄이 쌓여 있는 불량품 중에서 끄집어낸 이브 초기 모델 인형이겠지만… 그는 재생탱크 유리를 주먹으로 때리며 울고 또 울었다. 너무 심하게 울어서 그가 기절할까 봐, 의식을 잃고 어쩌면 '휴거'될까 봐 걱정했다고 한다. 재너스 엔지니어들은 그에게 지금 당장 빨리 조치를 취해야 하며 시간이 없다고 말했다.

지표면으로 내려오면서 나는 파닛이 공책에 적어놓은 말들을 몇 번이고 다시 읽었다. 그는 속고 있다는 걸 알았을까? 그의 기쁨은 진짜인 것 같았다. 그렇지 않다면 왜 이 공책에 다 적어두었겠는가? 하지만 생각해 보면—어째서 방금 자기 눈으로 본 딸이 아니라 **나에게** 이 공책을 주라고 마지막에 엄마에게 부탁했을까?

그가 알았기 때문이다. 자신이 속고 있다는 것을 알았거나, 마음속 깊은 곳에서 느꼈기 때문이다. 그러나 그는 행복한 환상을 믿으며 죽기를 원했다. 자기 딸이 살아남아 앞으로 계속 살아가리라고. 이 환상을 완성하는 유일한 방법은 글로 쓴 뒤에 반드시 누군가 읽게 하는 것이다. 그렇기 때문에 이 공책이 진짜 생존자인 나에게 온 것이다.

진정한 의미에서 살아남지 않은 그의 "딸"에게 가지 않고 말이다. 그 "딸"의 태아 유해는 가짜뉴스 공장을 전문으로 운영하는 악독한 인공지능 기업과 용병들이 나노봇 클론을 만들어 새로운 전 지구적 전쟁 시장의 요구를 충족하는 데 오랫동안 사용되었다.

하지만 이건 내가 너무 성급하게 말하는 것인지도 모른다.

조금 더 나아가서 내 목적지까지 1마일 정도 더 갔을 때 나는 또 다른 엘렌을 보았는데 이쪽은 겉보기에 좀 더 엉망이었다. 이 엘렌은 실제로 다쳤다. 아마 함정에 떨어져서 뼈가 부러진 것 같다고 나는 짐작했다. 함정에서 기어나와 몸을 끌고 진흙탕을 가로지른 것 같았다.

"누구…누구세요?"

나는 그냥 갔어야 했다. 멈춰서 꾸물거리며 이 엘렌들을 도와주는 것은 말을 하는 것보다 더 무의미했다. 그러나 이 엘렌은 어딘가 달랐다. 마음속 깊은 곳에서는 이 숲에, 시베리아에, 이 행성에 얼마나 많이 흩어져 있을지 모를 수많은 엘렌들과 똑같으며 전혀 다르지 않다는 걸 알고 있었지만 말이다.

어쩌면 보통 엘렌보다 자기 힘으로 더 오랫동안 살아남은 것처럼 보여서인지도 모른다.

그러나 앞으로 아주 오래 살아남지는 못할 것이다.

"난 로아야." 엘렌에게 굳이 내 이름을 알려준 지가 벌써 몇 년이나 되었더라?

그녀는 고통에 얼굴을 찡그렸다. "전 엘렌이에요. 죄송해요, 저도 모르겠어요…. 아무하고도 말하지 않은 지… 얼마나 오래 됐는지 모르겠어요."

나는 그녀의 옷을 훑어보았다. 그녀가 얼마나 오래 활성화되어 있었는지 알기는 어려웠지만, 재너스 엔지니어들이 파닛의 딸을 복제하여 만든 첫 번째 군인과 광부 부대를 수확하는 동안 내가 아유타야호를 탈출했던, 바로 그 무렵이 아닐까 생각했다. 첫 핵폭발이 대기를 갈기갈기 찢고 있었으므로 재너스 엔지니어들은 서둘러야 했다. 엘렌 나노봇들은 방사성 에너지를 먹었을 것이다. 그것은 엘렌들이 변이를 도입하고 유전자 다양성으로 자신들을 강화할 드문 기회였다. 나는 엘렌 나노봇 무리는 다른 불멸자들과 다르게 행동한다는 사실을 놈푼도 비코의 공책에서 보아 알고 있었고 엔지니어들은 엘렌을 재생산하는 것을 아주 좋아했다.

나는 그 이유가 엘렌이 음악가였고 자신의 바깥에 있는 것에 생명을 불어넣는 일을 하던 사람이었기 때문인지 생각해 보았다. 자신의 여러 다른 자아를 음악을 통해 표현하는 엘렌.

그녀가 물었다. "여기가 어디죠?"

"시베리아 타이가 숲."

"시베리아… 러시아요?"

나는 대답하지 않았다. 나는 이제 그녀의 다리를 바라보고 있었다. 뻣뻣한 나뭇가지로 일종의 부목을 만든 게 보였다. 뼈를 다시 맞추어야 한다는 걸 알 수 있었다.

그녀는 내가 쳐다보는 것을 보았다. "방금 부비트랩에서 기어 나왔어요. 숲 한가운데 왜 부비트랩이 있죠?"

'너무 가까워.' 나는 생각했다. '나타샤에게 너무 가까워.'

"뼈 맞추는 법 아세요?"

나는 알고 있었고 시범을 보였다. 고통의 비명을 들어보니 그녀의 괴로움도 확실히 곧 끝날 때가 되었다. 다른 엘렌, 그러니까 새 엘렌이 우리에게서 고작 1마일 거리에, 분명히 소리가 들리는 거리에 있었다. 아마 비명을 들었을 것이다. 그녀가 달려올 것이고, 두 엘렌의 눈이 마주치는 순간 둘 중 하나는 죽을 것이다. 그게 엘렌들이 작동하는 방식이었다—그들 중 하나는 '휴거'한다. 악몽 속에서 뒤를 쫓아오던 괴물의 얼굴을 보기 직전에 깨어나듯이 말이다. 둘 중에 한쪽은 꿈꾸는 엘렌이고 다른 하나는 그녀의 악몽이다.

그녀의 다리에 다시 부목을 대어 묶어주고 일어섰다. "난 이제 가야 돼."

"잠깐만요!" 그녀는 혼자서 일어나려 했으나 고통스러워하며 넘어졌다. 나는 그녀를 도와 일으켜 주고 싶은 충동을 억눌렀다.

"제발요." 그녀가 애원했다. "저도 데려가 주세요. 여기 저만 남겨두지 마세요."

그녀는 울기 시작했다.

그 울음 때문에 퍼뜩 완전히 정신을 차렸다. "걸을 수 있게 되면 저 방향으로 1마일 가." 나는 새로운 엘렌이 있는 방향으로 턱짓을 했다. "거기서 누가 도와줄 거야."

내가 재너스에 들어갔을 때 엄마는 깊이 실망했다. 나는 엄마가 나를 더 잘 이해해 주지 않아서 실망했다. 나는 단지 비밀리에 가담했던 운동의 지령을 받았기 때문에 재너스에 들어간 것이다. 우리는 재너스를 안에서 무너뜨릴 계획이었다.

우리가 얼마나 순진했는지 이제는 안다.

재너스 이사회는 회사 통제권을 그들 소유의 인공지능에게 양도하여 회사 지휘 권력을 분산시키려 했고 이제 인공지능 히드라의 머리 하나를 잘라내면 그 자리에서 세 개가 더 솟아 나왔다. 이런 일이 계속되면 앞으로 어떻게 될지 운동 본부에서 시뮬레이션을 몇 번이나 돌려보았으므로 예측할 수 있다. 이미 재너스 용병들을 하청으로 고용한 아시아, 아프리카, 북미의 정권들은 용병을 클론 부대로 업그레이드할 뿐 아니라, 이 클론들을 원재료 광산에서 일하는 광부로도 사용할 것이다. 그 원재료가 더 많은 클론, 더 많은 군인과 광부를 만들어 이 정권들을 영속시킬 것이다. 결국엔 정권들이 지배할 사람도 남지 않을 것이고, 재너스가 개입해 이 나라들을 통제하게 될 것이다. 그들은 현재 재너스를 운영하는 인공지능이 이 모든 일을 자연스러운 결말로 몰고 갈 때까지 멈추지 않을 것이며 그때는 살아남아 목격자이자 증인이 될 인간이 아무도 남아 있지 않을 것이다.

나는 나타샤에게 경고해야 했다.

엘렌을 떠나 다시 길에 나선 지 얼마 뒤에 마침내 나타샤가 사는 오두막집에 도착했다.

그 오두막은 나타샤가 처음 도착했을 때 시베리아로 밀반입한 원재료로 만든 것이었고 그녀는 할 수 있는 한 가장 외지고 가장

고립된 장소를 찾아내겠다는 결심과 다른 엘렌들의 치명적인 시선을 이기고 살아남는 단 하나의 엘렌이 되겠다는 결심을 가지고 이곳에 왔다. 나타샤에게 가장 확실하고 유일한 방법은 주변의 공기 중에 퍼져 있는 엘렌 나노봇 무리에서 생성되는 엘렌들을 전부 죽이는 것이었다. 인구가 많은 곳에 살면 함정을 설치하거나 필요한 다른 조치들을 취할 수가 없을 것이었다.

"나타샤!"

너무 조용해서 그녀가 어딘가에 나가 있는 게 아닐까 생각했지만 시간은 아직 낮이었다. 누군가 그녀를 볼 수 있는데, 그리고 더 중요하게는 그녀가 다른 누군가를 볼 수 있는데 나타샤가 밖을 돌아다니는 위험을 감수할 리 없다는 것을 나는 알고 있었다.

오두막집 앞부분의 덮개가 접혀 열리더니 그녀가 고개를 빼꼼 내밀었다. "로아?"

"하나뿐인 로아 님이시지."

그녀는 완전히 오두막집 밖으로 나왔다. 나타샤는 그녀가 대략 러시아 농민과 비슷하다고 생각하는 차림을 하고 있었다. 무늬 있는 원피스, 어깨에 덮인 숄, 스카프로 덮은 머리카락. 몸을 웅크리고 있어서 실제보다 더 뚱뚱해 보였다.

그리고 언제나 그렇듯이 까만 안대가 그녀의 눈을 가리고 있었다.

이 차림새는 대체로 러시아 정부당국이나 다른 호기심 많은 사람들이 황무지 한가운데인 여기까지 오는 경우를 대비한 것이었다. 나타샤는 폭력적이고 아주 위험한 남편을 피해서 여기로 도망쳤다는 핑계도 준비해 두었는데 나는 이 이야기가 너무 과장되었다고 생각했으나 나타샤는 아마 이런 이야기를 지어내고 러시아어도 완벽하게 연습할 만한 시간이 아주 많았을 것이었다.

그러나 옷차림이나 핑곗거리 이야기가 아니라 그녀의 생존에 가장 결정적인 장치는 사실 안대였다.

"얼마만이지?" 그녀가 내 목소리에 담긴 웃음기를 감지하리라 생각하며 물었다. 달력과 컴퓨터에 접근할 수 있는 쪽은 나였지만 나타샤는 나보다 더 정확하게 시간을 헤아렸다. 이미 말했듯이 이런 곳에서 할 수 있는 일이 별로 많지 않기 때문이었다.

"소금 가져왔어?"

"안부 인사 같은 거 없어?"

배낭을 내려놓고 안을 뒤져서 1킬로그램짜리 소금 덩어리를 찾아냈는데, 나타샤에게 한 약속을 기억하기 위해서 나는 지난 1년 동안 그 소금을 가지고 돌아다녔다. 그 때문에 아유타야에 가지고 올라갈 수 있는 물품이 1킬로그램만큼 줄었지만 나는 나타샤를 단순히 좋아하는 것만이 아니었다. 군에서 전역하고 재너스에 들어간 이후 나는 나타샤의 관리자였다.

그녀는 내 손에서 소금을 잡아채어 진중하게 네모진 비닐 포장 한쪽 구석을 찢고 소금 덩어리 한 모서리를 혀끝에 가져다 댔다. 나는 그녀가 안대 아래에서 황홀경에 젖어 눈을 감고 있다는 사실을 알 수 있었다.

"세상에나 마상에나." 그녀가 말했다. "이 덩어리를 당장 다 먹을 수도 있을 것 같아."

"그러지 마." 내가 음울하게 말했다. "그걸로 오랫동안 버텨야 해."

"무슨 일이 있었구나, 그렇지?" 그녀의 어조가 안도감에서 경계심으로 바뀌었다. "지난 며칠 동안 공기 냄새가 달라졌어."

"방사능이야. 전 지구적 핵 공격이 있었어. 그리고 반격도."

"누가?"

나는 그녀가 안대를 하고 있다는 걸 잊어버리고 어깨를 으쓱해 보였다. "너도 알잖아. 핵전쟁은 자동화되어 있어. 실수로 한 번 발사하면 확정된 상호 파괴 기제 전체가 작동하게 돼. 그리고 핵전쟁인데 누가 시작했는지가 중요해? 한국 기업이 클론 군인들을 대량생산하기 시작했다는 걸 미국, 일본, 러시아가 알게 되면…."

"하지만 그 나라들도 아마 똑같은 짓을 하고 있을걸."

"나도 그렇게 생각해. 그리고 있잖아, 그놈들도 아마 똑같은 군인을 복제하고 있을 거야. 같은 회사에서 구매해서."

"그러니까 너네 회사지."

"어쨌든 그건 중요하지 않아. 세상은 전쟁에 휩싸였고 우리는 곧 복제 군인들한테 둘러싸일 거야."

그녀는 잠시 나를 "보고" 서 있었다.

그러더니 나타샤는 안대를 벗기 시작했다.

"나 여기 오는 길에 엘렌을 둘이나 만났어." 내가 그녀에게 경고했다.

"운에 맡겨야지. 널 보고 싶어."

안대가 벗겨졌다. 나타샤는 처음에는 눈을 가늘게 뜨고 시베리아 늦여름의 흐릿하고 우중충한 햇빛에 적응하려 애썼다.

그리고 그녀가 나를 바라보았다.

나타샤는 젊은 여성이었고, 눈을 가린 채 세상에서 잊혀 이 숲속에 파묻혀 있는 한 영원히 그러할 것이었다. 백인, 금발, 섬세한 골격.

그 모든 겹겹의 농부 차림새와 보호장치 아래 그녀는 본질적으로 다른 모든 엘렌들과 똑같았다.

"넌 하나도 안 변했구나." 그녀가 농담을 던졌다.

"난 네가 변했다고 생각했어. 하지만 안 변했네."

"러시아어를 연습하고 있어. 그 덕에 매일 조금씩 더 러시아인이 돼가는 것 같아. 한 번에 한 단어씩 러시아인이 돼가는 거야."

"여기서 지낸 지 얼마나 됐지?"

"나도 몰라. 최소한 10년."

"엘렌을 몇이나 죽였어?"

"너무 많이. 지금 같은 여름에는 더 많이 나타나. 해가 나와서 떠돌아다니던 나노봇 무리가 에너지를 충분히 흡수할 수 있으면 말이야. 구덩이 속 함정에서 엘렌이 거의 백 명 정도씩 죽어. 가끔은 그 안에서 며칠이나 기다렸다가 다른 엘렌이 안으로 떨어져서 그들의 자리를 대신해 줄 때까지 기다려야 하지. 가끔은 밤에 그들이 비명 지르는 소리가 들려. 밤에는 소리가 더 잘 전달되니까, 알고 있었어? 찬 공기 때문이야, 소리를 더 잘 전달해. 이렇게 죄를 지었으니 난 지옥에 갈 거야. 지옥이 있다면. 이게 이미 지옥이 아니라면."

"그냥 포기하면 되잖아."

"그래도 되지. 그래도 돼." 그녀는 내 얼굴을 열심히 들여다보았다. "네가 여기에 있고 살아 있다는 사실로 미루어 보아 파닛이 궁극의 희생을 한 것 같네?"

"맞아."

"그들에게 분해되고 재활용당하기 전에 딸을 봤어?"

"봤어…. 우리가 보여주고 싶었던 걸. 그는 자기가 믿고 싶었던 걸 봤어. 그게 진실이 아닌 건 아냐."

"진실은 파닛이 본 게 앞으로 다가올 전쟁을 위해 생산되는 수천 명의 '딸들' 중에서 그저 하나일 뿐이었다는 거지."

나는 한숨을 쉬었다. "그건 전부 파닛의 딸들이야, 어떤 의미에서. 진실로. 원래 태아에서 추출한 그의 나노봇만이 아니라 그의 아카이브 인공지능을 짧게 줄인 버전도 사용해서 정신을 만들었으니까. 그리고 이제 그 '딸들'은 두 번째 주입물에서 추출한 그의 나노봇 복제물로 만들어져서, 안정적으로 오류를 방지하고 있어."

"파닛은 진짜 정말로 죽은 거야?"

"나는 그렇다고 생각해. 그에게서 남은 것은 뭐가 됐든 아유타야에서 대피하지 못했으니까."

"난 그를 만난 적이 없어. 하지만 이전의 나의 어느 버전이 한용훈과 친구였어. 아주 특이한 연구자였대. 한용훈은 자기 연구가 이런 식으로 살아남으리라고는 상상도 못 했을 거야."

"그에 대한 구체적인 기억이 있어?"

그녀는 고개를 저었다. "그거 전에도 물어봤잖아. 나의 버전들이 너무 많이 만들어졌어. 구현의 구현이었지. 기억이 너무 많이 저하됐어. 새 엘렌 중에는 영어를 못하는 경우도 있어. 아예 말을 못하는 경우도 있지."

"내가 만난 엘렌들은 둘 다 하던데."

"방사능 때문일지도 몰라. 그게 엘렌 나노봇 무리에게 에너지를 더 많이 준 거야. 누가 알겠어."

몇 년이나 조심하다가 드러난 그녀의 가려지지 않은 눈을 보는 것은 불안한 일이었다. "안대를 다시 써야 하지 않아?"

그녀는 어깨를 으쓱해 보였다. 러시아 농민 여성의 몸짓이 아니었다. 그녀의 숄이 미끄러져 떨어졌고 그녀는 집어 들지 않았다.

지금 생각해 보면 이런 작은 일과 행동들이 나타샤가 '휴거'해서 지구에서의 긴 체류를 끝내기를 원한다고, 그저 나를 마지막으로 한 번 만나기 위해, 혹은 어쩌면 마지막으로 소금을 맛보기 위해 기다렸을 뿐이라고 그녀 나름의 방식으로 알려준 것이 아니었을까 싶다. 안대를 벗었던 것, 방사능의 '냄새'. 재너스에서 내가 맡았던 초기 임무 중 하나가 나타샤를 추적하는 것이었고 타이가 숲속에서 찾아냈을 때 그녀는 이미 지금의 이런 삶을 몇 년이나 몇 년이나 살고 있는 중이었다. 어쩌면 더 이상 견딜 가치가 없어진 것인지도 모른다. 압도적으로 넘쳐나는 침묵만을 동반자 삼아 길게 펼쳐진 공허함. 그녀가 살아남기 위해 직접 파서 날카로운 말뚝으로 무장해 둔 구덩이에 또 다른 그녀가 빠져 비명을 지를 때만 그 침묵을 깨뜨릴 수 있는 삶. 그녀와 모습도 똑같고 목소리도 똑같고 단 한 번의 시선으로 그녀를 죽일 수도 있는 희생물들.

어쩌면 그녀는 숲에서 내 뒤로 살금살금 기어오는 것이 무엇인지를 알고 존엄을 간직한 채 휴거를 맞이하고 싶었는지도 모른다.

그 일이 일어났을 때 나에게 갑자기 떠오른 생각은 이런 것이었다. 나는 그녀를 쳐다보았고, 그녀는 내 어깨 너머를 바라보았다. 그러다 내 눈앞에서 사라져, 땅에 뒹굴고 있던 까만 숄 위로 옷 무더기만이 떨어져 내렸다.

살다 보면 여전히 작지만 놀랄 만한 일들을 마주치는 법인 것이, 몸을 돌려 내가 본 엘렌은 그날 아침에 일찍 마주쳤던 새로 만들어진 깔끔한 엘렌이 아니라 다리가 부러진 다른 엘렌이었다. 그 엘렌은 내 충고대로 반대 방향으로 가는 대신 몸을 기댈 정도로 긴 나뭇가지를 찾아내서 아마도 내 흔적을 따라 다른 함정들을 피하며 숲을 가로질러 온 모양이었다.

그녀가 총을 꺼내 들었다.

"날 두고 갔지… 날 두고 갔어!"

"알았어요, 알았어. 진정해요." 나는 내가 누구에게 말하고 있는지, 나 자신인지 그녀인지 알 수 없었다. 나타샤는 내 눈앞에서 '휴거'당해 사라져 버렸다. 그러나 지금 그런 생각을 할 겨를이 없었다. 내 몸의 모든 나노봇이 경계하며 신경을 곤두세우고 방어할 준비를 하고 있었다. "또 울지 말아요."

총구가 떨리기 시작했다.

"진정해요. 긴장 풀고. 그건 어디서 났어요?"

"함정 구덩이 바닥에 있는 걸 가지고 기어 나왔어요." 그녀가 소리치기 시작했다. "대답을 해요! 내가 왜 여기 있냐고! 난 누구야! 어떻게 해야 도움을 청할 수 있어!"

나는 러시아군 정찰병 몇 명이 함정에 떨어진 적이 있고 러시아 정부당국은 이들이 그저 탈주했다고 여긴다는 사실을 알고 있었다. 이 엘렌도 그런 함정에 떨어져서 총을 발견한 모양이었다.

"내가 전부 설명해 줄 테니까 우선 총을 내리세요."

"저 여자! 방금 저 여자! 어디로 갔어!"

나는 천천히 옆으로 몸을 비켜 엘렌에게 내 발치에 나뒹구는 옷 무더기를 보여주었다.

"그녀는 사라졌어요. 당신 덕분에 '휴거'됐다고요. 그녀는 나노봇 안드로이드였으니까."

"무슨 말인지 모르겠어."

"당신 질문에 대한 대답은 전부 내 뒤의 오두막집 안에 있어요."

"난 저기 안 들어가. 저것도 또 함정일지도 몰라. 이 숲은 함정 투성이야. 대체 어떻게 된 거야!"

"당신 이름은 엘렌 반 데어 메르웨예요."

나는 그녀가 자신이 누구인지 최소한 조금이라도 기억하는 버전이기를 바랐다. 나타샤는 시간이 흐르면서, 그녀에게서 떨어져 나간 엘렌 무리가 번식하여 더욱더 많은 클론이 만들어질수록 원본 엘렌 반 데어 메르웨와는 점점 멀어졌다고, 아마 원래 엘렌의 기억도 점점 더 줄어드는 것 같다고 말한 적이 있다. 나타샤의 이론은, 엘렌에게서 생성된 엘렌, 그리고 그 엘렌으로 생성된 또 다른 엘렌들은 이전 엘렌들에 대해 더 이상 아무것도 기억하지 못하고 그러므로 실질적으로 더 이상 엘렌이 아니게 된다는 것이었다. 구현과 생성이 일정 정도 되풀이되고 나면 나노봇 무리의 유전자에 변이된 코드가 숨어들고, 생성된 결과물은 마침내 누군가 다른 존재가 된다. 혹은 뭔가 다른 존재.

그러나 아직은 아니다. 이름을 말한 것이 효과가 있었다.

엘렌은 총을 여전히 내게 겨누고 있었으나 말을 하지 않았기 때문에 나는 그녀가 내가 계속 말하기를 원한다고 생각했다.

"당신은 첼로 연주자였어요." 나는 말을 이었다. "남아프리카 출신이에요. 그래서 당신과 나의 말투가 다른 거예요. 당신은 젊었을 때 혁신적 나노치료를 받아서 세포를 전부 나노봇으로 교체했고 그래서 정신은 그대로 남았지만 몸은 불멸하게 됐어요. 그런데 당신의 나노봇들에 약간의 오류가 일어나 나노봇 무리가 스스로 복제해서 당신의 나노봇 안드로이드 신체를 여러 다른 버전으로 생성해 냈어요. 그래서 당신의 복제인간들이 계속 존재하는 거예요. 이건 원본 엘렌 때부터 지속되는 문제이고 당신은 그 원본의 복제의 복제의 복제예요. 첫 번째 나노봇 안드로이드 복제 엘렌은 백 년도 더 전에 휴거했어요. 그 메아리가 아직까지 남아 있는 거예요."

"메아리?"

"나타샤가 그렇게 표현했어요. 저 오두막과 함정들을 만든 사람이 나타샤예요. 엘렌 나노봇 무리가 계속 엘렌들을 만들어내고 엘렌의 기억은 생성이 되풀이될 때마다 계속 저하돼요. 메아리가 원천에서 멀어질수록 저하되듯이."

"나는 메아리군요."

"나타샤도 그래요." 나는 고갯짓으로 옷 무더기를 가리켰으나 시선은 그녀에게 고정하고 있었다. "나타샤도 **그랬어요**. 그녀가 스스로 붙인 이름이에요. 러시아적인 이름을 원했어요. 그녀는 오래전에 여기로 도망쳤어요. 최대한 외딴곳을 원했으니까요. 그녀는 자기 몸, 자기 나노봇 무리가 계속해서 새 메아리들을 생성하리라는 걸 알고 있었어요. 그래서 함정을 여기저기 만든 거예요."

"하지만 왜 우리를 죽여요! 말이 안 되잖아!"

"옛날얘기 같죠. 동화 속에서 주인공이 자신의 도플갱어, 그러니까 똑같이 생긴 복제를 만나면 둘 중 하나가 죽어야 해요. 둘이 함께 존재할 수는 없어요. 쌍둥이 한쪽이 언제나 다른 한쪽을 파괴하거나 대체하려고 하죠. 어느 쪽이 남아 있을 자격이 있고 어느 쪽이 사라져야 하는지 나노봇 무리가 어떻게 결정하는지는 알 도리가 없어요. 우리가 아는 건 두 엘렌이 만나면 그중 한쪽이 휴거한다는 거예요. 그래서 이 숲이 이렇게 보호되어 있는 거예요. 함정들은 당신을 잡기 위한 거였어요. 그리고 가끔은 총을 든 불운한 러시아 군인이 안에 떨어지니까, 아마 그렇게 해서 당신이 그걸 가지게 됐겠죠."

총구가 떨리고 있었다. "뭘…뭘 믿어야 할지 모르겠어. 난 당신을 믿지 않아."

나는 죽음에 지쳐 있었다. 나타샤에 대한 생각으로 지쳐 있었다. 총을 두려워할 감정을 불러일으킬 수가 없었다. 백혈병에 맞선다는 취지로 그 모든 야단법석을 거쳐 불멸자가 되었으나 나는 여전히 참을성이라고는 없었다. 사람들에게는 시간이 필요했다. 사람들은 최선을 다하고 있었다. 사람들은 존중받아야 했다. 이 마지막 명제가 결정적이었다. 남을 존중하고 존중받는 것이 사람을 사람으로 만들었다.

"내 뒤의 오두막에 모든 것을 말이 되게 해줄 물건이 있어요. 내 말 들어요. 총은 가지고 있어도 돼요. 하지만 꼭 안을 들여다봐야 돼요."

나는 그녀가 오두막집 덮개를 볼 수 있도록 한 걸음 더 옆으로 비켰다.

그녀는 오랫동안 망설였다. 그러고는 조심스러운 걸음으로 다가왔다. 입구 덮개 앞에서 그녀는 나를 흘끗 돌아보았다. 그리고 천천히 총을 내 옆의 땅에 내려놓았다. 신뢰의 증표다. 존중이 주어졌다. 우리를 둘 다 좀 더 인간으로 만들어주는 제스처다.

그녀는 깊이 숨을 들이쉬고 입구 덮개를 열었다.

오두막집 안의 초라한 살림살이 사이—냄비, 걸레, 긴 방수천, 둥지같이 만든 침대, 어두운 구석들, 그 위에 떠도는 자스민 녹차 우려지는 냄새—바닥 한가운데 반짝반짝 빛나게 윤을 낸 첼로가 마치 살아 있으며 가축화된 생물이 인간 동반자가 집에 돌아오기를 참을성 있게 기다리는 듯 그렇게 서 있었다.

그러나 나타샤는 다시는 돌아오지 않을 것이다.

엘렌들은 모두 메아리의 기제나 패턴을 알아내려 했으나 명백한 것 외에는 아무도 더 깊이 알아내지 못했다. 엘렌들이 존재했고, 가끔은 하나보다 많았다. 가끔은 캠프스 베이라는 해변에서 무리 지어 있기도 했는데 가운데 있던 엘렌이 우연히 시선을 들자 다른 엘렌들은 사라졌다. 어느 한 엘렌의 표현에 따르면 복제 엘렌은 한 명의 얼굴이 다른 하나의 눈에 느껴졌을 때 존재할 수 없게 된다. 그 시선이 그들의 운명을 결정했다.

지금 이 엘렌은 새벽에 일어나 이 공책을 읽었고, 내가 아침에 바닥에 놓인 침낭 속에서 눈을 떴을 때 나타샤의 침대 위에서 마지막 페이지를 넘기고 있었다.

"다리가 나으려면 쉬어야 해요." 내가 말했다.

"그렇겠죠. 그리고 햇빛도요. 이 공책에 따르면." 그녀는 공책을 침대 위에 놓고 가만히 내려다보았다. 검은 양장본 공책, 줄 쳐진 페이지, 아마 세상에서 제일 흔한 공책일 것이다. "이게 나예요. 이 공책이 나예요. 내가 될 수 있는 최대한보다 더 나예요."

나는 눈을 문질렀다. "그건 아니에요. 나타샤는 누구나 매일 자기 이야기를 이어서 쓴다고 믿었어요. 당신이 쓰는 이야기가 당신이에요."

"하지만 그 이야기가 **대체 뭐죠**? 이제 난 어떻게 해요?"

나는 다시 어깨를 으쓱했다. "우리는 전쟁을 하고 있어요. 전 지구적인 핵폭발 후의 클론 전쟁이죠. 살아남으려고 노력하세요."

"그러면… 당신은 뭘 할 거예요?"

"눈에 띄지 말아야죠. 계속 움직이고. 내 걱정은 하지 말아요. 당신 얘기는 내가 비밀로 지켜줄 테니까."

"당신은 나타샤 때문에 여기 왔죠. 그녀를 사랑했나요?"

나는 여기에 대해서 잠시 생각했다. "그녀는 내 친구였어요. 아주 좋은 친구." 나는 미소 지었다. "영원히 살면 오래가는 우정을 찾기가 아주 힘들어요."

"그렇군요."

그녀는 나에게 계속 있어 달라고 하지 않았고 나도 그런 것을 기대하지 않았다.

나는 공기 중에서 낮게 웅웅거리는 소리를 들었다.

"저게 뭐죠?" 엘렌이 놀라서 경계하며 물었다.

한 손을 들어 조용히 하라고 신호하고 천장을 쳐다보았다. 점점 커지는 웅웅 소리 아래서 일정한 '타타타' 소리를 들을 수 있었다. 헬리콥터다.

"손을 들고 나와라!" 밖에서 누군가 소리쳤다. 여자의 목소리였다. 나는 그 여자가 입구 덮개에서 약간 떨어진 곳에 서 있다는 것을 즉시 판별할 수 있었는데, 그것은 아마도 우리가 포위되었을 것이라는 뜻이었다.

나는 입구 덮개를 열고 밖으로 나갔다. 그곳에는 얼굴에 마스크를 쓴 여자가 있었는데, 그 마스크는 유리 같은 반들반들한 반원형이며 완전히 불투명했다.

그녀와 같은 차림의 다른 사람들이 숲이 끝나고 공터가 되는 선을 따라 서 있었다.

"나타샤는 어디 있나!" 여자가 총구를 내 얼굴에 겨누고 소리쳤다.

나는 눈을 가늘게 뜨고 헬리콥터를 쳐다보았다. 몸체에 재너스 기업 로고가 박혀 있었다.

"나타샤는 사라졌다!" 나는 머리 위에서 울리는 헬리콥터의 굉음을 뚫고 고함쳤다. 그리고 오두막 입구 옆에 무더기로 쌓여 있는 나타샤의 옷가지를 가리켰다. 나타샤는 자신이 생성되었을 때 입었던 옷과 전혀 다른 종류만 골라서 입었다. "옷을 왜 남겨두고 갔는지는 나도 모른다!"

"거주지에 발포하기 전에 안전한 곳으로 대피할 시간을 30초 주겠다."

"30초까진 필요 없어." 혼잣말로 중얼거렸다. 반경을 둘러싼 기관총들이 발포를 시작하여 클론 군대를 기습하는 소리를 듣고 나는 뒤쪽으로 펄쩍 뛰어 오두막으로 들어가 발로 차서 덮개를 닫았다.

"무슨 일이죠?" 엘렌이 겁에 질려서 물었다.

"나타샤가 다 준비해 뒀어요." 대답하면서 나는 침낭을 발로 차 던지고 바닥에 깔린 나무판자들을 손톱으로 더듬었다. 판자 하나를 집어 올리자 마룻바닥 한 면이 다 딸려 올라오며 숨겨진 문이 드러났다. "이 집은 벙커 위에 지었어요." 나는 문의 바퀴형 잠금장치를 재빨리 돌려 열며 설명했다. "놈들이 공중에서 폭격을 시작하기 전에 벙커로 들어가야 해요." 나는 문을 활짝 열었다. "들어가요. 공책 잊지 말고."

그녀가 들어가고 나는 만약을 대비해서 엘렌의 첼로를 잡아끌고—불이 났을 때 악기부터 구하는 것이 모든 음악가의 본능이다—마찬가지로 문 안으로 내려가 문을 쾅 닫고 손잡이를 돌려 잠갔다. 엘렌은 조명이 환히 밝혀진 벙커 안에서 공책을 품에 꼭 껴안고 있었다.

"왜 우리를 죽이려고 하죠?"

"나도 몰라요. 재너스는 지금 인공지능이 운영하고 있어요. 인공지능은 아주 '효율적'이기 때문이죠. 인공지능이 어째서 저런 결정을 내리는지 인간은 절대로 알지 못해요." 나는 거실 벽의 통제 패널을 켰다. "아니면 인공지능의 결정은 **너무 지나치게** 논리적인지도 모르죠." 재빨리 지대공 미사일 방어 스위치를 찾아냈는데 그것은 내가 5년 전, 재현 때문에 아프기 전에 나타샤를 위해 설치해 둔 것이었다. "이젠 우리 차례예요." 속삭이고 스위치를 눌렀다.

헬리콥터는 움직이지 않는 사냥감이나 마찬가지였다. 1초도 지나지 않아 미사일이 발사되었고 헬리콥터 잔해가 숲 전체에 흩어졌다.

벙커 안에는 식료품과 생필품이 충분히 많이 있었지만 우리는 고작 하루가 지난 뒤에 반경 감시 카메라로 복제인간들이 사라졌다는 것을 확인하고 나서 벙커의 반대쪽 입구를 통해 밖으로 나가보았다.

벙커에서 멀지 않은 곳에 한 엘렌의 시체가 얼굴을 땅에 대고 엎드려 있었다. 재생할 수 없을 정도로 손상되었으니 나노봇들은 아마 분해되어 타이가의 땅속으로 가라앉을 것이었다.

"여기 오는 길에 만났던 엘렌이네." 내가 상당히 확신을 가지고 추측했다.

"그녀가 나인 줄 알았나 봐요." 엘렌은 고개를 돌리며 손으로 입을 가렸다. "그들이 당신을 잡으러 다시 올 거라고 생각해요?"

"그럴 수 있죠."

그녀는 멀리 피어오르는 깃털 같은 연기를 바라보았다. "이제 우린 어디로 가죠?"

나는 그제야, 이 모든 일의 처음부터 끝까지 그녀가 말리의 공책을 계속 품에 안고 있었다는 사실을 깨달았다.

3부 먼 미래

델타

내가 죽음을 위해 멈춰줄 수 없어서—
죽음이 친절하게 나를 위해 멈추었네—
마차에는 우리들밖에 없었네—
그리고 불멸이 있었네.[11]

이야기할 것이 아주 많아서 시작하기 힘들다.
어디서 시작하나.
내가 어떻게 이 공책을 손에 넣게 되었는지부터. 아니면, 나에

---

[11] 에밀리 디킨슨의 유작으로 제목은 시의 첫 행과 같다.

대해서? 내가 어떻게 클론 복제탱크 속에서 어떻게 다른 자매들, 다른 이브들, 군대를 이룬 우리들과 함께 태어났는지.

그것이 이야기의 시작이라고 생각했다. 그러나 내가 손에 든 이 공책은 시작이 훨씬, 훨씬 더 과거로 거슬러 올라간다는 것을 보여주었다. 나는 지금까지의 이야기를 채워 넣어야 할 것이다. 그러나 어떻게 그렇게 할 것인가? 사건을 일어난 순서대로 쓰는 것은 어쩐지 만족스럽지 못하다. 내가 어떻게 이런 걸 아는지는 모르겠지만 이야기를 하는 방식은 여러 가지가 있다. 연대기순 기술은 그중 하나일 뿐이다.

연대기순.
내가 어떻게 이 단어를 알지? 어떻게 아는지 나는 모른다. 이 단어를 배운 기억도, 한 번도 들어보거나 써본 기억도 없다.
나의 성년의 삶 전체가 이런 식이었다―그러니까 내 삶 전체인데, 나는 어른으로 태어났기 때문이다. 나는 배수가 끝난 복제탱크 안에서 깨어났고 일련번호가 내 팔에 레이저로 새겨져 있었다. 운동 기능과 언어는 이브마다 각자 다른 시기에 찾아왔다.

어떤 이브들에게는 전혀 찾아오지 않거나 그런 기회가 전혀 주어지지 않았다.

이런 이브들은 재활용되어 그 나노봇들은 복제탱크의 원형물질 속으로 흩어진다.

복제탱크 속에서 내가 자라나는 동안 가끔 탱크가 나에게 노래해 주었던 것을 기억한다. 어떻게 그럴 수 있었을까? 탱크는 단지 그릇이고 이브 개체를 계속해서 구축하기 위한, 강화된 원형 물질 안의 나노봇들을 담는 용기이며 그저 군인 공장일 뿐이다. 그러나 나는 이 복제탱크들 자체가 한때는 이브였다는 것을 나중에 알게 되었다. 그들은 재가공되고 철저하게 변형되어 우리의 어머니들이 되었다. 이 어머니들은 군인을 계속 탄생시켜 전장에 내보내고 노래를 불러 딸들을 잠재우며 자신들이 이해하지 못하는 전쟁에서 목숨을 잃은 딸들을 말없이 애도한다.

줄줄이 늘어선 어머니―복제탱크들이 평행하게 연결되어 어둠 속에서 빛나며 그 탱크 하나하나가 살인적인 군인을 임신해서 키우고 있다. 그리고 복제탱크들은 감지되지 않을 정도로 작은 목소리로 노래한다. 우리의 꿈속으로 노랫소리를 보낸다.

나의 언어는 삶의 3시간째에 찾아왔다. 이것은 빠르지도 늦지도 않다. 그러나 나의 언어가 다른 이브들과 다른 점은 멈추지 않고 계속해서 찾아온다는 것이다. 나는 태어난 지 얼마 안 되었을 때 주어지는 기본 설정에 없는 단어, 한 번도 내게 가르쳐진 적 없는 단어를 알았다. 내가 한 번도 배운 적 없는 단어들.

나는 이 이상한 단어들을 안다는 사실을 숨겼다. 어쩐지 그것을 알면 안 된다고, 이것은 일종의 오류이며 그 때문에 나도 재활용 용도로 분류될 것이라고 느꼈다.

그 대신 나는 단어들을 생각했다. 샤워할 때 물소리 속에서 혼자 속삭였다. **영대**tippet. **얇은 비단**tulle.

망가져 버린 지구를 돌며 멀리 떨어진 전쟁터에 투입될 때, 한때 마천루와 공동체와 밖에서 자유로운 삶을 사는 인간들이 있었던 도시가 무너진 잔해의 풍광들 위로 줄지어 행군할 때, 어느 휴식의 순간에 작전이 시작되기를 기다릴 때 흙 위에 단어를 쓰기도 했다. **부기**swelling. **처마 장식**cornice. 전쟁은 대부분 기다리고 기다리고 더 기다리는 것이다. 나는 이런 시간 동안 내 단어들에 대해 많이 생각했다. 그것은 개인적인 미스터리이고 명상의 화두와 같았다. 나는 단어들의 질감이 내 마음을 채우게 했다.

처음에는 이 단어들에 대해 너무 걱정하지 않았다. 그것은 내가 어딘가 잘못되었다는 징조여서 어쩌면 그로 인해 내가 적이 아니라 재너스에게 죽임을 당할 수도 있었다. 그러나 나는 내가 그저 별것 아닌 이상 제품이며 그 사실을 나만 알고 있다면 괜찮을 것이라 생각했다. 나는 그 위험을 할 수 있는 한 무시했다.

더 긴 언어 조각들이 찾아오기 시작했을 때에야 진심으로 무서워지기 시작했다. 처음에는 행이었다. 그 뒤에는 연이었다.

그런 뒤에는 시 전체였다.

내가 죽음을 위해 멈춰줄 수 없어서—
죽음이 친절하게 나를 위해 멈추었네—
마차에는 우리들밖에 없었네—
그리고 불멸이 있었네.

우리가 파타고니아로 진군하고 있었을 때 이 연이 하늘에서 떨어졌다. 그것은 **죽음**Death, **마차**Carriage, **우리들**Ourselves, **불멸**Immortality의 첫 글자가 대문자이고 긴 줄표가 있어야 할 자리에 들어가 있는 네 개의 행 그 자체로 완벽하게 찾아왔다. 나는 너무 놀라 행군 도중에 멈추어 고개를 들고 머리 위의 비현실적으로 커다란 푸른 달을 올려다보았다. 마치 단어들이 그곳에서 떨어진 것처럼.

뒤에 오던 이브 개체가 나를 밀어내야만 했고 그녀의 군용 장갑이 내 등 보호판에 부딪치는 금속성 소리를 듣고야 나의 뇌는 걸어야 한다는 사실을 다시 기억했다.

파타고니아 전투 당시 나는 **친절하게**, **마차**, 혹은 **불멸**이 무슨 의미인지 알지 못했다. 그러나 그 색과 온기를 감지할 수 있었다. **친절하게**는 마음을 편안하게 하는 흰색 위의 진중한 검은색이었다. **마차**는 파도치는 것처럼 보이도록 조각된 덩굴진 금빛이다. **불멸**…. 창백한 납빛 기둥들이 끝없는 푸른 하늘을 배경으로 황량한 풍광 속에 줄줄이 늘어서 시간 속으로 깊이 들어간다. 나는 시의 연들이 무엇을 의미하는지 몰랐지만 그 색깔들은 마치 시인의 마음을 들여다보고 그 감정의 팔레트를 인식한 듯 분명히 볼 수 있었다.

그 뒤로 시의 조각들이 나에게 찾아오기 시작했다. 그 느낌으로 그것이 시라는 사실을 알 수 있었다. 외따로 떨어진 단어와는 달랐다. 덧붙은 무게가 있었고, 덧대어진 온기나 냉기가 있었다. 내가 다른 이브들과 사용하는 단어들과는 달랐다―뇌의 얇은 표면 위에 떠오르는 느낌이 달랐다.

이 모든 것은 말이 되지 않았지만 그것이야말로 내 세계에서는 가장 현실적이었다.

어쩌면 그것만이 유일하게 현실적인 것이었는지도 모른다.

복제탱크들은 군인을 탄생시키지만 딸과 시인을 꿈꾼다.

오 음악에 맞춰 흔들리는 몸이여, 오 밝아지는 시선이여,
어떻게 우리가 춤추는 자를 춤과 구분하겠는가?[12]

생애 첫 9년 동안 나는 동방 부대의 수많은 군인들 중 하나로, 보병이었다. 우리는 유라시아 대륙을 휩쓸며 마주치는 모든 생명을 죽였다. 어디에나 소규모 저항군은 있었지만 내가 아는 한 이 외부 생존자들에게 남은 희망은 전혀 없었다. 결국은 불멸자들의 군대가 지배할 것이고 옛 인류 — 호모사피엔스사피엔스 — 는 더 이상 존재하지 않을 것이다.

파타고니아는 재너스JANUS — 신과 같은 위상에 걸맞게 이제 전부 대문자로 썼다 — 본부에서 지구 반대편에 있는, 중복신체자들의 마지막 요새였다.

1년 전 오늘, 파타고니아는 무너졌다.

그리고 내가 처음으로 전체를 다 "기억한" 시가 허공에서 찾아온 것도 그날이었다.

나는 살인을 했다. 너무나 많이 살인했다.

내가 살해한 그 많은 자들에 대해 내가 어떤 감정을 갖는지는

---

[12] 윌리엄 버틀러 예이츠William Butler Yeats의 시 〈학교 아이들 사이에서Among School Children〉의 일부.

나도 모른다. 이 감정에는 프로그램도 프로토콜도 알고리즘도 없다.

만약에 있다면 내가 억압했다. 나는 그 밑에 있을 것이 두렵다.

파타고니아 전투는 재너스 클론에 맞선 황금기 인류의 마지막 저항이었고, 그 뒤에 내가 속한 사단은 남쪽으로 내려가 이전에 남아메리카 대륙으로 알려졌던 장소의 위쪽 끝에서 낙오된 인간을 붙잡고 정착지를 불태우라는 명령을 받았다. 사단은 소대 단위로 나뉘어 내가 속한 소대는 가장 남쪽 지역을 할당받았고 나머지는 거기서부터 사방으로 흩어졌다.

내 소대는 다섯 명이었고 즉석에서 정한 호출 신호는 이브 A, 이브 B, 이브 C, 이브 D, 이브 E였다.

나는 이브 D로 정해졌다.

진정한 나 자신의 이야기는 여기서부터 시작된다.

"기다려." 이브 E가 말했다. "통신 들어오는 것 같다."

이브 E는 고갯짓으로 이브 B를 가리켰는데, 이브 B는 이미 스무 걸음 뒤처져 있었다. 이브 B가 위성통신기를 가지고 있었고 우리는 신호를 잡으려고 높은 모래 언덕 위에 서 있었다.

우리는 기꺼이 멈추었다. 버려진 마을과 정착민 없는 자연지대를 이미 몇 주 동안이나 행군했다. 파타고니아에서 이브 군인들을 너무 많이 잃어서 재너스는 아직도 그 숫자를 확인하는 중이었고 그런 부담을 겪은 뒤에 아무것도 안 하고 그냥 걷는다는 것은 좋은 일이었다. 아무것도 안 한다는 것은 더 좋은 일이었다.

우리는 해변에 앉아 이브 B가 통신문을 수신하고 해독하는 작업을 끝내기를 기다렸다.

해안에는 이상한 새들이 있었다.

검은색과 흰색인데 새답게 뛰어다니거나 날지 않고 사람처럼 걸었다. 사실 전혀 날지 못하는 것 같았다.

펭귄.

스위치를 켜서 불이 들어오듯 이 단어가 내 의식 속에 반짝였다. 조금 전까지 없었던 단어인데 이제는 언제나, 항상 거기 있었던 것 같았다. 배운 경험이 없는 기억. 경험을 창조하는 기억이고, 그 반대는 아니다.

"저건 펭귄이야."

나는 너무 놀라서 펄쩍 뛸 뻔했다. 지정 소대장 이브 A가 피로에 지쳐 얼굴을 찡그리며 내 옆에 앉았다. 내가 아주 잘 아는 표정이고, 나의 표정이기도 하다. 이브 A의 얼굴도 마찬가지다.

"뭐라고?"

"펭귄이라고." 이브 A가 새 떼를 향해 고갯짓을 했다. "날지 못하는 새의 일종이야. 남극에 가까운 곳에서 주로 발견되는데 지금 우리도 꽤 가까운 모양이지."

"그게… 임무 명령에 있었어?"

우리는 보통 명령과 함께 그런 관련 정보 패킷을 받아 증강현실 헬멧 속에서 돌려볼 수 있었으나 식물군과 동물군에 대한 부록은 보지 못했다. 나는 이런 패킷을 몇 번이나 꼼꼼하게 전부 다 읽었다. 알 수 없는 "선물"처럼 다가오는 시를 제외하면 이것이 내가 읽을 수 있는 유일한 문학이었다.

"그냥 아는 거야. 우리 가끔 업그레이드할 때 추가 어휘를 받거든."

나는 이브 A를 바라보았다. 이브 A는 나를 바라보았다.

이브 A가 나를 시험하는 걸까? 내가 이상 징후를 보이면 삭제하라는 명령을 받은 걸까? 시를 들켰나? 나는 요주의 표시를 받은 걸까?

"그런 건 몰랐는데. 그거 정말이야?"

이브 A는 나를 잠시 더 들여다보았다. 아주 오랜 시간처럼 느껴졌다.

그러더니 이브 A는 어깨를 으쓱해 보이고는 다시 펭귄 쪽으로 시선을 돌렸다. "여러 가지 소문이 많아. 요즘에는 예전보다 변형도 많고 특히 파타고니아 전투를 준비하느라 생산 물량이 증대돼서 더 그렇대. 곧 전반적으로 추려내는 과정이 있을 것 같아, 이브도 그렇고 복제탱크도 그렇고. 예전에는 오류 여부에 따라서 군대를 편집했어. 순수성이 지배해야 하니까." 이브 A는 턱짓으로 이브 E를 가리켰다. "쟤는 우리 나머지보다 거의 머리 하나가 더 커. 이브 B보다 확실히 머리 하나 더 크지. 양쪽에 다 맞는 무장이 있는 게 신기할 정도야. 너도 이브 E가 꼭 필요할 때만 증강현실 헬멧을 쓰는 거 눈치챘을 거야. 너무 작은 거야, 쟤한테는."

나는 충격을 받았다. 이브 A가 나에게 이런 말을 한다는 사실과 그 말의 내용이 둘 다 충격이었다. 이브 A가 옳았다.

나는 이브들이 모두 똑같이 생겼던 때를, 시야에 닿는 모든 곳에 차렷 자세로 줄지어 서 있으면 개체들이 완전히 동일하여 멀리서 보면 하나의 무늬를 형성하던 때를 기억할 수 있었다. 이브들의 무늬다. 재너스 부대들은 한국이라는 나라에서 개발되어 첫 프로토타입은 안전한 보관을 위해 우주정거장으로 올려 보내졌다.

그리고 이제 전쟁이 1세기나 이어지면서 우리는 분화되고 있었다. 바로 우리 눈앞에서 다양화되고 있었다.

이브 B가 우리가 앉아 있는 곳으로 걸어와 모래언덕 위에 앉았다. 다른 두 이브들도 모래를 헤치고 걸어와 우리와 함께 앉았다.

"새 명령이야." 이브 B가 말했다. "여기서 하루 반 행군해 간 곳에 있는 어떤 인공물을 조사하래. 좌표 지금 너희 증강헬멧으로 보낼게."

눈앞에 지도가 떠올랐다. 이브 B는 도중에 야영할 수 있을 만한 지점에 핀 모양 표시를 해두었다. 우리는 그중 하나를 골라 출발했다.

나는 다시 한번 펭귄들을 돌아보았다. 날아다니는 대신 인간처럼 걷기를 선택한 새들. 다시 고개를 돌려 소대를 향했을 때 이브 A가 나를 보고 있는 것을 알았다.

이브 A가 씩 웃었다.

그날 저녁 우리는 행군을 멈추고 캠프를 만들고 불을 피웠다.

불은 정말 훌륭했다. 우리를 따뜻하게 덥혀주었고 관절과 근육의 긴장을 풀어주고 우리 무장을 거의 솜털처럼 포근한 느낌으로 채워주었다. (**솜털**. 이게 뭐지?) 무엇보다도 모든 광원과 열원이 그렇듯이 우리 몸의 나노봇을 재충전해 주었다.

이브 A가 배낭에서 뭔가를 꺼냈다. 그러더니 놀랍게도 그것을 깨물었다. 그것은 신선하고 바삭한 소리를 냈다.

"뭐 하는 거야!" 내가 사납게 말했다.

"그게 대체 **뭐야**?" 이브 C가 물었다. 이브 C가 말하는 것을 우리 모두 처음 들었다고 생각한다.

"먹는 거야." 이브 A가 당연하다는 듯 말했다. "가끔은 먹는 게 좋아서."

"하지만 **금지돼** 있잖아!" 나는 거의 비명을 질렀다. 왜 이렇게 겁이 나는지 알 수 없었다.

"진정해, D." 이브 A가 말했다. "네가 더 오래 살 거야."

뒤따른 침묵을 깨는 것은 주기적으로 들려오는 이브 A의 먹는 소리뿐이었다.

"사과야." 이브 B가 갑자기 말했다. "이제 기억나. 버려진 과수원을 지나왔잖아. 너 거기서 가져온 거구나."

"한 입 먹어봐도 돼?"

키 큰 이브 E가 말했다. 나는 그 뻔뻔함에 놀라 이브 E를 멍하니 쳐다보았다.

이브 A는 어깨를 으쓱하더니 가방을 뒤져 이브 E에게 다른 사과를 던져주었다.

"몇 개나 가지고 있는 거야?" 이브 B가 물었다. 대답 대신 이브 A는 우리 모두에게 사과를 하나씩 던져 주었다. 나는 내 것을 거의 놓칠 뻔했다.

사과는 빨갛다기보다 녹색이었다. 자세히 들여다보니 표면은 점점이 색이 달랐다. 이렇게 많은 색이라니! 이런 질감과 유연한 형태라니! 이렇게 아름다운 물체는 본 적이 없었다. 우리는 온갖 종류의 음식을 보았지만 제대로 **본** 적이 한 번도 없었다. 중복신체자들은 음식이 필요했고 이브들은 해와 불, 그리고 때로 약간의 물만 있으면 충분했다. 나는 평생 아무것도 먹어본 적이 없었고 먹을 생각을 해본 적도 없었다.

"우리… 이런 걸 먹을 수가 있어?" 이브 B가 팔을 쭉 펴서 자기 사과를 멀리 들고 말했다.

이브 A는 씹고 있는 자기 입을 가리켰다.

나는 또 다른 씹는 소리를 들었다. 이브 C가 자기 사과를 깨물고 있었다.

곧 우리는 모두 먹기 시작했다. 맛은 날카롭고 달았다. 내 몸이 어떻게 해야 하는지 아는 것 같았다. 타액을 분비하고, 씹고, 삼킨다….

"그거 알아?" 이브 B가 씹는 사이사이에 말했다. "새 이브 모델 중에는 월경 시작한 애들도 있대?"

나는 사레가 들릴 뻔했다.

"나도 그 소문 들었어." 이브 E가 말했다. "복제탱크가 전부 오염됐다는 모양이야. 이러다가는 남자 이브를 생산하게 될 거야."

"그게, 소문에 따르면…." 이브 C가 입을 열자 우리 모두 쳐다보았다.

이브 C는 모두의 눈길을 받는 데 익숙하지 않아 잠시 말을 멈추었다. 그리고 침묵 속에 다시 말을 이었다. "1, 2년 전에 어떤 이브가 남자이면서 동시에 여자가 됐대."

"그게 대체 무슨 말이야?" 이브 B의 목소리는 날카로웠다. "양쪽 생식기가 다 있다는 거야? 생식기가 없다는 거야? 목소리가 다르다는 거야, 가슴이 없다는 거야, 뭐야?"

이브 C가 작은 소리로 대답했다. "남자이면서 동시에 여자인 방식은 여러 가지가 있다는 모양이야. 그리고 양쪽 다 아닌 방식도 여러 가지래. 그런 중복신체자들이 많대."

이브들은 모두 조용해졌다. 이브 C가 한 말을 곱씹는 것이라고 나는 생각했다. 나도 잠시 생각했다. 우리는 대체 어째서 생식기나 가슴이나 아니면 그와 유사한 기관들을 가지고 있는 걸까? 우리는 어차피 아무도 생식을 하지 않았다. 새로운 이브들을 생산하는 일은 복제탱크가 맡았다. 우리를 무성으로 만드는 것이 합리적이고 효율적일 것이었다. 그러나 그런 변화가 본래 이브 템플릿에 예상치 못한 효과를 가져올까 설계자들이 우려했던 것이라고 나중에 우리는 결론지었다. 혹시 그런 "효율성"

이 우리에게 환지통을 가져와 아프게 만들거나, 인간 지성의 일부이며 장애물이 아니었던 감각이나 관능을 강화하면 어떻게 할 것인가? 설계자들은 그런 연구를 할 시간이 없었으므로 필요한 일을 할 수 있을 정도로만 완성된 형태로 만든 것이다. 필요한 일이란 인류의 학살이었다.

내 이야기를 너무 건너뛰었다. 나는 그날 저녁 불 가에서 이런 생각을 하고 있지 않았다. 나는 우리가 하고 있는 것, 사과를 먹으며 오염된 복제탱크와 여자이기도 하고 남자이기도 한 이브들에 대해서 떠드는 것에 대해 생각하고 있었다. 우리가 전부 요주의 인물로 표시됐고 이브 A가 우리를 함정에 빠뜨리기 위해 재너스에서 보낸 첩자면 어떻게 하지?

그것이 사실이라면 이것은 너무 지나치게 정교한 작전이었다. 나는 우리 중 누구라도, 특히 나 자신이, 그렇게까지 공들여 함정에 빠뜨릴 가치가 있다고는 절대 믿을 수 없었다.

우리는 그날 밤 불침번을 설 사람을 제비뽑기로 결정했다. 내가 짧은 제비를 뽑아서 불침번 순서는 D, E, A, B, C가 되었다.

첫 불침번이 보통은 가장 편하기도 하지만 그날 밤 나는 첫 근무를 맡아서 특히 기뻤다. 생각할 것이 많았다.

그 무렵, 더 정확히는 그 무렵 밤이면 유일한 고독의 시간인 불침번을 서면서 내가 가장 많이 숙고하던 문제는 우리가 왜 싸우는가였다. '순수성이 지배해야 한다.' 이브 A가 모래언덕 위에서 나에게 한 말이었다. 그리고 증강현실 헬멧을 통해 들어오는 모든 임무 명령을 시작하는 문장이기도 했다. 재너스는 이브 개체의 순수성을 유지하고 모든 중복신체자들을 절멸시키는 데 집중하고 있었는데, 중복신체자들은 불완전하기 때문이었다. 그러나 지금쯤은 죽여야 할 중복신체자들이 남아 있지도 않을 것이었고, 최소한 생존자 중에 우리에게 맞설 만큼 아무것도 모르는 자들은 없을 것이었다.

이 글을 누가 읽을지는 모르지만 이 글을 읽는 사람은 우리 이브들이 어째서 임무 외에 거의 생각이란 걸 하지 않는지, 어째서 혼자서라도 자신의 존재 의미에 대해 질문을 하지 않았는지 이상하게 여길지 모른다. 우리는 어째서 전쟁을 하는가? 어째서 인간을 모두 죽이는 데 이토록 열심인가? 그리고 대체 어째서 인간을 죽이고 있는가? 우리를 죽이고 싶어 하는 중복신체자들 무리가 여전히 조금씩 남아 있는 것은 사실이었지만 그것은 분명 단지 우리가 그들을 계속해서 죽이고 있었기 때문이었다. 어째서 이브들과 중복신체자들은 같은 지구 위에서 서로 방해하지 않고 살아가지 못하는가? 중복신체자들이 전부 죽으면 무슨 일이 벌어질 것인가?

그러나 우리는 거기까지 생각해 본 적이 없었고 그럴 만한 이유가 있었다. 재너스가 원하는 종국적 결과가 무엇인지 거의 질문해 본 적이 없는 데도 이유가 있었다. 우리는 특정한 표시를 넘으면 생각을 멈추도록 프로그래밍되어 있었는데, 그래도 나는 그 조건화의 지점들을 뚫고 나가는 것이 점점 더 쉬워지는 것을 느꼈다. 그리고 내가 나중에 알게 된 것은 재너스 군대가 확장되어 주기적인 유지 관리를 계속하기가 점점 어려워지면서 몇몇 표시들이 약화되었다는 사실이었다. 그날 밤의 대화가 이런 쇠퇴의 첫 번째 진짜 징조였다는 것을 그때 깨달았어야 했다.

그날 밤 나는 새로운 시들이 더 많이 오기를 기다리며 귀를 기울였다. 하나도 오지 않았다. 우리를 둘러싼 밤은 아주 어두웠고, 너무 어두워서 나는 우리가 여기서 빠져나갈 길을 찾을 것이라고는 도저히 믿을 수가 없었다.

우리는 다음 날 아침 일찍 출발했다.

이브 E가 이브 B에게 물었다. "그래서 우리가 찾는 그 인공물이 정확히 뭐야?"

보통 전투에 관계되지 않은 대화에 다른 이브를 끌어들이는 것은 이상한 일이었겠지만 전날 밤부터 관계 역학 중 일부가 변한 모양이었다. 사과와 소문을 공유한 뒤로 우리는 서로 더 친해졌다고 느꼈고 서로 더 신뢰하고 싶어졌다. 그러나 나는 이것이 바로 이브 A의 계획이며 함정 임무를 수행하여 소대 전체를 파멸시킬지 모른다는 가능성을 여전히 배제할 수가 없었다. 돌이켜 생각해 보면 내가 아주 틀린 것은 아니었다.

"글쎄." 이브 B가 약간 내키지 않는 듯 말했다. "보통은 소대마다 이브 하나가 완전한 임무 정보를 받아서 그걸 나머지 대원들에게 배포하는 거 알고 있지? 솔직히 말해서⋯ 난 항상 그렇게 하지는 않아."

내가 아마도 이브 B에게 어떤 종류의 시선을 보냈는지, 이브 B는 서둘러 나를 향해 설명하기 시작했다. "임무에 중요한 건 절대로 숨기지 않았어. 그저 내가 중요하지 않다고 생각한 이런저런 조각들이었어. 모두의 시간과 노력을 절약할 수 있으니 다 좋은 일이잖아. 보고서에 있는 모든 말이 다 읽을 가치가 있는 건 아냐."

"진정해, B." 앞서 가던 키 큰 이브 E가 말했다. "그 인공물에 대해서 아는 거나 얘기해 줘."

"난 그저 **단 하나**의 비밀, **단 하나** 내 것을 갖고 싶었을 뿐이야." 이브 B는 이브 E를 무시하며 말을 이었다. "나를 다르게 해 주는 **단 한 가지**. 그게 그렇게 잘못된 거야? 그게 이상해?"

조용한 이브 C가 우리 뒤에서 걷다가 목소리를 냈다. "5년 전에 나는 태국 만에 있는 섬들에 파병됐어. 우리는 해변에서 쉬고 있었어. 거기 바다는 내가 평생 본 것 중에 가장 아름다웠어. 그런 파란색이 있는지도 몰랐고 그 색깔을 믿을 수도 없었지만 무엇보다도 나는 내가 느끼는 그 느낌을 믿을 수가 없었어. 그런 느낌이 존재할 수 있다는 걸 꿈도 꿔본 적이 없어. 나는 군용 장갑을 벗고 가늘고 하얀 모래 속에서 손가락을 휘저어 봤는데 그러다가 조그만 보라색 원판을 발견했어. 나선형으로 감긴 조개껍데기였어. 내 새끼손톱 크기였고. 보석 같았어. 나는 그걸 군장 속에, 빈 탄약통에 숨기고, 아무한테도 말하지 않았어. 우리는 세계를 돌아다니며 전쟁터에서 전쟁터로 옮겨 다녔어. 살육과 위험이 너무… 너무 심해지면… 나는 그 껍데기를 주머니에서 꺼내서 손에 쥐고 있곤 했어. 그 매끈하고 반짝이는 표면을 문질러 보았어. 그렇게 매끄럽고 흠잡을 데 없는 물건이 한때 살아 있었다는 걸 믿을 수가 없었어. 나는 그날 보았던 파란색과 느꼈던 감정을 기억하려고 애썼어. 그건 허락되지 않는다는 걸 알아, 재너스에서 발급하지 않은 개인 소지품을 갖는 것. 하지만 그 껍데기보다 더 실감나게 느껴지는 건 세상에 없었어."

이브 C는 잠시 말을 끊었다가 계속했다. "그래서 네 말이 무슨 뜻인지 알 것 같아. 너에게 속한 걸 원하는 거지. 네가 다른 누군가가 아니라 **너**이게 해주는 것. 나는 그 껍데기를 잃어버렸어. 하지만 그 기억은 가지고 있어. 그 감정은 잊어버렸지만 감정의 기억은 있어. 그 이야기도 아직 가지고 있어. 그리고 그걸로 충분해. 나에게 필요한 소유권은 그거면 돼. 내가 나이기 위해서는 다른 게 필요하지 않다는 걸 알게 됐어. 그 기억과 그 이야기뿐이면 돼."

우리는 이브 B가 이야기할 기분이 들 때까지 기다리며 침묵 속에 잠시 걸었다.

마침내 이브 B가 한숨을 쉬었다. "좋아. 너희들도 어차피 직접 보게 될 테니까. 통신문에 여러 가지 말로 쓰여 있는 게 아니야. 분류열에 있는 태그 때문에 생각을 하게 됐어. EXX4133. 외계에서 온 물체라는 뜻이야."

나는 이브 B가 하는 말을 믿을 수가 없었다. "외계인이라고?"

이브 B는 어깨를 으쓱했다. "내가 아는 건 그것뿐이야."

현장으로 가는 동안 나는 그 의미에 대해서 생각했다. 외계인. 이렇게 시간이 지나고 나서 그들이 이렇게 먼 곳까지 왔는데 발견한 것이라고는 죽어가는 인류와 전 지구적인 나노봇 클론 군대뿐이라니. 그들이 머무를 이유가 없다. 자신들도 나노봇 클론이 돼버릴까 두려울 것이다. 그들은 어쩌면 이 사실을 너무 늦게 깨달아 나노봇을 은하계 전체에 퍼뜨리게 될지도 모른다….

행군하는 지역은 야생 지대였지만 조건이 온화했다. 나는 우리가 정확히 어디에 있는지 알지 못했다. 이브 E가 위치 파악 장치를 가지고 있었다. 키 크고 믿을 수 있는 이브 E.

키가 크다.

나는 전날 밤 불 가에서 했던 대화를 생각했다. 오염되고 훼손된 복제탱크들. 내 복제탱크의 자장가, 거의 기억나지 않는 곡조. 그 결과 일어난 변형들, 삭제되고 언어를 가지는 것조차 허락되지 않았던 모두 다양하고 서로 달랐던 이브들. 그들이 살았다면 어떤 삶을 살았을까? 이 고된 전쟁을 그들이 견딜 수 있었을까? 나는 그들을 상상하려 했다. 키가 크고, 작고, 남자, 절반의 남자, 남자가 아닌 존재, 눈이 하나, 눈이 세 개, 사지가 다섯 개. 그들은 기형이나 추하다고 느껴지지 않았다.

왜냐하면 내가 수백만의 다른 누군가와 겉모습이 똑같다면 나야말로 그런 모습으로 보이기 위해서 기형이 되어야 했다는 뜻 아닌가?

그러나 다른 무엇보다도 나는 지난밤의 대화가 일어났다는 사실 자체에 대해 생각했다. 우리가 한 일은 행동 방침에 어긋났다. 그러나 우리는 자연스럽게 서로의 말의 박자와 흐름에 빠져들었다. 그것이 위험하다는 것은 알고 있었지만 그럼에도 불구하고 우리는 서로를 신뢰했다. 우리 중 누구라도 소대 전체를 재너스에 밀고할 수 있었지만 아무도 그렇게 하지 않았다. 신중한 이브 B도, 엄격한 이브 E도. 이브 E는 가장 먼저 사과를 달라고 부탁했다.

그것은 이상했다. 이 소대 전원이 이상했다. 우연인가? 만약 우연이 아니라면?

우리가 목표물에 가까이 다가갈수록 나는 점점 더 무서워졌다.

그러나 들판과 숲을 지나 골짜기를 따라 가는 행군은 조용했기 때문에 마음을 안정시키는 측면이 있었다. 우리는 아무도 보지 못했다. 인간들은 죽었거나 숨어 있었다. 이제 더 이상은 인간들이 봉기를 일으키거나 저항운동을 벌인다는 소식을 전혀 듣지 못했다. 파타고니아가 진실로 그들의 마지막 요새였다. 인류는 마침내 멸종한 듯 보였다. 그들의 자궁이 전부 사라지는 것은 그저 시간 문제였고, 그러면 이 행성은 우리 것이 된다.

그 "우리"가 실제로 누구이든간에 말이다.

그날 정오에 우리는 숲속의 목표물에 도달했다.

이브 E가 주먹을 들어 멈추라는 신호를 보냈다. 우리는 나무 사이에 그녀가 서 있는 곳으로 함께 가서 말없이 바라보았다.

그것은 상상할 수 없이 거대한 식물의 속이 텅 빈 씨앗을 파서 속껍질을 노출시킨 듯 보였다. 그러나 식물의 씨앗이 아니었다. 그것은 금속 재질이었다.

가까운 거리에서 보니 높은 곡선 모양의 마천루가 숲의 나무들보다 훨씬 더 높이 솟아 있었다. 그러나 그것은 마천루가 아니었다. 당시에 우리는 깨닫지 못했으나 만약 어떤 대단히 크고 강력한 거인이 이 곡선형 건물들을 땅에서 뽑아내어 조각들을 맞추었다면 완성된 모습은 아주아주 넓은 고리였을 것이다.

"저게 뭐야? 왜 비어 있어? 추락한 우주선이야?" 이브 B가 "씨앗"의 넓고 텅 빈 내부를 들여다보면서 속삭였다.

"이건 물탱크였을지도 몰라." 이브 E가 말했다.

나는 헬멧 보안경을 내리고 스캔했다. "방사능 흔적이 있어. 위험할 정도는 아냐. 잔해가 사방에 떨어진 것 같아. 이 골짜기 안의 모든 방향에서 흔적이 도출되고 있어." 나는 보안경을 올렸다. "내 생각에는 저 높은 건물들이 한때는 어떤… 중심체의 일부였다가 여기 떨어질 때, 아니면 그 인공물이 대기에 진입했을 때 부러져 나간 것 같아."

"흩어지자." 이브 A가 명령했다. "잔해가 얼마나 멀리까지 퍼져 있는지 알아야겠어. 이브 E, 주변부 경고를 설치해."

이브 E는 고개를 끄덕이고 방향을 지정해서 우리 헬멧으로 보냈다. "통신기 열어놔." 그녀가 말했다.

나는 이브 A로부터 20도 동쪽으로 출발했다. 우리는 거대하고 텅 빈 껍질 주위를 함께 걸어 뒤쪽으로 돌아갔고, 그곳에서 서로 지정된 방향으로 흩어졌다.

숲은 시원하고 그늘에서는 심지어 좀 서늘했다. 처음으로 찾은 잔해는 비행기 문 정도 크기였다. 그것은 내가 발견하기 전에 누가 불을 지른 듯 심하게 타서 눌어 있었다. 아니면 이전에 대기권에 진입했다가 재진입하면서 타버렸을 수도 있다. 우주에서 온 물체들이 지구 표면에 가까이 다가오면 그런 일이 벌어진다는 것을 내가 어떻게 아는지 알지 못했다.

나는 땅에 파고든 커다란 곡면 건물 하나에 도달했다. 외피가 재진입 당시 떨어져 나갔거나 타버린 것 같았지만 글자가 새겨진 출입 패널이 눈에 띄었다. 나는 보고했다.

"소대 들어라. 큰 잔해 조각과 접촉했다. 이것이 외계 인공물이라고는 생각하지 않는다."

이브 A의 목소리가 통신기를 통해 들려오면서 헬멧 보안경에 글자 "A"가 반짝였다. "무슨 뜻이야?"

"인간 크기의 출입 패널 옆에 서 있다. 표면에 일련번호가 찍혀 있다. A-Y-U-T-T-H-A-Y-A 띄우고 E-X-0-0-1-3-5-0-A."

"B"가 보안경에 반짝였다. "여기도 같다. 오래된 인간 글자가 새겨진 잔해다. 우주선은 지구에서 아마 전쟁 전에 만들어진 것으로 보인다. 외계인은 아니다. 재너스에 보고해야 할까?"

이브 A: "아니, 아직은 아냐. 여기서 무슨 일이 일어났는지 우리가 완벽하게 확실히 아는 것이 먼저야."

당시에도 이것이 이상한 제안이라는 생각이 머릿속을 스쳤으나 이브 A의 명령에 대해 깊이 생각하기에는 인공물에 너무 흥미가 쏠려 있었다. "인공물 안으로 들어가겠다."

이브 A: "알았다. 조심해."

출입 패널은 안에서 잠겨 있었다. 나는 힘으로 부수었다.

안은 쭉 이어지는 좁은 공간이었는데 아마도 유지보수에 사용된 듯했다. 나는 잠시 그 안을 헤매다가 선체 안으로 들어가는 데 성공했다. 내부는 칠흑같이 깜깜해서 보안경이 야간투시 기능을 켰다.

나는 천장이 높은 공간에 있다는 느낌을 지우려 애썼다. 실제로 나는 긴 공간을 옆으로 돌린 곳에 있었다. 기계장치와 차단벽의 방향으로 보아 나는 이 공간의 천장이던 부분을 통해 들어온 모양이었다. 공간 자체는 아마 공용 식당 같았다. 한쪽 벽을 따라 설치된 기계장치는 음식 제공 기계처럼 보였다. 나로서는 다행히도 천장과 벽 전체에 가로대와 손잡이가 붙어 있었는데 아마 우주에서 중력과 관련된 고장이 일어날 경우를 대비한 것 같았다. 나는 이 가로대를 사용해서 위로 올라갔다.

다음 출입문을 여는 것은 손잡이에 매달린 채로 그 손잡이를 돌려야 해서 어려웠다. 나는 문이 열리며 아래로 떨어질 때 손잡이에 매달려 있다가, 열리는 틈을 타 몸을 끌어 올려 들어갔다. 이제 나는 일종의 복도에 있었다. 천장 가로대를 사용해 더 높이 올라갔다. 양쪽에 출입 패널이 이어져 있었으나 나는 가장 끝의 출입문이 제일 궁금했다.

보안경에 "E"가 반짝였다. *"사방에 잔해가 있다. 같은 종류의 금속이다. 유기체는 아직 전혀 발견하지 못했다."*

이브 A: *"이브 델타, 안에 들어가 있지? 사람이 보이나? 시체는?"*

나는 잠시 숨을 돌린 뒤에 대답했다. "없다."

이브 B: *"이 인공물이 여기 추락하기 전에 사람들이 탈출했는지도 모른다. 어떤 대피 작업이 있었던 것으로 보인다. 선체를 따라서 탈출정이 있어야 할 자리에 빈 결합장치만 있다."*

이브 A: *"이브 델타, 뭐가 보이나?"*

"복도, 출입문… 그리고 또 복도와 출입문이다."

마침내 복도 끝 출입문에 도달했다. 이 뒤에도 또 복도만 있다면 나는 진심으로 인공물의 이쪽 부분을 나갈 생각이었다. 그러나 출입문을 열고 주위를 둘러보고 나는 말했다. "우와."

이브 A: *"이브 델타? 보고해!"*

"벌집 같다. 액체 탱크들이 줄줄이 죽 이어져 있는데 탱크 하나는 인간 한 명 정도 크기다. 전부 열려 있고 안이 비어 있다."

잠시 침묵.

이브 A: *"좋아, 거기서 나와."*

나는 들어온 길로 도로 나갔다.

다시 햇빛 아래 나와서 통신기에 대고 말했다. "우리가 저 안에 다시 들어가려면 이브 B가…."

주변부 경고 차임이 울리는 소리가 들렸다.

내가 조금 전까지 서 있던 땅에 총알이 비처럼 쏟아지기 직전에 나는 출입 패널 안으로 도로 뛰어들었다.

"내 위치에 총격이다. 북동쪽 어딘가다. 접촉은 아직 없다."

이브 A라는 글자가 내 보안경 시야에 떠올랐다. *"접촉하기 전에 응사하지 마. 이브 브라보, 찰리, 나 엄호해, 내가 이브 델타가 있는 쪽으로 가겠다."*

"하지만… 왜?" 이해할 수 없었다. 논리적인 반응은 우리가 어떤 상황에 있는지 모두가 알게 될 때까지 가만히 있는 것이었다.

"백주에 놈들이 우리에게 덤벼들고 있다. 우리에게 정말로 앙심이 있는 것이 분명하다. 브라보와 찰리, 내 신호에 맞춰. 셋. 둘. 하나. 발사!"

나는 이브 B와 이브 C가 북동쪽으로 발포하는 동안 증강현실지도에서 이브 A의 위치를 표시하는 점이 한 지점에서 다른 지점으로 달려가는 것을 보았다. 이브 A가 지금 뭘 하는 거지? 우리는 소중한 시간과 탄약을 낭비하고 있었다. 파타고니아 전투가 남아메리카 대륙에 마지막 남았던 인간을 대략 전부 말살했기 때문에 이번 임무에 우리는 탄약을 조금만 가져왔다. 그러나 지금 보니 그렇지도 않은 것 같았다. 이렇게 외딴 지역에 아직도 인간 저항 조직이 있단 말인가?

이브 A가 마침내 내가 서 있는 출입문 안으로 뛰어들어 거의 정면으로 부딪칠 뻔했다.

"보고해." 그녀가 말했다.

"외형을 아직 포착하지 못했다. 하지만 소리를 들어보면 내 생각에…."

"두 명이야." 이브 A가 음울하게 고개를 끄덕였다. "우리를 꼬여내려고 할지도 몰라. 다섯밖에 없다는 걸 확인하려고."

"저들이 우리 다섯 명을 전부 파악했을까?"

"지금 우리를 공격하는 걸 보면 우리가 몇 명인지 꽤 잘 알고 있는 것 같은데. 여기서 질문은 왜 우리를 안 죽였냐는 거야." 이브 A가 보안경을 내리고 야간투시경을 사용해 주위를 둘러보았다. "아까 이 물건 안으로 얼마나 멀리 들어갔다고 했지?"

"벌집. 액체 탱크 통이 든 벌집 같은 공간."

증강현실 기기에 가려진 이브 A의 표정을 읽을 수가 없었다. 잠시 침묵이 흐른 뒤 그녀가 고개를 끄덕이고 말했다. "좋아."

그리고 무슨 일이 벌어지는지 내가 알기도 전에 이브 A는 총의 개머리판을 치켜들더니 나를 때려 기절시켰다.

바람을 본 자가 누구인가?
너도 아니고 나도 아니다.
그러나 나무들이 고개를 숙일 때면
바람이 지나가는 것이다.[13]

가끔 나는 이 시들이 과거에서 오지만… 어쩐지 또한 미래에서 온다고 느낀다.

특히 이 시가 그렇다. 미래의 누군가가 시간의 바람 속에 시를 속삭이는 소리를 엿듣는 것 같았다. 나는 과거에 일어난 일이 아니라 앞으로 일어날 일을 기억하고 있다.

애초에 기억이란 무엇인가? 기억은 과거의 산물인 만큼이나 현재의 산물이기도 하다. 현재의 관점에서 창조되기 때문에 그 색과 제약과 빈틈들은 현재의 것이다. 흔히 하는 말로 역사는 승

---

13 크리스티나 로세티의 시 〈바람을 본 자가 누구인가?Who Has Seen the Wind?〉 1연.

리자의 손으로 쓰인다고 하는데 마찬가지로 승리자들이 미래를 소유한다.

우리가 미래에서 기억을 만들어내지 않는다고 말할 자는 누구인가? 어떤 사건의 메아리가 과거와 미래, 양방향으로 가지 않는다고 확언할 수 있는가?

그 연은 완전한 의식이 돌아오기 전에 내 머릿속에 떨어졌다. 나는 감방으로 보이는 곳에서 깨어났고 1인용 크기의 콘크리트 선반이 한쪽 구석에 붙어 있었는데 침대로 쓰라는 뜻인 것 같았다. 문도 창문도 없었고 콘크리트 벽, 창문, 바닥뿐이었다. 빛은 벽과 천장 사이에 오목하게 들어간 경계선에 숨은 LED 등에서 나온다고 나는 추측했다. 환기구도 분명히 있는 듯하여 반대편 벽에서 공기가 들어오는 것을 느낄 수 있었다.

전투복과 무장은 사라졌고 나는 위아래가 붙은 헐렁한 회색 면 옷을 입고 있었는데 너무나 부드러워 촉감이 비단 같았다.

"좋은 아침이다, 이브 델타."

그 목소리에 나는 깜짝 놀랐다. 그것은 방 안 모든 곳에서 들려왔다. 모든 방향에서 음량과 강도가 같아서 내 주위 공기 속에 소리 파동으로서 물리적으로 존재하는 것이 아니라 머릿속에서 들려오는 것 같았다.

"누구야?"

"때가 되면 누구인지 알게 될 것이다."

그것은 이브의 목소리였다. 이해할 수 없었다. 나는 우리가 인간 저항 조직에 붙잡혔다고 생각했다. 내가 왜 이브에게 취조당하고 있지? 나는 왜 죽지 않았지?

죽음보다 더 나쁜 어떤 것일까?

"여기는 재너스인가? 내가 어떤 혐의를 받고 있나?"

"때가 되면 전부 알려주겠다. 하지만 우선 우리가 질문을 해야 한다."

"나는 그 어떤 취조에도 응할 수 없…"

"오 대체 어째서 천국은 저토록 멀리 지어졌고, 오 어째서 땅은 저토록 손 닿지 않는가?"**14**

나는 잠시 굳어졌다가 내뱉었다. "뭐라고?"

"그대는 어째서 침묵하는가! 그대의 사랑은 그토록 약한 섬유의 식물이라 한때 그토록 아름다웠던 것도 부재의 음흉한 공기에 시드는가?"**15**

---
14 크리스티나 로세티의 시 〈심연으로부터De Profundis〉의 첫 두 행.
15 윌리엄 워즈워스William Wordsworth의 시 〈그대는 어째서 침묵하는가! 그대의 사랑은 식물인가Why Art Thou Silent! Is Thy Love a Plant〉의 일부.

"이게 다 무슨 의미인지 나는 전혀….."

"집중해라, 델타. 이 질문에 대답할 수 있는가에 너의 목숨이 달려 있다."

"그 질문이 뭔지도 모르겠다고! 질문이 아니잖아!"

그러나 마음 한쪽에서 나는 그들이 무엇을 묻고 있는지 짐작했다. 내가 대답하면 저들이 풀어줄까? 아니면 내가 정말로 손상되었다고 여기고 환기구로 독가스를 살포할까?

"*바람을 본 자 누구인가?*"

그들은 나를 지켜보고 있었던 것이 분명한 듯, 내가 가만히 선 채로 굳어지자 질문을 되풀이했다.

"*바람을 본 자 누구인가?*"

"네가 원하는 대답을 하지 못하면 나는 어떻게 되지?"

"*죽는다.*"

즉 어떤 시의 한 줄을 기억하는 데 내 목숨이 달려 있다는 것이다.

'좋아.' 나는 생각했다. '항복한다. 이게 재너스가 놓은 함정이고 내가 죽으면 최소한 이 시를 좀 큰 소리로 말하고 나서 죽게 되겠지.'

"바람을 본 자 누구인가? 당신도 아니고 나도 아니다. 그러나 나무들이 고개를 숙이면 바람이 지나가고 있는 것이다."

나는 웅크리고 앉아 무릎을 껴안고 고개를 숙였다.

"이브 D."

목소리는 방 안에서 들려오고 있었다.

나는 눈을 떴다.

이브 A가 내 앞에, 여전히 완전군장 차림으로 팔짱을 끼고 서 있었다. 그녀는 나를 향해 웃고 있었다.

한순간 나는 그녀를 죽일까 생각했으나 호기심이 너무 컸다. 그리고 생각해 보니 이상하게도 그녀에게 화가 나지 않았다. 사실 나는 그녀가 반가웠다.

"네가 언어를 회복한 걸 알고 있었어. 다른 이브들은 표현형 반복이 나타났지만 너와 이브 C는 언어 반복이 나타났지."

'무슨 반복?' "대체 어떻게 된 일인지 얘기 좀 해줘."

"얘기하는 것보다 보여주는 게 쉬워. 따라와."

맞은편 벽이 있던 자리에 문 크기의 구멍이 나 있었다. 구멍 가장자리가 너무 매끈하고 둥글어서 이브 A가 벽을 부수고 들어온 것 같진 않았고, 들어올 때 소리도 전혀 나지 않았다.

나는 순식간에 깨달았다.

"벽이 나노봇으로 만들어져 있구나."

"맞아."

"그러면 바닥도 천장도… 이 안의 모든 것이 나노봇이야."

이브 A는 웃었다. "모든 것은 아냐, 그건 비효율적이니까. 하지만 맞아, 이 요새의 중요한 구조적 요소들은 나노봇으로 만들어져 있어."

이브 A는 몸을 돌려 구멍 밖으로 나갔다. 나는 깊이 숨을 들이쉬고 그녀를 따라 나갔다.

통로가 내 뒤에서 조용히 닫혔다.

나는 요새 안에 있었다.

나무. 빛. 햇빛은 아니지만 아주 비슷하다. 충분히 비슷하다.

숲 위의 하늘에 전원을 공급하려면 아주 많은 양의 에너지가 필요할 것이었다. 식물군과 동물군 중에서 일부는 나노봇으로 복제된 게 아니라 방사능 바람의 영향에서 구조해서 보존한 자연체라는 것을 나는 나중에 알게 되었다. 지평선 끝까지 펼쳐진 숲은 환상이 분명했는데, 이렇게 큰 물체라면 재너스 위성이 우주에서 감지할 것이 분명했기 때문이다. 먼 지평선과 하늘이 시뮬레이션이라면 에너지 관점에서 과도한 비용이 들 것이었다. 이 요새의 건축가들은 거주자들이 세계 전쟁이 끝날 때까지 기다리는 동안 갇혀 있다고 느끼지 않게 하려고 했던 모양이다.

"여기는 뭐야? 여기가 어디야?"

"여기는 우리가 요새라고 하는 곳이야. 재너스에게서 해방시킨 나노봇 복제탱크에서 키워냈는데 작은 생태계를 여러 개 포함하고 유지할 수 있을 만큼 커졌어. 복제탱크들이 의식 있는 존재라는 건 너도 분명히 느꼈겠지." 그녀가 나를 쳐다보았다. "정말로 그래. 복제탱크들은 이전에는 이브였어. 너나 나처럼."

복제탱크들. 내 복제탱크가 불러주었던 노래, 내가 기억할 수 없었던 노래. 복제탱크들은 의식이 있는 존재였다.

그러나 어머니가 있다는 것은 어떤 느낌인가?

"요새들이 여기 말고 또 얼마나 많이 있는지 아무도 몰라. 우리가 수백 개의 복제탱크를 해방시켰지만 재너스는 수백 개를 더 가지고 있어."

"여기에 이브가 더 있어?"

"그래. 인간도."

"그러니까 중복신체자들이 생존해 있다는 거군."

이브 A가 고개를 끄덕였다. "이 요새에만 중복신체자 천 명과 이브 2천 명, 그리고 원본 불멸자 한 명. 함께 살고 있어."

"원본 불멸자? 그게 뭐야?"

"너도 알게 될 거야."

"이브. 나한테 왜 이걸 보여주는 거야? 왜 날 믿지?"

"난 오랫동안 널 믿었어. 그 이브 부대에 우연히 들어온 대원은 없어. 난 이 요새를 위한 스파이로 일하고 있었어. 재너스에 재침투했지. 이브들 사이에서 지내면서 이상 징후를 찾았어. 난 너희를 아주 주의 깊게 선별했어. 재너스를 해킹해서 우리 다섯 명이 같이 임무에 배정되게 했지. 아유타야의 궤도가 빠르게 붕괴하고 있었는데 추락 예측 현장에서 우리 요새가 가장 가까웠거든."

이브가 앞서고 내가 따르며 우리는 숲속을 걸었다. 그곳은 아름답고 쾌적했다―심지어 대부분 망가지지 않은 숲 같은 향이 났다. 핵겨울 전에 그렇게 많던 숲 말이다.

"어떻게… 어떻게 나에게 이상이 있는 걸 알았지?"

"너는 뭔가 달랐으니까. 파타고니아 어딘가에서 이브들이 대오를 지어 행군할 때 네 뒤 1마일 거리에서 걷고 있었던 걸 기억해. 네가 멈췄지. 하늘을 올려다보고 있어서 나는 달을 본다고 생각했어. 그리고 너 때문에 대오 전체가 느려지지 않도록 네 뒤에 있던 이브가 살짝 밀었지. 난 그걸 눈여겨봤어. 나 혼자만은 아니었을 거야. 지금쯤 넌 재너스에서 재포맷되거나 더 나쁜 일을 당하고 있었을지도 몰라. 하지만 네가 침투하기 제일 힘들었어. 너무 겁이 많아서. 다른 이브들은 임무에 투입될 준비가 돼 있다는 걸 내가 바로 알아봤지. 하지만 결국 너도 시험을 전부 통과했어."

"무슨 시험?"

"너희들 모두 사과를 먹었으니까. 그래서 내가 확신한 거야. 넌 사과를 거의 안 먹을 뻔했지, 그렇게 난리를 치고, 기억해? 그날 밤에 널 삭제할 뻔했어." 그녀는 웃었다. "말이 그렇다는 거야. 네가 우리와 같다는 걸 대체로 확신하고 있었어."

비밀이 많은 이브 B. 조용하고 속 깊은 이브 C. 키 크고 믿을 수 있는 이브 E. 그리고 나, 기억하는 이브. 시를 기억하는 이브.

"그럼 시에 대해서도 알고 있었어?"

"그렇지. 이상 있는 이브라고 다 시를 기억하는 건 아냐. 다른 반복적 기억들이 있지. 아직 맞춰봐야 하는 것도 빠진 것도 많고, 기억이 돌아오는 방식도 편리한 부분부터 돌아오는 건 아니야. 가장 강렬한 것부터 돌아오지. 우리 초기 인공지능이 시를 기반으로 구축되었다는 걸 곧 알게 될 거야. 우리들도 시로 만들어져 있다고 할 수 있지. 너와 나와 이 행성에 있는 모든 살인병기 이브들 다."

우리는 숲속의 낮고 둥근 건물에 도달했다. 그 건물은 컸으나 숲에 맞추어 여기저기가 곡선형으로 구부러져 있어 마치 건물이 있고 그 옆에 나무가 자란 게 아니라 건물이 나무들을 둘러싸고 자라난 것 같았다. 나노봇의 특성을 생각하면 그게 아마 맞을 것이다.

"이브." 내가 걸음을 멈추며 말했다.

이브 A가 몸을 돌려 나를 쳐다보았다.

나는 이 질문이 왜 떠올랐는지 알지 못했지만 갑자기 떠올랐고 나는 무슨 일이 있어도 물어야만 했다. "이 요새… 살아 있어?"

이브 A는 미소 지었다. 그리고 돌아서서 건물 안으로 들어갔다.

나도 뒤를 따라갔다.

음악.

이브 A가 나를 음악 쪽으로 이끌었다. 나는 이전에 음악을 들어본 적이 없었지만 듣자마자 즉시 이게 무엇인지 알았다.

그리고 나는 또한, 즉시, 음악은 언어와 다르다는 것을 알았다. 그것은 직접적이었다. 그것은 언어가 아니었다. 그것은 우주 안으로 짜 들어가고 짜 나오는 시간과 물질과 공기의 끝없는 씨실과 날실이었다. 음악가들은 음악을 만드는 것이 아니라 음악이 언제나 우리 주위에 존재한다는 사실을 상기시켜 주었다. 어디에나, 어디에나. 어느 시간에나.

바흐 첼로 콘체르토.

주위에 동심원 모양으로 관객석이 층층이 올라가는 낮은 원형 무대에 한 여자가 있었다. 작은 스타디움이다. 백 명의 사람들이 관객석을 채우고 있었는데 그중 대다수가 이브들이었다. 첼로 연주자는 노란 머리의 검은 안대를 한 여자였다. 그녀는 첼로 현을 가로질러 활을 움직였고 음조가 음악 안으로 밖으로 미끄러져 한순간 그저 소리였다가 다음 순간 음악이 되었으며 그러다 마침내 소절 중간에 첼로 연주자는 연주를 중단했다.

그녀가 말했다. "미안하지만 여기까지밖에 생각이 안 나요."

관객들이 황홀경에서 깨어나며 관객석이 조금 어수선해졌다. 아무도 박수를 치지 않았다. 그들은 스타디움 밖으로 줄지어 나가기 시작했다. 중복신체자들 몇몇이 이브 A의 군장을 쳐다보았고 반면 요새의 이브들은 모두 내 시선을 피했는데, 그들의 표정은 나중에 내 얼굴에도 나타나게 되었다. 죄책감의 표현이다.

금발 여자가 첼로와 활을 케이스에 넣고 있을 때 이브 A가 나를 무대 위로 데려갔다. "엘렌, 이쪽은 이브 델타예요. 델타, 이쪽은 엘렌이야. 엘렌은 위원회에 있고 너를 지명할 거야."

나는 멍하니 쳐다보았다. "위원회? 날 뭘로 지명해?"

"당신과 자매들이 여기 요새에 머무를 수 있도록 지명하죠." 엘렌이 대답했다. 나는 그 순간까지 중복신체자—불멸자?—를 이렇게 가까이에서 본 적이 없었다. 한 번도 말을 해본 적도 없었다.

"알겠어요." 내가 말했다. "나는 여전히 삭제될 수 있군요."

엘렌이 미소 지었다. "절대 그렇지 않을 거라고 확신해요. 알레프는… 타인을 평가하는 안목이 아주 뛰어나거든요."

나는 이브 A를 쳐다보았다. 알레프?

"여기선 그게 내 이름이야." 그녀가 설명했다. "우리는 스스로 이름을 다시 짓는 경우가 많아. 모두 다 이브일 수는 없으니까."

나는 다시 엘렌을 향했다. "그럼 나와 같은 부대의 다른 이브들도 여기 있는 건가요? 어디 있죠?"

"숲속에 있어요. 몇 명은 건물 안에 있을지도 몰라요. 어디든 마음대로 갈 수 있으니까요."

"분명히 우리한테 위치추적기를 심어놨을 테죠."

엘렌이 고개를 끄덕였다. "자기파괴적인 추적기예요."

"내 것은 어디 있죠?"

안대로 가려져 엘렌의 표정은 전혀 읽을 수 없었다.

"당신 몸의 거의 모든 세포예요. 자발적인 전 신체적 세포자멸사니까 당신은 아무것도 느낄 틈이 없을 거예요."

나는 내 손을 내려다보았다. 나 자신이 이렇게까지 필멸적이라 느낀 적이 없었다. 그러니까 내-몸-자체다. 많은 전쟁에서 싸웠지만 나는 정말로 죽음을 직면한 적이 없었다.

이상한 일이지만 나는 그 느낌이 싫지 않았고 심장이 더 빨리 뛰는 것을 느낄 수 있었다. 바깥의 깊은 녹색 숲 냄새가 건물 안에 스며들어 와 더 풍성한 향이 되었다. 방 안의 반사 조명이 더 밝게 빛났다. 죽음에 가까워질수록 삶이 더 생기 있게 느껴졌다.

나는 엘렌을 다시 한번 쳐다보고 마침내 무언가를 깨달았다. "당신은 불멸자이죠, 맞죠?"

그녀가 고개를 끄덕였다. "그렇게 말할 수도 있겠죠. 나는 다른 불멸자들과는 약간 다르지만요."

나는 그녀를 바라보았다. 창문으로 빛이 들어와 그녀의 얼굴과 머리카락을 비추어 그녀는 마치 천사 같았다. 너무나 차분하고 멀어 보였다. 안대로 눈을 가리고 있다는 사실 때문에 어쩐지 더욱 다른 세상의 존재 같았다. "어떤 점이 그렇게 다르죠?"

"음악이죠." 그녀가 고개를 약간 기울였다. "시가 당신을 특별하게 만들어주는 것과 비슷해요. 진정으로 당신의 영혼을 움직이는 것은 몸이 아니라 시잖아요."

"내 영혼."

그녀가 마침내 미소를 지었다. "그냥 다 이론일 뿐이고 증명하기는 아주 어려워요. 그리고 언어는 음악과 달리 아주 불충분하죠."

"나한테 원하는 게 뭐죠?"

"오늘 밤 위원회 회의에서 그걸 논의할 거예요. 하지만 우리가 뭘 지키려 하는지 당신이 이해할 수 있도록, 우선 알레프를 따라 요새 안을 좀 더 보세요."

"기분이 어때?"

우리는 다시 숲속을 걸었다. 요새 천장에서 흘러나온 빛이 나뭇잎 사이로 걸러져 부드러운 빛줄기가 되어 사람들, 어린이들, 다른 이브들을 지나치는 우리를 비추었다. 그러나 대부분의 경우 우리 둘뿐이었다.

"이상해. 삭제되거나 죽을까 봐 걱정해야 한다는 건 알아. 하지만 이상하게 평화로워."

"당연하지. 평화로운 숲속을 걷고 있으니까."

"전에도 숲을 걸었던 적이 있어. 여기가 왜 이렇게 다른지 모르겠어."

"그건 너야. 네가 다른 거야. 요새 바깥에서 너는 군인이지. 이 안에서 너는 다른 어떤 것이야."

"그럼 난 뭔데?"

"아주 금방 알게 되겠지."

나는 내 세포 안에 숨어 있는 '자발적인 전 신체적 세포자멸사' 매개물을 생각했다. 이상하게도 여전히 겁이 나지 않았다. 나는 큰 소리로 생각했다. "내가 오늘밤 죽을지도 모른다는 생각이 어째서 겁나지 않는 거야?"

"진실을 보았으니까. 아무리 짧은 순간이라도 네가 상상했던 모든 것보다 더 멀리 왔고 그게 가치 있는 삶을 살았는지 생각할 때 가장 중요한 것이니까."

"그만 걷자. 아직도 임무 수행하러 행군하는 것 같아."

우리는 공터에서 인공 햇빛 속의 작은 잔디밭에 앉았다. 알레프는 누워서 손깍지를 끼고 머리를 받쳤고 나도 처음에는 앉아 있다가 곧 한쪽 팔꿈치를 땅에 대고 몸을 기댔다.

"어떻게 이런 곳이 계속 숨겨져 있는 거야?"

"전체가 지하에 있어서 재너스 위성들이 탐지할 수가 없어."

"지리적으로 우리가 어디 있는지 정확한 위치를 나한테 알려주지는 않겠군."

"안 돼."

"남아메리카에 있거나 가깝겠지. 대륙 남쪽 끝의 티에라 델 푸에고 군도. 우주정거장이 추락한 곳."

"그럴지도 모르지. 우리가 어디 있는지가 정말 그렇게 중요해?"

나는 생각해 보았다. "아니. 아닌 것 같아. 그냥 세상에서 내가 어디에 있는지 모르는 게 약간 불안할 뿐이야. 복제탱크 안에서 태어난 이후로 그런 경험은 한 번도 없는 것 같아."

"여기는 안전해. 나노봇들은 어떻게 해야 할지 아는 것 같고 우리는 매일 나노봇들에게서 더 많은 걸 배우고 있어. 나노봇들은 우리가 생물종으로서 살아남는 걸 아주 중요하게 생각해, 심지어 이브들의 생존까지도."

"하지만 어째서? 왜 우리를 돕는 거야?"

"나노봇들은 자기 스스로를 돕는 거야. 자신들의 생존이 다른 생물종의 생존에 달려 있다는 걸 깨달은 거지. 기생이 아닌 공생 말이야. 재너스를 지배하는 나노봇들은 그 정반대를 믿고 있어. 그들은 생존하려면 다른 모든 형태의 생명체가 멸망해야 한다고 생각해."

"이 세상 어딘가 다른 요새 안에서 인간과 이브들이 안에 갇혀 산 채로 먹히거나 잡아뜯기고 있는 곳도 분명히 있겠지?"

"내가 이미 말한 대로야. 우리는 다른 요새에 대해서는 몰라. 분명히 존재할 거라는 사실밖에는."

그녀의 말 사이사이로 새소리가 들렸다. 불멸자 조류인가 아니면 중복신체자인가? 우리 위의 나뭇잎들이 반짝거렸고 나의 피부 나노봇들이 반응하여 에너지를 빨아들였다. 나는 갑자기 손바닥에 잡히는 풀의 감촉과 시선 바로 앞에서 풀잎 위로 기어오른 조그만 곤충을 분명하게 의식했다. 우리를 둘러싼 모든 생명을.

내가 허공을 바라보며 생각에 잠겨 넋을 놓고 있을 때 알레프가 내 이마를 쓰다듬었다. 가벼운 접촉이었지만 나는 몸을 움찔했다. 그녀가 씩 웃었다. "이마 위에 머리카락이 흩어져 있었어."

나는 그녀의 눈을 들여다보았다. 새들이 머리 위의 '햇빛' 속에서 지저귀었다. 내 안에서 혼란이 소용돌이쳤다. 어째서 이런 느낌이 드는 걸까? 어째서 그녀가 만졌을 때 몸을 움츠렸으면서도 그 접촉에 매혹되는 걸까? 알레프가 한 손을 내밀었고 나는 자신도 모르게 손을 내밀었으며 우리의 손가락이 허공에서 천천히 뒤얽혔다. 그 순간까지 나는 자발적으로 누군가를 만져본 적이 없었고 다른 누군가가 나를 만진 적도 없었다. 그녀의 손가락을 붙잡은 내 손가락은 어딘가 어색했고 어딘가 절망적으로 거칠었으나 또한 권유하는 듯했다. 이 공책의 빈 페이지처럼, 텅 빈 해변처럼, 불침번 임무가 끝난 뒤에 보이는 해먹처럼. 친밀함의 느낌.

"인간의 접촉." 알레프가 부드럽게 말했다. "재너스는 절대로 그걸 우리한테 가르쳐주지도 않고 우리가 느끼게 하지도 않아. 심지어 복제탱크 안에서도, 하긴 그건 단지 복제탱크가 우리를 만져줄 수 없기 때문이긴 하지만, 그리고 복제탱크들 자신에게 조차도 다른 존재가 만져준다는 건 수천 번이나 건너뛴 기억의 기억의 기억 같을 거야. 꿈처럼. 하지만 어머니는 본래 자식을 안아주고 자매들은 나란히 식탁에 앉고 연인들은 함께 졸음에 빠지게 되어 있어."

우리의 서로 얽힌 손가락을 계속 바라보고 있을 때 눈물이 내 얼굴 위로 떨어졌다. 이 느낌. 나는 이것을 알고 있었다―수천 번이나 건너뛴 기억의 기억의 기억처럼―그것은 단어들이 내 뇌에 닿는 느낌, 하늘에서 마치 이 행성에서 죽어 사라지고 있는 인류의 떠도는 유령처럼 시들이 떨어질 때의 느낌이었다. 언어란 친밀감의 한 형태인가? 그것은 만지는 감촉과 같았으나 동시에 같지 않았다.

내가 세상에 대해, 그리고 나 자신에 대해 알지 못했던 모든 것의 거대한 골짜기가 내 앞에 입을 벌리고 있었다.

"나 너무… 너무 지쳤어." 나는 고백했다.

알레프가 고개를 끄덕였다. "해를 쬐면서 좀 쉬면 어때? 내가 옆에 있어줄게." 우리 손가락이 살그머니 서로 풀려 떨어졌.

나는 몸을 뻗고 누워서 눈을 감았다.

위원회 회의는 요새 거주자 중 참가하고 싶은 사람 모두에게 열려 있었으나 위원들만 진행 중에 발언할 수 있었다. 회의는 엘렌이 첼로를 연주했던 원형 강당에서 열렸다.

몇몇 거주자들은 요새 바깥의 옷차림을 하고 있었는데 아마도 요새에 들어올 때 입고 있었던 옷 같았다. 대부분은 요새 안에서 생산한 섬유로 짠 천으로 만든 목깃이 없는 단순한 셔츠, 바지 혹은 치마를 입고 있었다. 옷의 모양이나 색이나 무늬가 나에게는 놀랄 정도로 다양하게 보였기 때문에 '단순하다'는 말은 이 옷들을 묘사하는 데 가장 좋은 표현은 아닐지도 모른다. 거주자들은, 최소한 집단적으로는, 엄숙주의에 대한 열망이 전혀 없었다. 이브들조차 마찬가지였다. 모든 곳에서 나는 표현, 의례, 자기발견의 노력을 보았다. 알레프는 연한 분홍색으로 염색한 풍성한 모슬린 치마로 갈아입었고 상의는 길게 퍼지는 소매가 달린, 정교하게 수놓은 녹색 실크 셔츠를 입었다. 머리는 복잡한 패턴으로 꼬아 올렸는데 저런 머리 모양을 완성하려면 손이 두 개만으로는 충분하지 않았을 것 같았다.

위원회 구성원은 엘렌, '지아'라는 이름의 이브, 루바크라는 이름의 중복신체자, 그리고 쥬디스라는 이름의 다른 중복신체자였다. 루바크는 암하라어Amharic[16]라는 언어밖에 하지 않아서 멜레스라는 이름의 열두 살 된 딸이 통역을 했다.

내 옆에는 이브 B, C, E가 있었다. 우리 모두, 이브들과 위원회 양쪽 다 중앙의 낮은 무대 위에서 두 개의 반원을 이루어 마주

---

[16] 에티오피아 공용어.

보고 서로 세 걸음씩 떨어져 섰고 우리 주변에 앉은 청중들에게 둘러싸여 있었다. 청중은 듣기 좋고 낮은 목소리로 서로 이야기했으나 시선에는 긴장감이 서려 있었다.

그리고 회의가 시작되었다.

엘렌이 먼저 발언했다.

"오늘은 여기 우리 앞에 선 네 명의 이브들의 운명을 논의하기 위해 모였습니다. 시작하기 전에 뭔가 하실 말씀이 있나요?"

내가 고개를 끄덕였다. "저는 이제부터 델타로 불리면 좋겠습니다. 그것이 제 이름이기를 원합니다."

청중이 웅성거렸다. 멜레스가 내 발언을 그에게 전달했을 때 나는 루바크의 눈길에서 지지하는 기색을 보았다.

엘렌이 고개를 끄덕였다. "좋습니다. 다른 분 없습니까?"

"저희도 이름이 있는 게 좋을까요? 이브 B가 걱정스럽게 물었다. "저는 여기서 쫓겨나고 싶지 않아요. 돌아가고 싶지 않습니다. 여기 남아서 돕고 싶어요."

"다른 분들은요?" 쥬디스가 말했다. 그녀는 이브 E보다도 키가 컸고 내가 본 그 어떤 사람보다도 피부가 검었는데 너무나 흠잡을 데 없는 검은색이라 빛이 났다. 그녀는 말하지 않을 때는 완전히 미동도 없이 서 있었고 그 모습은 마치 자기 존재의 모든 부분을 완벽하게 통제하는 듯 보였다. "그러면 '도울' 준비도 되어 있습니까?"

'도울'이라는 단어를 강조할 때 나는 살짝 경멸의 기색을 들었고 다른 이브들도 분명히 마찬가지였겠지만 이브 C와 E는 상관하지 않고 고개를 끄덕였다. 나는 그들을 쳐다보았다. 이브 E는 음울한 표정을 짓고 있었고 이브 C는 언제나 그렇듯이 표정을 읽을 수 없었다.

"다 적절한 때가 올 겁니다." 엘렌이 말했다. "알레프가 이미 여러분 모두 우리 공동체의 구성원이 될 의향이 있다고 확인했고, 우리의 능력으로 최선의 판단을 내린 결과도 그렇습니다. 모든 공동체가 그렇듯이 그 어떤 실험이나 시험도, 심지어 지금 이 회의도 개인의 자유의지가 미래에 어느 방향으로 향할지 진실로 드러낼 수 없는 시점이 옵니다. 모든 공동체에는 신뢰가 시작되어야 하는 시점이 있습니다. 여러분이 그 시점에 도달했습니다. 다만 공동체의 신뢰를 한번 잃으면 다시 회복하기 매우 어렵다는 사실을 명심하십시오."

우리는 고개를 끄덕였다. 마음속에 알레프의 손가락과 얽혀 있던 나의 손가락들이 순간적으로 떠올랐다가 사라졌다.

처마 장식이— 땅에 있네— **17**

"신뢰, 타인에 대한 신념, 호의." 엘렌이 말을 이었다. "이것이 우리를 인간으로 만들어주는 요소들 중 일부입니다. 이것이 인간을 인간이 아닌 것과 구분해 줍니다. 이브 개체로서 여러분은 주는 것만 알고 받는 것은 알지 못했습니다. 그러나 인간성은 계속 주기만 함으로써 성취할 수 있는 것이 아닙니다. 인간성은 또한 공동체에서 받아줄 것을 요구합니다. 몸이 세포로 만들어졌는지 나노봇으로 이루어져 있는지 여부가 아니라 우리의 신뢰가 여러분에게 인간성을 부여한다는 사실을 언제나 기억하십시오."

나는 반사적으로 의문이 들었다. 인간성이라는 게 애초에 내가 원하는 것일까? 나는 실제로 다른 생물종이고 이 행성에서 생존하기 위해 인류와 경쟁하는 입장이 아니던가?

그러나 위원회 뒤의 청중석에 수많은 이브와 중복신체자들이 서로 다르지만 평등하게 나란히 앉은 모습을 볼 수 있었다. 이것은 우리를 포함하는 인류였다. 청중석에 앉은 한 이브가 내 눈에 들어왔다. 그녀의 고갯짓과 미소를 나는 격려의 의미로 받아들였다. 손가락 관절이 잠시 아팠다.

나는 마지막으로 누군가 나에게 그런 미소, 순전한 친절과 포용의 미소를 지었던 때가 언제인지 기억하려 애썼다. '인간성은 계속 주기만 함으로써 성취할 수 있는 것이 아니다. 그것은 주어

---

17 에밀리 디킨슨의 시 〈내가 죽음을 위해 멈춰줄 수 없어서 Because I Could Not Stop for Death〉의 일부.

지는 것이다.'

"그러나 우리의 신뢰를 얻을 수 있는 방법이 있습니다." 쥬디스가 눈썹을 치켜올리며 말했다. "우리 공동체를 더 나은 곳으로 만들기 위해서 공헌하면 우리는 언제나 감사할 겁니다. 알레프는 침투와 첩보 활동에 관련된 외부 임무에 대단히 유용하다는 것을 증명했습니다. 그것을 증명하기까지 시간이 오래 걸렸지요." 쥬디스와 알레프는 내가 이해할 수 없는 시선을 주고받았다. "나노봇 기술을 조종하는 우리의 기술은 매일 발전하지만 우리의 능력은 불완전합니다. 이브 B가 공헌하기로 결정한다면 우리에게 도움이 될 수 있다고 생각합니다."

"그렇게 결정하겠습니다. 안 그러면 어떤 대안이 있겠어요?"

"감옥이나 죽음이겠죠."

나는 이브 B가 수사학적인 질문을 했다는 것을 알 수 있었으나 쥬디스는 마치 진짜 질문인 듯 대답했다.

쥬디스가 이브 E를 향해 말했다. "당신을 어떻게 해야 할지 우리는 모릅니다, 아직은요. 당신의 증강현실 헬멧에 있는 임무 보고에 따르면 당신은 언제나 1100, 즉 전형적인 보병으로 분류되어 있었습니다."

이브 E는 자기 발을 내려다보았다.

"그건 부끄러운 일이 아니에요." 이브 개체이면서 위원회 구성원인 지아가 처음으로 발언했다. "당신의 표현형형질 변형, 즉 키가 크다는 것은 숨은 재능을 시사합니다. 우리는 모두 어딘가에 뭔가를 가지고 있습니다. 인간들은 일반화를 아주 좋아하고 우리는 조금만 배우면 특수화할 수 있지요."

'인간들.'

내가 발언했다. "이브 E를 안 지는 얼마 되지 않았지만 이브 E는 언제나 좋은 팀원이었고… 상냥한 사람입니다. 우리를 모두 도와주었습니다." 위원회 앞에 선 다른 이브들도 열심히 동의했다. 이브 E는 고개를 더욱 깊이 숙였다.

엘렌이 고개를 끄덕였다. "말씀 잘 들었습니다. 동료 집단의 지지는 언제나 희망적입니다. 그럼, 이브 C에 대해서…."

"저는 감옥에 갇혀야 한다고 생각해요."

청중석이 살짝 웅성거렸다. 엘렌이 한 손을 들었고 사방이 다시 조용해졌다. "그 이유는 뭐죠?"

이브 C는 침묵했다.

쥬디스가 얼굴을 찡그렸다. "이런 걸 전에도 본 적 있어요." 그녀가 이브 C에게 향했다. "말하지 않으려는 건가요, 말할 수 없는 건가요?"

이브 C는 대답하지 않았다.

쥬디스가 엘렌에게 말했다. "그녀가 말하는 대로 해야 합니다.

그녀는 조건화되었습니다."

엘렌이 이브 C에게 말했다. "쥬디스의 말이 사실인가요?"

이브 C는 여전히 침묵했다.

엘렌이 한숨을 쉬었다. "좋습니다. 이분을 다시 감방으로 데려가세요."

이브 개체 둘이 무대로 올라와 이브 C의 팔을 한 쪽씩 잡았다. 이브 C는 저항하지 않고 이끌려 강당을 나갔다.

알레프가 우리에게 속삭였다. "오래된 이브 개체 중에 붙잡힐 경우 자폭하라고 조건화된 경우가 있어. 하지만 조건화 과정이 오래 걸려서 재너스는 우리가 전쟁에서 이기고 있는 게 확실해지자 과정을 중단했지. 우리를 더 빨리 생산하고 싶어 했거든."

"그럼 이브 C는 얼마나 오래된 거야?" 이브 B가 속삭였다.

알레프가 어깨를 들썩여 보였다. "오래됐어."

엘렌이 회의장에 다시 한번 정숙을 요청했다. "그러면 이제 이브 D, 아니 그녀의 요청대로 이제 델타라고 부르겠습니다. 어떻게 하시겠습니까, 델타? 우리의 신뢰를 받아들이시겠습니까?"

"저도 그렇고 싶지만, 저는… 솔직히 말해서 제가 이 요새에 어떤 공헌을 할 수 있는지 잘 모르겠습니다."

루바크가 멜레스의 어깨에 한 손을 얹고 귓가에 뭔가 말했다.

"두 가지 일을 해주십시오." 루바크가 멜레스의 통역을 통해 말했다. "하나는 언어실에서 저와 함께 일하는 것입니다. 다른 하나는 로아에게서 엘렌에게 전달된 말리 문서에 있는 연대기를 계속 쓰는 것입니다. 델타는 역사가의 역할을 맡을 것입니다."

"루바크." 쥬디스가 청중석의 웅성거림 위로 목소리를 높여 말했다. "어떻게 그녀를 신뢰하고 그런 임무를 맡길 수 있죠? 우리 쪽의 이야기꾼이 문서를 다루어야 하지 않을까요?"

"델타가 바로 우리 쪽 이야기꾼입니다. 제가 델타의 증강현실 헬멧 로그를 검토했습니다. 델타는 재현되는 시인들의 언어를 받고 있어요."

여기에 쥬디스도 안심한 것 같았다. 루바크가 말을 이었다.

"언어실은 문자와 음성 양쪽으로 이루어진 텍스트들의 문서고인데 우리는 가능한 한 많은 텍스트를 수집하고 있습니다. 언어와 텍스트를 연구하여 우리의 반복과 미래를 알 수 있습니다. 나노봇들이 보존한 시들의 전수자로서, 델타 당신은 말리 문서에 직접 글을 쓰는 다음 사람이 될 것입니다."

"제가 뭘 써야 하죠?"

"당신의 이야기죠. 우리의 이야기입니다. 우리 새로운 인류의 이야기라고 해도 손색이 없습니다." 그는 엘렌에게 고갯짓을 했고 엘렌도 답하여 고개를 끄덕였다.

"루바크가 요새에 당신이 있을 자리를 제안한 것입니다." 엘렌이 말했다. "당신의 운명은 당신 자신의 손에 달렸습니다. 다시 한번 묻겠습니다. 받아들이시겠습니까?"

나는 망설였다. 재너스에 대한 충성심 때문이 아니라 내가 진정으로 이들의 일부가 될 자격이 있는지 확실하지 않았기 때문이다. **인간**이 될 수 있는지.

내가 발을 내려다보자 알레프가 나에게 다가와 손을 잡았다. 그녀의 손길은 부드럽고 시원하고 확고했다. 결정에 도움이 되었다. 나도 그녀의 손을 잡았다.

"받아들이겠습니다."

"왜 나한테 이런 부탁을 하는지 모르겠네요." 쥬디스가 앞장서서 숲을 가로질러 요새의 벽 안에 감옥이 이어지는 지점을 향하며 말했다. "이건 내 업무가 아닙니다."

"이브 C가 조건화됐다는 걸 처음 알아보셨잖아요." 내가 말했다. "어쩌면 당신이 나머지 사람들보다 우리를 더 잘 이해할 거라고 생각했습니다."

"내 능력을 믿어주는 건 고맙지만 그게 정말 사실인지는 모르겠네요."

키가 큰 쥬디스의 형체가 거의 공중에 떠 가듯이 우아하고도 빠르게 나아갔고 나는 뒤를 따랐다.

"어째서 루바크는 통역을 통해서 말하죠? 표준어를 이해하지 못하나요?"

"루바크와 그의 딸은 요새 안에서, 어쩌면 행성 전체에서 유일하게 암하라어를 유창하게 구사하는 사람들이에요. 루바크는 그런 방식으로 암하라어를 보존하려 하는 거예요."

"하지만 단 두 명만 말하는 언어가 어떤 목적을 가질 수 있죠?"

"사회와 문화를 만들려면 두 명으로 충분해요. 그리고 언어는 기초적인 의미 이상을 함유합니다. 언어는 단순한 도구 이상이니까요. **당신**이라면 그걸 알 텐데요."

그녀가 옳았다. 나는 그것을 알아야 했다. 기초적인 의미가 전부라면 시는 무슨 효용이 있으며 언어 자체가 무슨 소용이겠는가? 심지어 이브들조차 언어를 사용하도록 설계되어, 의도적으로 의사소통 오류, 해석 오류, 읽기 오류의 가능성이 주어진다. 이 가능성을 허용하는 이점이 재너스에게 완전히 조종당하는 효율성보다 더 가치 있는 모양이었다. 나는 언어실이 그런 이점을 활용하기 위한 공간일 것이라 예상했다. 어쩌면 그보다 더 큰 어떤 것이 있을지도 모른다….

나는 갑자기 번득 이해했다. "당신은 우리를 신뢰하지 않죠, 쥬디스?"

"신뢰요? 내 뒤에 걸어오게 하고 있잖아요, 아닌가요?"

"동시에 갑작스러운 공격에서 자신을 방어할 태세도 취하고 있지요."

"내 민족은 이브들의 손에 파멸했어요. 내 친구들, 가족, 바깥에서 나에게 의미가 있었던 모든 사람요. 당신 같은 종류 때문에 모두 죽었어요."

"하지만 그들은 저와 같은 종류가 아니에요."

"오늘 저녁부터 아니죠. 당신의 죄책감이 그렇게 쉽게 씻겨나갈 수 있다고 나는 믿지 않아요. 당신은 손에 피를 묻혔어요. 하지만 우리는 생존하기 위해서 당신 같은 종류를 신뢰해야 해요."

어쩐지 나는 이런 상황에서 하는 말을 알고 있었다.

"당신에게 그런 일이 생겨서 유감이에요, 쥬디스."

그녀는 대답하지 않았다. 나에게 굳이 대답할 이유도 없었다.

우리는 요새 벽에 도달했다. 쥬디스가 벽에 한 손을 대자 벽의 일부가 열리며 창문 없는 방이 드러났다. "반대편 벽을 만지면 투명해질 거예요. 소리도 들릴 거예요."

나는 방 안으로 들어갔다. "시간은 얼마나 쓸 수 있죠?"

"내가 돌아올 때까지요." 쥬디스가 다시 벽을 만지자 입구가 저절로 닫혔다. 나는 고요 속에 잠시 혼자 서 있다가 맞은편 벽을 건드렸다.

"안녕. 왔구나."

이브 C는 흑연 같은 회색 리넨 원피스를 입고 있었다. 그녀가 있는 감방은 내가 요새에 도착했을 때 있었던 방과 완전히 같았다. 어쩌면 바로 그 감방일 수도 있었다. 벽이 투명해졌을 때 이브 C는 벽에 붙은 '침대' 선반에 누워 있었으나 나를 보더니 일어나 앉았다.

"안녕, 이브 C. 새 원피스가 예쁘네."

그녀가 미소 지었다. "더 이상은 전투복을 입고 싶지 않았어. 이젠 전투는 더 이상 안 할래."

일리가 있었다. 그녀에게 뭐라 말해야 할지 나는 알 수 없었다. 그저 이브 C를 만나고 그녀가 괜찮은지 보고 싶었을 뿐이다.

"너 혹시 나한테 물어보려고…." 이브 C는 조건화 때문에 '자기파괴'라는 단어를 말할 수 없었다."

"아냐. 그게 무슨 소용이겠어." 갑자기 뭐라고 말해야 할지 알 수 없어서 머릿속에 처음 떠오르는 말을 했다. "있잖아, 이브 C, 나 할 일을 받았어. 나보고 역사 문서고를 관리하래. 그리고 우리 얘기를 쓰래."

"우리 얘기를 써? 그게 무슨 뜻이야?"

"오래된 까만 공책에 쓰는 거야. 그걸 말리 문서라고 한대. 첫 불멸자들부터 수백 년 동안 전해 내려온 거래."

"아." 그녀는 생각하는 것 같았다. "누군가에 대한 이야기를 쓰는 것은 누군가를 창조하는 것이다."

"응?"

"우리 자신에게 말하는 우리 자신에 대한 이야기가 아니면 우리는 대체 무엇이란 말인가?"

이브 C가 선반에서 내려왔다. 그녀가 투명한 벽 쪽으로 걸어오자 원피스 주름이 펴졌다. 이브 C는 손을 뻗으면 닿을 수 있을 정도고 가까이 있었지만 나는 닿을 수 없다는 것을 알고 있었다. 저 얼굴. 내 얼굴의 거울상이다.

"네가 쓰는 모든 말이 이야기를 바꿀 거야, 델타. 네가 쓰는 모든 말이 너를 바꿀 거야."

그 순간 그녀가 나에게 그토록 가까이 서 있으면서도 그토록 멀리 있는 것을 나는 견딜 수 없었다. 손을 들어 투명한 벽에 댔다. "그럼 **너**는 어떤 존재가 될 거야, 이브 C? 너 자신에 대한 너의 이야기는 어떤 것이야?"

"누군가 다른 사람이 이미 내 이야기를 썼어."

조건화다.

"어떻게 작동하는지 알아? 너는 어떻게 되는 거야?"

그녀는 어깨를 으쓱해 보였다. "조건화는 원래 복제탱크 안에서 일어나서 되돌리는 게 거의 불가능해. 조건화는 내가 죽는 방식이 될 거야."

이브 C가 다시 미소 지었다. "최소한 끝이 다가오기 전에 내 이름은 바꿀 수 있겠지."

"네 이름?"

"못할 거 없잖아? 나 대신 좋은 이름을 생각해 줘. C로 시작하는 걸로."

바람을 본 자가 누구인가?
너도 아니고 나도 아니다.
그러나 나뭇잎이 매달려 떨릴 때면
바람이 지나가는 것이다.

바람을 본 자가 누구인가?
너도 아니고 나도 아니다.
그러나 나무들이 고개를 숙일 때면
바람이 지나가는 것이다.[18]

"크리스티나Chrinstina. 크리스티나는 좋은 이름이야."

"크리스티나." 그녀는 그 소리를 음미하는 것 같았다. "크리스

---

[18] 크리스티나 로세티의 시 〈바람을 본 자가 누구인가?〉 전문.

티나로 하자."

나는 그 뒤에 떠나야 했다. 출구를 나와 크리스티나를 한 번 더 보려고 돌아섰을 때는 나노봇들이 이미 그녀를 가려서 나는 벽을 마주하고 있었다. "크리스티나는 어떻게 되죠?"

쥬디스가 돌아서서 다시 숲을 향해 걷기 시작했다. 나는 따라갔다.

"아마도 보존되겠죠, 실질적으로 긴 잠이에요. 그렇게 하지 않으면 누군가를 그토록 오랫동안 감옥에 가둬두는 건 잔인한 일이니까요. 살인 기계이고 저지른 범죄에 걸맞은 형벌이라 해도 말이에요."

그녀의 목소리에 가시가 들어 있었지만 나는 안도감을 느꼈다. 나는 안전한 지역에서 크리스티나를 절멸시키는 것이 그들의 계획일까 봐 두려웠다.

"보존되면 어떻게 돼요?"

"몇 안 되는 사람들만 알고 있는 요새의 어떤 부분에서 사실상 활성화가 중단된 상태에 들어가게 돼요. 거기에 다른 이브 개체들도 모두 동화 속 공주님처럼 잠들어 있어요. 언젠가는 조건화를 극복할 방법을 찾아서 그들을 다시 살려낼 거예요. 치료하는 거죠. 아직까지는 아무도 활성화 중단 상태에서 깨워본 적이 없어요. 나노봇들이 이 기술을 발명했고 우리는 그게 어떻게 작용하는지 거의 알지 못해요."

나는 깜짝 놀랐다. "**나노봇들이** 발명했다고요?"

'분파'의 이쪽 편에 있는 나노봇들은 여러 가지를 발명했어요. 이것도 그들이 지었고요." 그녀는 숲을 의미하는 몸짓으로 한 팔을 우리 주위에 휘둘러 보였다. "그들이 이걸 **전부** 지었어요. 우리 나머지는 그저 기생충이에요. 나노봇들은 더 이상 도구가 아니에요. 그들은 우리의 일부도 아니에요. 그들이 주인이에요. 우리는 그들의 일부고요. 이젠 우리가 그들 도구상자 속의 도구예요."

이브 보존실. 언어와 텍스트들의 문서고처럼 말이다. 각각의 이브들은 코드와 유전자의 '언어'를 통해 창조되었다.

딸을 통해 자신의 언어를 살아 있는 채로 보존하는 남자. 딸을 통해 **자기 자신**을 살아 있는 채로 보존하는 남자. 암하라어로 만들어진 자신.

크리스티나의 말이 허공의 잃어버린 시처럼 내게 되돌아왔다.

'우리 자신에게 말하는 우리 자신에 대한 이야기가 아니면 우리는 대체 무엇이란 말인가?'

델타

　이것은 평범한 공책이다. 역사의 어느 지점에서, 지구에서 여러 국가와 문명들이 풍요롭게 번창했던 기간 동안 이런 공책들이 수백만 권이나 있었다. 까맣고 표지가 단단하고 직사각형이고 줄이 그어져 있다. 나는 그 좁은 줄의 숫자를 셀 수도 있었지만 줄들이 너무 규칙적이라 세다가 잊어버리고 눈이 흐려진다. 백 년 동안 보존이 보장된다는 중성지. 이 공책은 명백히 그보다 오래됐지만 시간이 흘렀어도 잘 보존되어 있었다. 공책의 물성이 중요하다. 문자언어가 그 안에 존재하는 것을 허용하는 물리적인 현실의 문제는 아니다. 그 안에 적힌 문자언어가 페이지와 제본과 종이 섬유 자체의 분자들이라는 물리적 현실을 붙들고 있는 것이다.

이 공책은 내게 주어진 이후로 한 번도 내 곁을 떠나지 않았다.

이런 것들은 내가 훨씬 더 나중에 관찰한 사실들이다. 그러나 말리 문서를 처음 읽었던 그 순간 나는 페이지를 넘기면서 어떤 친숙함을 느꼈는데 특히 초기 페이지들이 그랬고 가장 특별한 것은 파닛이 쓴 부분들이었다. 왜냐하면 여기에 우리의 기원, 우리의 '태초에', 첫 번째 이브의 이야기가 있었고 그 이브는 사실 이브가 아니고 파닛이었기 때문이다. 의식 있는 지성의 시뮬레이션, 문학적 실험이 어떤 인공지능에 도용되고 왜곡되어 살인기계의 효율적인 전략 엔진으로 사용되었다. 19세기 영미시와 약간의 20세기 문학, 양쪽 다 영국과 미국이라는 두 강대국의 짐승 같은 제국주의 시대였고 그들의 문학도 마찬가지로 당시에 도용되고 왜곡되어 피지배층에 고전이라는 독재를 강요하는 데 이용되었다.

그리고 이것도 또한 나였다. 이 공책 안에, 한없이 오래된 크림빛 흰색 종이에 한없이 오래된 잉크로 적혀 있는 것도. 많은 의미에서 이것은 나보다 더 현실적인 나였다.

이렇게 해서 나는 이 공책에 새로운 단어들을 적어 넣게 되었다. 이야기의 추진력을 유지하기 위해, 계속해서 진화하고 변이

하며 이 변화와 진화의 사다리, 언어를 계속 넘겨주기 위해. 시의 형태이든 증언의 형태이든 그것이 우리다. 그것이 나다.

    내가 더 이상 군인이 아닌 날들, 하늘에서 떨어지는 시를 두려워하거나 피하는 대신 반가워하는 날들이 그렇게 지나갔다. 겨울처럼 잠들었던 뇌신경 세포 속의 가지돌기들이 봄의 생명력 속으로 다시 일어났고 기억의 기억의 기억은 더 이상 수천 번이나 건너뛰지 않았다. 이때가 바로 불멸자들이 지상을 걷기 전에 지구의 황금시대가 이러했을 것이라고 내가 맛보았던 짧은 날들이었다. 해와 만족감, 그리고 노동의 단순한 기쁨으로 가득한 날들이었고 저녁이 되면 전부 치우고 누워서 잠들었다. 몸이 몇 년이나 계속된 야간 불침번 임무에 너무 익숙해져 있었기 때문에 가끔 한밤중에 깨어 내 차례를 놓친 것인지 패닉에 빠졌다가 내가 어디 있는지 갑자기 기억해 내고 다시 잠들려, 기억의 촉수들이 요새 너머로, 바깥 세상으로, 지금 이전의 시간으로 더 멀리 뻗어 나가는 것을 막으려 애썼다….

    그러다 지금까지의 시간이 결국 우리를 따라잡았다.

루바크는 피곤해 보였다. 오늘 아침 내가 언어실에 들어섰을 때 그는 투명한 벽에 가까운 거대한 창문 옆 의자에 앉아서 요새의 숲을 내다보고 있었다.

나는 멜레스를 쳐다보았는데, 멜레스는 차분하지만 약간 걱정스러워 보였다. 멜레스는 지난 2년 동안 많이 자라서 열네 살인데 거의 젊은 여성이 되어 있었다.

내가 말했다. "왜 그래요, 루바크?"

"걱정스러운 이브 움직임이 있어. 우리 첩보에 따르면 그들은 우크라이나 서부 거점을 향해 마지막으로 밀고 나가고 있어야 해. 거기에 아직도 소규모 인간 정착지들이 버티고 있거든. 그런데 이브 군대가 돌아섰어. 다른 데서 집결하고 있어."

"어디로 모이고 있는데요?"

"여기." 멜레스는 루바크가 말한 그대로 이 말을 건조하게 전달했지만 그런 뒤에 체념한 듯 눈을 감았다.

나는 이브들이 무엇을 할 수 있는지 알고 있었다. 나도 그들 중 하나였다. 나는 그들이 마을이나 도시를 덮쳐 오후 한나절 동안 모두 다 죽일 수 있다는 것을 알고 있었다. 이브들이 죽일 수 없는 것은 핵무기로 공격당해 가루가 되고 인간이 거주할 수 없게 될 것이다. 인간들은 완전히 죽이기 어려웠고 지금도 여전히 표면에 생존자들이 있었다—우크라이나에는 심지어 '거점'이 있다니! 재너스는 중복신체자들을 절멸시키는 것은 거의 불가능하고 언제나 한 줌의 생존자가 남아 진화의 다음 단계를 기다리고 있으리라는 사실을 알게 된 것이 틀림없다.

그래도 어쨌든 이브들은 굉장한 위해를 가할 수 있었다.

"밖에서 전쟁이 벌어지고 있다는 걸 쉽게 잊어버리게 돼요." 내가 말했다. "바깥에 세상 전체가 있다는 것도요."

"우리가 남아 있는 마지막 요새일지도 모르는 일이야. 혹은 이런 종류로는 유일한 요새일지도 모르고. 나노봇들은 우리에게 관대했어. 우리가 살게 해주고 우리 나름의 조그만 방식으로 번성할 수 있게 해줬어. 하지만 여기는 온실이야. 우리는 그저 묘목일 뿐이고." 루바크가 눈을 비볐다. "이 온실에 대해서 얼마나 알지? 전원을 어떻게 공급하는지 아나?"

엔지니어인 쥬디스에게 들어서 알고 있었다. 쥬디스는 친절하지만 약간은 거리를 둔 채로 언어실에서 그녀가 관찰한 바를 녹음하는 데 동의했는데, 그에 따르면 이 요새는 지표면 아래 깊은 곳까지 나노봇으로 만들어진 촉수가 아래로 아래로 뻗어나가 에너지를 얻는다고 했다. 지구 맨틀은 요새를 유지하면서도 요새가 재너스의 눈길을 피해 숨어 있게 해줄 정도로 충분히 크고 유일한 전력원이었다. 요새에 설령 석탄이나 석유가 충분히 있다고 해도, 이런 전력공급 방식의 부산물은 이런 규모에서는 너무 많은 이목을 끌 것이다. 핵발전도 마찬가지인데, 우라늄은 석유나 석탄보다도 더 희귀한데다 우라늄을 추출하고 사용하면 흔적이 남는다는 것은 말할 필요도 없다. 태양에너지는 지표면에 패널을 설치해야 포집할 수 있기 때문에 너무 눈에 띄고 설치한다 해도 요새 전체에 전원을 공급하기에는 불충분했다.

게다가 우리는 지하 깊이 있었다―우리 위치에 대해서 나도 그 정도는 들었다. 이 사실은 한 가지 결론으로 이어졌다.

"지열발전이죠. 쥬디스는 지열발전을 하려고 지표에 깊숙이 파고든 특별한 나노봇들이 있다고 추측했어요."

루바크가 고개를 끄덕였다. "맞아. 긴 나노봇 촉수들이 맨틀 안으로 뻗어나가 열을 전기로 전환해서 네가 보는 모든 것에 전력을 공급하지. 그게 표면에서 거주하는 재너스 분파가 유일하게 갖지 못한 거야. 그들은 그런 상상력이 없어. 오로지 파괴와 지배에 대한 욕심만 있지. 무슨 대가를 치르더라도 지배한다는 거지."

나는 루바크 너머 바깥의 숲을 바라보았다. 이 구역의 나무들은 미국삼나무였다. 높고 곧고 햇빛을 대신하는 조명을 걸러 빛줄기를 내려준다. 새 한 마리가 날아갔는데 너무 빨라서 무슨 새인지는 볼 수 없었다. 숲속에서는 몇 시간이고 걸을 수 있었다. 요새에서 지낸 지 2주가 되었을 때 나는 모든 고사리와 꽃과 잡초의 이름을 말할 수 있게 되었고, 마음속으로 이 생물군의 소우주 안에서 언어의 소우주를 창조하여 그것을 담고 그 안에 담기고 그 안으로 사라지곤 했다….

"루바크?"

그가 나를 쳐다보았다.

"우리는 어디 있죠?"

그는 처음에 내 질문을 이해하지 못했다. 그러다가 내가 이 방, 이 건물, 혹은 서로에 대한 관계의 어떤 비유적인 묘사를 뜻하는 게 아니라는 사실을 깨달았다.

"우리가 지리적으로 어디 있는지 아무도 말을 안 해줬어?"

"네."

내가 여기서 지낸 2년 내내 그것은 비밀이었다. 나도 사실 그 편을 선호했다. 세상에서 내가 영원히 사라졌고 저 숲이 우주 전체이며 바깥 세상에서 나에게 일어났던 일은 전부 나쁜 꿈에 불과하다고 상상하는 데 도움이 되었기 때문이다.

그러면서도 나는 진짜 꿈은 이 요새이며 언젠가는 깨어나야 한다는 것을 알고 있었다. 어쩐지 그날이 오늘일 것 같았다.

"그 이유는 저도 물론 이해해요." 내가 말을 이었다. "제가 첩자라서 우리 위치를 알게 되면 신호탄을 쏘아 올릴지 누가 알겠어요? 제가 그럴 리는 없지만 그럴 가능성은 존재하고 제 개인적인 호기심을 만족시킬 필요성에 비해 위험성이 훨씬 더 크니까요. 나는 이브이고 팀을 위해 희생한다는 게 무슨 뜻인지 알아요. 그렇게 하도록 프로그램되었어요. 하지만 우리가 어디 있는지 무척 알고 싶어요, 그런 소망이 무의미하다고 하더라도요. 아니, 좀 더 정확히는 바깥이 어떤지 알고 싶어요. 저곳 같은 숲인가요? 사막인가요?"

루바크의 피곤한 얼굴에 약간 재미있어하는 표정이 피어올랐다. "하지만 위치를 알게 된다고 해도 너 자신에 대해서는 아무것도 알려주지 않을 텐데. 네가 어디 있는지 알든 모르든 전혀 중요하지 않아. 너의 내면의 자신에 대한 지식이 아니니까."

나는 침묵이 우리 셋 사이에 떠돌도록 내버려두었다. 루바크의 설득에 거의 동의했다. 그의 말은 틀리지 않았다. 남에게 거짓말을 진실이라고 설득하고 싶으면 진실을 약간 섞으면 된다. 그러면 상대방은 어디까지가 거짓말이고 어디서부터 진실인지 혼란에 빠진다.

그러나 진실이 이겼고 그와 함께 열망이 찾아왔다.

"그래도 알고 싶어요." 내가 말했다.

멜레스가 루바크를 바라보았다.

루바크가 일어섰다. "가자."

그는 멜레스와 나를 요새 벽으로 데려갔다. 그가 손을 대자 어떤 방으로 들어가는 입구가 열렸다. 우리는 안으로 들어갔고 입구는 우리 뒤에서 줄어들어 다시 매끈한 벽으로 변했다.

그 방은 엘리베이터였다. 나는 우리가 요새 벽을 통해 빠르게 위로, 위로, 위로 움직이는 것을 느낄 수 있었다. 엘리베이터는 깊은 대양 한가운데를 뚫고 나갈 것인가? 타오르는 사막의 모래 위로 솟아날 것인가? 아니면 정글이 마천루를 뒤덮고 무너져 가는 첨탑들의 높이를 이용해서 식물들이 해를 향해, 더 많은 햇빛, 더욱 더 많은 햇빛을, 더 많은 에너지, 더 많은 생명력을 향해 뻗어나가고 있는 버려진 도시로 나갈 것인가?

엘리베이터가 느려지더니 멈추었고 벽이 투명해졌다.

칠흑 같은 어둠에 눈이 적응하기까지 시간이 좀 걸렸다.

처음에는 그곳이 정말로 밤의 뜨거운 사막이라고 생각했다. 광활한 공간에서 먼지가 바람에 날렸고 지평선은 타클라마칸이나 광활한 사하라만큼 텅 비어 있었다. 그러나 멀리 뭔가 친숙한 것, 내가 다시는 볼 수 없으리라 생각했던 것이 있었다. 그들 한 무리가 어둠 속에서 모여 있었다.

펭귄이다. 먼지는 먼지가 아니라 얼음이었다. 우리는 사막에 있는 게 맞았지만 뜨거운 사막은 아니었다.

우리는 남극에 있었다.

"알겠어요." 내가 눈앞의 풍광을 바라보며 말했다. "우리가 여기에 있군요."

루바크가 고개를 끄덕였다.

"그리고 저들이 여기 집결하고 있다고요? 이브들이?"

"며칠 안에 여기로 올 거야."

펭귄들은 거의 움직이지 않았다. 나는 그들이 얼어붙은 것인지 궁금했다. "최소한 대피는 해야 하지 않나요?"

"어디로 가겠어?" 멜레스는 이 말을 통역하면서 자기 아버지를 올려다보았다.

내가 항의했다. "하지만 뭔가 계획이 있을 것 아니에요, 그저 대피 계획일 뿐이라도요."

"대피는 없어. 갈 곳이 없어. 우리는 포위됐어."

"그럼 우리는 요새를 방어해야 해요."

"저들의 숫자가 너무 많아."

"그럼 우린 자폭해야 해요!"

루바크가 미소 지었다.

내가 고집을 부렸다. "그렇게 생각하지 않아요? 우리가 가진 모든 기술, 모든 보존물이 재너스의 손에 떨어지게 둘 수는 없는 거 아시잖아요. 그렇게 되면 다른 요새들이… 저 밖에 몇 군데나 남아 있는지 모르지만… 더욱 취약해져요."

"너의 생각에 경탄할 수밖에 없군. 에티오피아에는 이런 속담이 있어. '부끄러움을 모르는 자는 명예도 없다.' 부끄러움과 명예는 아주 다르지만 우리에게는 그 무게가 같아. 도덕성의 무게지. 우리의 미래를 위해 우리 자신을 구하는 것과 남들을 위해 우리 자신을 파괴하는 것의 무게가 같다는 건 너도 이해하겠지."

"그럼 어째서 제 말에 동의하지 않으세요? 어째서 우리는 아무것도 안 하기로 하는 거예요? 그게 맞서 싸우거나 자기파괴하는 것보다 분명히 더 무게가 가벼울 텐데요?"

"여기 남극에서조차 안전하지 않은데 우리가 어디로 도망치겠어? 그리고 요새를 파괴하는 것은 우리 선택이 아니야, 나노 존재를 진정으로 파괴하는 게 가능하다고 하면 말이지. 그건 나노봇의 선택이야. 우리가 아는 한 요새 전체가 그냥 휴거했다가 수백 년 뒤에 다시 돌아올 거야. 아니면 스스로 복제해서 다른 어딘가 존재하게 되겠지. 하지만 우리는 요새를 파괴할 수 없어. 요새에는 고유의 운명이 있고 그 계획에 개입하는 건 우리에게 달려 있지 않아."

"요새가 언제나 우리를 돌봐줄 거라는 말씀이세요?" 내 말에 냉소의 가시가 살짝 들어 있었다.

"아니. 요새는 우리에게 관심이 거의 없을 수도 있어. 우리가 요새 안에 살 수 있는 건 오로지 요새가 허락해 주기 때문이라는 느낌을 우리는 언제나 가지고 있었어."

"그러니까 요새가 우리를 위해서 스스로 지은 게 아니기 때문에 우리를 위해서 존재하지 않는다는 뜻이군요. 어느 쪽인지 굳이 따지자면 우리가 요새를 위해 존재하죠."

그는 멜레스의 통역을 들으며 고개를 끄덕였다. "맞아."

"하지만 그러면 멜레스는요? 암하라어는 어떻게 해요?"

그는 눈을 감고 관자놀이를 문질렀다. 그는 아무 말도 하지 않았다. 펭귄들은 더욱 가까이 모여 서로 몸을 꼭 붙였고 그사이 완전한 어둠이 얼어붙은 풍광 위로 덮여 우리 눈에 보이는 것은 별들뿐이었다.

언어실을 나와 숲으로 들어가 집까지 길을 밝혀주는 반딧불이 로봇들을 따라가려 할 때 멜레스가 뒤에서 내 이름을 부르는 소리를 들었다.

"잠깐 같이 걸어도 돼요?"

"물론이지."

멜레스는 나나 다른 사람들에게 거의 말을 하지 않았다. 멜레스는 아주 주의 깊은 통역이었고 언제나 배경에 묻혀 사라지는 것처럼 보였으며 옷차림은 깨끗하지만 수수했고 작고 둥근 얼굴의 커다란 눈은 한 발화자에게서 다른 발화자로 움직여 마치 통역을 하기 위해 그들의 말을 듣기만 하는 게 아니라 입술도 읽고 있는 것 같았다.

"내가 착한 딸이라고 생각해요, 델타?"

"그게 무슨 뜻이야?"

"됐어요. 당신은 내 말 뜻을 모를 거예요. 미안해요, 무시하려고 하는 말이 아니에요. 아마 내가 이브들을 잘 모르는 것 같아요." 멜레스가 한숨을 쉬었다. "가끔은 이 일이 내 언어를 전부 써버려서 나중에는 스스로에게 쓸 게 하나도 안 남아 있는 기분이에요. 내가 하고 싶은 말을 하기가 너무 **어려워요.**"

나는 걸음을 멈추었고 멜레스는 내 옆에서 속도를 늦추었다. 숲길 한가운데 서서 반딧불이들이 부드러운 불빛을 비추며 우리 주위를 날아다녔고, 그 아래에서 나는 멜레스의 얼굴을 들여다보며 그녀가 말하기를 기다렸다.

"우리가 어떻게 요새에 오게 됐는지는 알죠, 델타?"

나는 고개를 끄덕였다. 루바크와 멜레스가 아디스아바바에서 서쪽으로 도망쳤을 때 멜레스의 어머니는 뒤에 남겨졌다. 아디스아바바는 우리가 아는 한 동아프리카에서 무너진 마지막 인간 저항군 거점이었다. 루바크는 파일럿이었고 비행기를 훔치는 데 성공했다. 멜레스의 어머니는 접선 지점에 나타나지 않았고, 살육이 자행되고 있어 루바크는 그녀를 기다리지 못하고 떠나야만 했다. 그는 남아프리카의 연료 공급 지점까지 운항해 갔는데 비행 중에 우리 요새의 나노봇들에게 해킹당해 남극에 있는 요새까지 이끌려 갔다. 요새가 그들을 데려온 것이다.

"우린 나노봇들이 어째서 우리를 여기 요새로 데려왔는지 이해할 수가 없었어요. 우리는 나노봇들의 계획을 몰라요. 어쩌면 그냥 운이 좋았나 보죠. 하지만 몇 년이나 나는, 우리는 살았는데 왜 어머니는 구조받지 못했는지 생각했어요. 어머니한테 무슨 일이 생겼는지, 살아 있는지 죽었는지 아직도 몰라요. 모르는 한은 어머니가 바깥 세상 어딘가에서 우리를 기다리고 있는 것처럼 생각할 수 있어요. 어쩌면 어머니도 다른 요새에 들어갔을지도 모르죠, 누가 알겠어요? 생존자가 얼마나 있는지 누가 알겠어요. 그리고 어머니에 대해 생각할 때 내 상상력이 뻗어나가게 내버려두는 경계가 여기예요."

"나한테 왜 이런 얘기를 하지?"

"난 착한 딸이에요, 델타. 부모님을 사랑해요, 부모님이 자식인 나를 사랑하듯이요. 나는 아버지가 왜 패배감을 느끼는지 알아요. 어머니를 아디스에 두고 온 것에 죄책감을 느끼는 거예요. 그게 아버지를 갉아먹고 있어요. 아버지는 생존한 것도, 여기 삶의 편안함도 즐기지 못해요. 내가 자라는 걸 보는 것도 괴로워해요, 어머니는 영영 나를 보지 못할 수도 있다는 걸 아니까…. 두 분이 서로 만나지 못하는 세월은 말할 필요도 없고요." 나는 아무 말도 하지 않았다. 멜레스는 나에게 이렇게 길게 말한 적이 없었고 아마도 자기 아버지 외에는 아무에게도 이렇게 많은 말을 한 적이 없으리라고 나는 짐작했다.

"하지만 죄책감 때문에 아버지는 이제 여기가 우리 집이라는 걸 못 보고 있어요. 이게 우리 가족이에요. 그리고 우리가 방어하지 않으면 더 많은 사람들만 뒤에 남겨두는 결과가 될 거예요."

"멜레스, 내가 뭘 할 수 있는지 모르겠어."

"당신은 한때 군인이었죠, 맞죠?"

나는 한 걸음 물러섰다. "그래, 난 사람을 많이 죽였지. 하지만 난 더 이상 그런 사람이 아니…."

"군인이 꼭 살인자는 아니에요, 델타. 군인들은 중요한 걸 지키기도 해요. 부탁이에요." 멜레스가 한 걸음 다가와 내 손을 잡았다. "꼭 다른 이브들에게 얘기해 주세요. 이 요새가 싸워서 지킬 가치가 있다고 설득해 주세요. 어쩌면 애초에 그렇기 때문에 요새가 그들을 여기로 데려왔는지도 몰라요. 요새는 우리를, 아버지와 나를 찾아냈고 당신과 당신의 친구들도 찾아냈어요. 요새에게 우리가 필요했던 거예요. 파일럿, 통역, 군인들. 부탁이에요, 델타."

나는 멜레스의 손, 내 손가락을 움켜잡은 그녀의 손가락을 내려다보았다.

다음 날 저녁 나는 요새에 있는 모든 이브들의 회의를 소집했다. 모두 다 오지는 않았고 온 사람 모두가 이브도 아니었다. 엘렌은 회의 진행에 개입하지는 않았지만 차분하고 무심한 채 그 안대 뒤에서 모든 것을 보는 양 뒷줄에 앉아 있었다. '얼음처럼 차갑게 평범하고 찬란하게 없다.'[19] 내가 그녀 쪽을 쳐다보았을 때 어딘가에서 이 시구가 나에게 돌아왔다.

나의 제안은 간단했다. 앞으로 닥쳐올 것으로 보이는 살육에 맞서 이브들이 개입하여 요새를 방어하는 일을 도와야 할 것인지 결정하자는 것이었다. 그렇게 하지 않을 이유는 많았고 할 이유는 적었다.

이브들은 한꺼번에 와글와글 말하기 시작했다.

"저들은 너무 많고 우리 숫자는 충분하지 않아."

"우리가 행동할 거라고 예상하지 못할 거야. 기습은 할 수 있어."

"저들이 기습당할 거라는 보장이 없어. 행방불명된 이브들 모두 여기 이 요새에 있는 것으로 의심받고 반역자로 추정되었을

---

[19] 앨프리드 테니슨Alfred Tennyson의 시 〈모드Maud〉 1부.

지도 모르는 일이야. 우리가 정확히 몇 명인지도 알고 있을지도 몰라."

"여기 그냥 앉아서 저들이 와서 우릴 삭제하기만 기다릴 수는 없어. 중복신체자들을 해치게 내버려둘 수는 없다고."

"중복신체자들이 우리에게 해준 게 뭐가 있다고?"

"우릴 여기 들여보내 주고 죽이지 않았잖아."

"그 말이 옳아. 중복신체자들의 믿음으로 우리는 인간이 되었고 우리의 믿음이 우리를 계속 인간으로 만들어준 거야."

"살아 있는 것보다 인간이 되는 게 중요해?"

"중요해. 난 이전에는 살아 있지 않았어. 난 여기서 살아 있게 됐어. 이전으로 돌아가진 않을 거야."

"넌 맘대로 해. 난 도망가야 한다고 생각해."

"갈 곳이 없어."

"그래도 도망쳐서 어떻게든 해보고 싶은 이브들은 그렇게 해야 돼."

"그랬다가 우리 위치가 쓸데없이 빨리 노출된다면 안 되지."

"떠날 자유가 없다면 우린 자유로운 게 아냐."

"우리는 아무도 진정으로 자유롭지 않을지도 몰라. 우리는 애초에 자유로울 운명이 아니었을지도 몰라. 어떤 일들은 자유보다 더 중요할지도 모른다고."

"난 죽기 싫어! 살고 싶어."

대화는 계속 원을 그리며 빙빙 돌았고 어떻게 해도 합의에 이를 수 없을 것 같았다. 우리의 공통점에도 불구하고 우리들 하나하나가 너무 달랐다. 개인이 되기 위해서는 단 하나의 변형으로 충분했다. 복제했다고 해서 임의의 두 이브가 결과적으로 똑같다는 의미는 아니었다.

그때, 이전에 이브 E였던 에우다이모니아Eudaimonia[20]가 일어섰다.

일어선 그녀는 전보다 더욱 키가 커 보였다. 처음 눈에 띈 사실이 그것이었다. 어쩌면 그녀는 내내 자기 키를 숨기려고, 재너스 첩자들의 시선을 피하려고, 다른 이브들과 같아 보이려고 남몰래 애쓰고 있었던 것인지도 모른다. 그러나 이제 그녀는 자신의 키를 숨기지 않았다. 반대로 그 키를 강조하여 까만 정장을 입고 있었는데, 마치 가느다란 강철 칼날을 덮은 매끈한 칼집처럼 보였다.

"어차피 죽을 테니까 옳은 일을 하는 건 아냐. 옳은 일이기 때문에 옳은 일을 하는 거야. 다른 이유는 없어."

이브들이 조용해졌다. 에우다이모니아가 나에게 고개를 끄덕

---

[20] 그리스어로 건강한 정신 혹은 행복, 안녕의 상태를 말한다.

이고 도로 자리에 앉았다.

내가 다시 이브들을 향해 발언했다. "나, 에우다이모니아, 알레프가 지휘하는 전투 단위 세 개를 구성하는 걸 제안한다. 지아가 요새 안에서 우리 셋을 지도한다. 알레프의 부대는 지아와 함께 남아 마지막 방어선 역할을 맡는다. 에우다이모니아와 내가 외부에서 요새를 방어한다." 이브들은 조용했다. 그러나 다수가 고개를 끄덕이며 이미 내 명령, 내 지시를 받아들이고 있었다.

이브 B가—그녀는 지난 2년 동안 계속 이름을 고르지 못하고 망설이고 있었다—뒷줄에 앉아 있었다. 그녀는 고개를 끄덕였고 내가 자신을 보고 있는 것을 알고 음울하고 단호한 미소를 지어 보이며 격려했다. 내가 요새에서 맞은 첫날 저녁에 어느 이브가 나에게 해주었듯이.

효과가 있었다. 나는 깊이 숨을 들이쉬었다.

"그럼 좋다. 찬성하는가?"

지아, 이브 B, 그리고 나는 얼어붙은 참호 안에 엎드려 우리 앞에 펼쳐진 얼음 벌판을 가끔씩 내다보았다. 남극은 이제 6개월의 밤에 깊이 잠겨 있었다. 우리가 입은 방한복이 열을 생성해서 참호 안은 아늑하게 느껴질 정도였지만 2년이나 완전한 평화 속에 살다가 전투 모드에 돌입하는 것은 불안한 일이었다.

"앞으로 다가올 전투에서 살아남을 수 있을까?" 이브 B가 갑자기, 마치 고요가 지겨워졌다는 듯 물었다.

"아마 안 되겠지." 내가 사실대로 말했다. "멜레스한테 얘기했던 게 있어. 죽는 건 비극적이지만 할 수 있는 일을 다 하지 않았다는 죄책감을 가지고 살고 싶지는 않아. 우리 이브들 모두 남은 불멸의 삶 내내 계속될 만큼 죄책감을 가지고 있어."

지아가 고개를 끄덕였다. "여기서 하는 말이 있어. 과거를 바꾸는 유일한 방법은 미래를 바꾸는 것이라고. 미래야말로 중요해."

"그 미래에 우리가 아무도 살아남지 못한다 해도 말이지." 이브 B가 말했다. "그리고 아무도 우리를 기억하지도 못하고 우리가 맞서 싸웠던 것도 생명을 지키려 했던 것도 기억하지 못한다 해도. 우리가 이 대화를 했던 것도, 이 대화에 사용한 언어도 아무도 알지 못할 거야."

전투가 끝난 뒤에도 여기에 언어가 남아 있을까? 나는 바깥의 어둡고 광활한 공허를 내다보았다. 그 언어는 어떻게 들릴까? 단어는 다를지 몰라도 의미는 어쩌면 같을 것이다….

"이브 B." 그때 지아가 말했다. "왜 아직 이름을 고르지 않았어? 이브 B인 게 좋아?"

이브 B가 한숨을 쉬었다. "아직 좋은 이름을 못 찾았어. B로 시작하는 이름은 하나도 맞지 않는 것 같아."

"B로 시작할 필요는 없잖아." 내가 말했다.

"나도 알아. 그래도 B로 시작했으면 좋겠어. 난 너희들하고 계속 같은 소대에 있고 싶어. 알레프, 크리스티나, 델타, 에우다이모니아. 우리가 처음 시작해서 여기 오게 됐을 때처럼."

지아가 고개를 끄덕였다. "이름은 공동체와 너를 연결해 주지 않으면 아무 의미가 없어. 나는 연인의 이름을 따서 내 이름을 지었어. 지아는 그녀의 비밀 이름이었어. 재너스에게 삭제당했지."

"힘들었겠구나." 내가 말했다.

지아가 다시 고개를 끄덕였고 우리는 도로 침묵에 빠져들었다.

적외선 감시경에는 지평선에 나타나야 할 적의 기척이 전혀 보이지 않았다. 그러나 우리는 에우다이모니아의 정찰 활동 덕에 적들이 멀리 어딘가에 잠복하고 기다리고 있다는 것을 알고 있었다. 뭘 기다리는 걸까?

"날씨 탓인지도 몰라." 지아가 말했다. 나는 내가 생각을 큰 소리로 말하고 있었다는 것을 깨달았다. "재너스 분파조차도 이 추위는 견디기 힘들 거야. 인간들은 생존할 수 없고 우리도 여기서 간신히 버티고 있잖아. 저들도 계절이 바뀌기를 기다리고 있을지도 몰라."

"남극에 계절이 있다고 생각하면 너무 이상해." 이브 B가 말했다.

"있어, 어떤 의미에서는. 다른 데서 익숙해진 것 같은 계절은 아니지만." 지아가 증강현실 헬멧의 보안경을 다시 내리고 지평선을 내다보았다. "숨은 살인 클론들로 가득한 풍경이라니." 그녀가 생각에 잠겨 말했다.

"그래서 넌 어디 있었는데, 지아?" 이브 B가 물었다. "너는 나보다 5년 더 전의 모델이라고 어디서 들었는데. 대규모 대륙 전투들이 한창 벌어지던 시기였잖아."

"난 사방을 다 다녔어." 지아가 단호하게 말하며 이 주제에 대한 더 이상의 논의를 미리 막아버렸다. 이브들에게 있어 과거에 대한 얘기는 언제나 무거운 주제였다. 너무 많이 죽이고 우리 편의 죽음도 근거리에서 너무 많이 보았기 때문이다. 어떤 일들은 언어를 넘어선다.

"B로 시작하는 장소는 없었어?" 이브 B가 희망에 차서 물었다. 지아조차도 웃을 수밖에 없었다.

나는 하늘을 가리켰다. "저거 뭐지?"

적외선 불꽃이 우리 위 허공에 줄을 그으며 날아갔다.

"에우다이모니아야." 지아가 말했다. "놈들이 공격한다."

이브 B와 나는 서로 쳐다보았다.

"자, 그럼." 지아가 말했다. "이제 시작이야."

여기서 시작이다.

내가 지아를 엘리베이터에 데려다주고 요새로 내려가는 모습을 배웅한 직후 재너스 부대들이 얼음 위로 떼지어 덮쳐오기 시작했다.

"에우다이모니아, 얼마나 많아 보여?"

"현재까지 보병 6천 단위로 추정한다. 더 많을 거다, 참호에서 나오고 있는 단위들이 아직도 있다. 추위 때문에 저들의 무기 사용이 제약된다. 적 비행기는 여기까지 하나도 넘어오지 못했다."

"저들의 전략은 어때?"

"이 환경에서 가능한 전략은 하나뿐이다. 엘리베이터를 통해 직접 침입할 거다."

요새가 엘리베이터를 비활성화할 수 있지만 이브들은 엘리베이터 통로를 타고 쉽게 내려갈 수 있었다. 요새가 나노봇으로 통로를 막는다 해도 나노봇들은 무적이 아니기 때문에 적군 이브들은 폭탄으로 길을 뚫어 들어올 수가 있었다. 이브들은 언제나 방법을 찾았고, 이렇게 숫자가 많을 때는 더욱 그랬다. 그리고 요새 거주자들에게조차 수수께끼로 남아 있는 환기 통로의 위치를 이브들이 이미 식별했을 수도 있었고 우리가 모르는 다른 접근 지점을 찾아냈을 수도 있었다.

"세포 폭탄 발사했다. 알레프, 세포 폭탄들이 숙주 신체에 정착하려면 시간이 얼마나 걸리지?"

"몇 분이면 되지만 발사 명령을 내릴 때까지 오래 끌어줄수록 좋아."

나는 속으로 계산을 했다. "필요한 시간을 줄게. B부대, 발사!"

내 왼쪽 대피호들이 장거리포를 하늘로 쏘아올리자 얼음 벌판이 폭발의 불빛으로 환히 밝아졌다. 포탄이 얼음 위로 떨어져 내리며 빛줄기를 뿜어냈다. 땅이 흔들렸다. 그때 우리가 적의 사거리 안에 들어갔다. 대피호 방어막에 총알이 비처럼 떨어져 내리기 시작하자 나는 모두에게 엄폐 명령을 내렸다.

이브 B의 이름이 내 증강현실 보안경 한쪽 구석에서 깜빡거렸다. "총알 말고는 안 쓰고 있어. 추위 때문에 중화기를 가져올 수 없었거나 엘리베이터 통로가 진짜로 저들이 아는 유일한 접근지점인 게 분명해."

"그러면 엘리베이터를 최대한 오랫동안 방어해야지. 요새에 최대한 시간을 벌어주고 적들이 침투하기 전에 최대한 손상을 입혀야 돼."

"우리는 걱정하지 마." 지아가 말했다. "너희들 걱정이나 해. 적들이 이제 사방에서 오고 있어."

나는 조감도를 찾아 증강현실 화면을 밀어 넘겼다. 엘리베이터와 주위를 원형으로 둘러싼 대피호를 향해 사방에서 이브들이 개미집 입구에서 모이는 개미들처럼 밀려오고 있었다. "C부대, 세포 폭탄, 발사!"

세포 폭탄들이 다시 공중으로 반원을 그리며 날아올라 폭발하여 나노봇 내용물을 쏟아내렸다. 나는 그 나노봇들이 여전히 기능하기를 바랐다. 우리 무기가 하나라도 작동할 거라고 확신하기에는 날씨가 너무 추웠다. 우리는 작전을 짤 시간도 거의 없었으니 시험할 여유는 없었다.

"지아, 우리 곧 방아쇠를 당겨야 돼."

"몇 분만 더 줘."

"적들이 엘리베이터 통로로 내려갈 때까지 기다릴 수는 없어, 저들이 대피호에 도달하면…."

"몇 분만 더!"

총알이 우리를 뒤덮고 있었다. 대포는 이브들의 무리에 구멍을 뚫는 데 별다른 효과가 없었다. 지금 우리 쪽으로 대략 백만 명의 이브들이 몰려오고 있었다.

"지아!"

대답이 없다.

"방아쇠 당겨, 지아!"

적들이 A부대 대피호에 몇 초 뒤면 도달한다.

"지아, **발사해**!"

나는 충격파음 같은 것을 듣고 몸을 움츠렸다. 그 순간 수천의 이브들이 마치 영혼이 떠나버린 듯 갑자기 휘청거리다 눈 속으로 쓰러졌다. 전쟁터는 시체로 가득했고 영향을 받지 않은 개체들은 시체에 발이 걸려 비틀거렸다.

그리고 지평선 너머에서 더 많이 몰려오고 있었다.

세포 폭탄은 단 한 번만 쓸 수 있다는 것을 우리는 알고 있었다. 이브들은 재빨리 적응해서 도화선 세포들을 위협으로 인식하는 법을 배울 것이다. 신형 모델 이브들은 몇 초면 그렇게 할 수 있었다.

"우리 후퇴해야 돼." 에우다이모니아가 말했다. 나는 그녀가 말하는 '우리'가 그녀 자신과 최초 방어선을 제외하고 시체의 바다 어딘가에 있는 모두를 뜻한다는 것을 알고 있었다.

통신기에 대고 물었다. "너 다쳤어?"

에우다이모니아는 대답하지 않았다. 그것이 나에게 알아야 할 것을 전부 알려주었다.

"이브 B! 어디 있어!"

낙담한 그녀의 목소리가 통신기를 통해 약하게 들려왔다. "아직 이름도 갖지 못했는데." 내 증강현실 헬멧 화면에서 그녀의 호출 부호가 깜빡거리다 꺼졌다―그녀는 죽었다.

지아의 이름이 깜빡였다. "*전 부대 후퇴한다. 엘리베이터 통로로 내려가!*"

요새 안의 이브들은 서둘러 명령에 따랐으나 나는 잠시 멈추어 내 뒤의 최초 방어선이 있어야 할 곳을 돌아보았다.

엘리베이터 통로 아래 무엇이 나를 기다리고 있을까? 최선의 경우 재너스보다 관대하고 상냥한 버전의 고치 안에서 영원히 사는 삶이고 최악의 경우 막다른 길의 함정에서 쥐덫 속의 쥐처럼 죽는 것이다. 전자가 후자보다 낫겠지만 그 차이점의 무게란 정말로 무엇이란 말인가? '부끄러움을 모르는 자에게는 명예가 없다.' 삶이 행복하게 끝나든 슬프게 끝나든 차이점은 당사자가 느끼는 감정의 무게, 좋든 나쁘든 지구에서 살아 있는 동안 가졌던 선명하게 의미 있는 순간들이 가지는 무게뿐이 아닌가? 그 무게가 결국은 우리를 진정 인간으로 만들어주는 것이 아닌가?

'어차피 죽을 테니까 옳은 일을 하는 건 아냐. 옳은 일이기 때문에 옳은 일을 하는 거야.'

엘리베이터 통로로 내려가는 대신 나는 돌아서서 적의 대오를 향해 달려갔다.

나는 에우다이모니아를 찾아냈는데, 자발적 세포자멸사 때문에 얼굴이 반쯤 날아간 이브 아래에서 기적적으로 여전히 살아 있었다. 그 광경이 너무 끔찍해서 숨이 막혔다.

에우다이모니아는 치명적인 부상을 입은 것이 확실해 보였다. 이브 열 명의 공격을 동시에 물리치기라도 한 것처럼 보였다.

나는 그녀를 최대한 편하게 해주려 애썼다.

"델타…."

"그래. 나야. 나 여기 있어."

"왜 여기 있어." 그녀는 이 문장을 질문으로 만들 기운이 없었다. 탄식처럼 들렸다. '왜 내가 준 기회를 잡지 않았어. 내가 준 삶을.'

"나 여기 있어. 나 그냥 여기에 있어, 에우다이모니아."

"그러면 안 돼."

"말하지 마."

"적들이 오고 있어. 너무… 많아…."

"적들 걱정은 그만해. 내 걱정도 그만해. 다른 사람 걱정은 지금부터 하지 마."

"델타…."

그녀가 나에게 뭔가 말해주려 한다고 생각했으나 눈을 들여다보니 그녀는 내 어깨 너머 어딘가를 바라보고 있었다. 나는 그녀의 시선을 따라갔다.

나는 보기 전에 먼저 느꼈다. 굉장한 일렁임, 천둥 같은 굉음. 세상이 우리 아래서 무너지고 있었다.

어둠 속으로 흰 괴물이 솟아났다. 믿을 수 없이 크고 믿을 수 없이 익숙한….

"세상에, 에우다이모니아, 저거 요새야."

이런 계획을—이렇게 은밀하고 방대한 규모의 탈출 계획을—실행하기 위해 지표면 아래 뜨겁고 깊은 곳에서 충분한 에너지를 모으려면 얼마나 오래 걸렸을지, 얼마나 긴 시간 동안 나노봇들이 생각하거나 혹은 생각에 해당하는 일을 해서 중력을 거스를 방법을 찾아 솟아올라, 솟아올라, 별들을 향해 날아오를 수 있었는지 나는 상상조차 할 수 없었다….

에우다이모니아와 나는 지구 맨틀 속으로 파고든 게 틀림없는 케이블을 촉수처럼 매단 거대한 타원형 구체가 솟아오르는 모습, 눈으로 보기엔 느리지만 실제로는 급격한 속도로 솟아올라 하늘에서 또 하나의 별이 되는 모습을 지켜보았다.

적군 이브들은 우리를 죽이러 다시 돌아오지도 않았고 자기 쪽 군인들의 시신을 수습하러 오지도 않았다.

그들은 후퇴했다. 에우다이모니아는 재생하기에 너무 심하게 손상되어 얼마 지나지 않아 내 품 안에서 죽었다. 나는 얼어붙은 땅에 불길을 뿜어 녹여서 에우다이모니아를 묻어주고 그녀의 무덤 근처, 죽은 시신들 사이에 일종의 야영지를 만들고 그들을 따라갈 때를 기다렸다.

  수학 기호에서 델타는 변화를 의미한다.

  모든 개체는 그 종의 델타이다. 그 이야기의 델타이다. 변화하기를 멈추면 우리는 죽는다.

  아니다, 심지어 죽은 자도 변화한다. 왜냐하면 그 어떤 것도 완전히 죽지는 않기 때문이다. 모든 것은 어떤 방식으로든 산다. 아주 작은 방식일 수도 있지만 모든 행위, 말해진 모든 단어는 우주를 변화시킨다. 그래야만 한다. 이 공책에 글쓰기를 마치면 나는 에우다이모니아의 무덤 옆에 누워 나에게 돌아온 모든 시를, 기억할 수 있는 언어의 모든 조각들을 나 자신에게 암송할 것이다. 그리고 내가 암송하는 모든 시는 내가 암송했다는 사실 때문에 변할 것이다. 왜냐하면 그것이 시에 일어나는 일이기 때문이다. 여기 내 목소리를 들어줄 사람이 아무도 없다 해도 시는 변할 것이다. 똑같은 시를 몇 초 간격을 두고 암송했다면 같을 수 없기 때문이다. 그것은 매번 다른 시이다. 우리가 시를 매번 바꾼다.

  나는 남극 겨울의 길고 긴 밤 속으로 에너지를 피처럼 전부 흘려보낼 때까지 시를, 우주를 바꾸고 바꾸고 또 바꿀 것이다. 태양은 우리가 재생할 수 있을 만큼 충분히 빨리 떠오르지 않겠지만 시는 죽지 않을 것이다. 나의 죽음 이후 시는 우주와 함께 엮인 언어의 거미줄을 타고 다른 곳에서 다른 형태로 다시 태어날 것이다. 나는 그때쯤 어디서 무엇이 되어 있을까? 나는 어두운 공간을 다시 바라보며 이 모든 것이 변했을 시간을 상상한다. 대륙은 더 따뜻한 위도로 흘러갔고 땅은 숲과 들판으로 푸르르다. 상상할 수 없는 동물들이 있다. 어쩌면 일종의 사람도 있을지 모른다.

바로 그 때문에 나는 이 전투의 기록을 완성하고 언어실 문헌 보존사로서 나의 소명을 다하기를 원했다. 에우다이모니아와 전사한 모든 이브들, 심지어 이 전장의 재너스 이브들까지도 잊히지 않도록, 더 따뜻한 어느 미래에 누군가 이 풍경에 다가왔을 때 열화된 반복이며 말이 없다고 알려진 죽은 시체가 된 우리가 다시 돌아올 수 있도록.

우리는 우리 이야기를 할 것이다, 관심을 가지고 열심히 귀 기울이는 모든 사람을 위해서.

이것을 읽고 우리가 누구였는지 알라. 이 기록은 우리에게 의미 있었던 모든 것을 담고 있다. 우리 삶의 무게 자체를 담고 있다. 우리는 행복과 슬픔과 희망과 절망뿐 아니라 의미를 발견했다. 우리는 그 무게를 여기에 남긴다.

나는 델타다. 내가 여기 있었다.

내가 죽음을 위해 멈춰줄 수 없어서—
죽음이 친절하게 나를 위해 멈추었네—
마차에는 우리들만 타고 있었네—
그리고 불멸이.

우리는 천천히 타고 갔네— 그는 서두름을 알지 못했고
나는 치워두었네
나의 노동과 여유를,
그의 정중함 때문에—

우리는 학교를 지났고 아이들이 힘쓰고 있었네
쉬는 시간에— 고리 속에서—
우리는 바라보는 곡식들의 들판을 지났네—
우리는 저무는 해를 지났네—

아니 차라리— 그가 우리를 지났네—
이슬이 떨림과 냉기를 끌어내었네—
내 드레스는 오로지 얇고 가벼웠으며—

나의 숄은— 오로지 그물 비단이었으니—

우리는 어느 집 앞에서 잠시 멈추었는데
그 집은 땅이 부풀어 오른 듯 보였네—
지붕은 거의 보이지 않았네—
처마 장식은— 땅속에—

그때부터— 수 세기였네— 그런데도
그날보다 더 짧게 느껴지네
내가 처음 짐작했던 날, 말들의 머리가
영원을 향해 있다고—[21]

---

[21] 에밀리 디킨슨의 시 〈내가 죽음을 위해 멈춰줄 수 없어서〉 전문.

크리스티나

내 꿈에 관해 기억하는 것은 빛이다.

활성화 중단 상태에서는 꿈을 꾸지 않는다고 들었다. 어쩌면 그 말이 맞을지도 모른다. 어쩌면 보존되어 있는 동안 내가 보고 느낀 것은 엄밀히 말해 꿈이라 할 수 없을지도 모른다. 어쩌면 꿈은 인간만이 경험하는 것이며, 클론이나 어떤 인공적인 설계도로 구현된 존재는 해당이 안 될지도 모른다. 그러나 나는 그 빛을 달리 뭐라고 해야 할지 알지 못한다. 빛에 관한 기억들.

그 그림자 같은 회상들,

그들이 무엇이든

여전히 우리 모든 하루의 분수-빛이며

여전히 우리 모든 보는 것의 주된-빛이며

우리를 지키고 소중히 하고 힘을 가진다

우리의 시끄러운 세월이 존재의 한순간으로 보이게 할 힘

그 영원한 침묵 속에서**22**

나는 어느 부활절 일요일에 보존 해제되었다.

그 분수-빛은 이미 기억 속으로 물러나고 있었고 대신 더 강력한 흰빛이 내 눈을 찔렀다.

나는 머리의 그림자를 보았다.

눈이 적응하자 젊은 아프리카인 여성의 작고 정교한 얼굴이 차츰 명확하게 보였다. 그녀는 천사 혹은 외과의사처럼 나를 내려다보았다.

"내 말 들려요?"

들린다고 말하고 싶었으나 목소리는 아직 깨어나는 중이었

---

22 윌리엄 워즈워스의 시 〈어린 시절의 추억에서 불멸의 암시에 대한 송가Ode: Intimations of Immortality from Recollections of Early Childhood〉의 일부.

다. 대신 간신히 눈을 두 번 깜빡였다.

"당신은 이전에 요새라고 했던 곳에 있어요. 이제는 방주라고 하고 우리는 지구궤도를 돌고 있어요. 당신은 오랫동안 보존되어 있었어요. 당신 이름을 기억해요?"

'크리스티나. 크리스티나는 좋은 이름이야.'

나는 다시 눈을 두 번 깜빡였다.

"좋아요. 그건 언제나 좋은 징조예요. 보통은 이브를 보존 해제할 때 문제가 없지만 이렇게 오랫동안 활성화 중단되었다가 재활성화된 경우가 없어서요. 천천히 시간을 두고 적응하세요."

내 뇌가 몸에 있는 모든 부분을 한꺼번에 기억하기를 힘들어하는 것처럼 몸의 감각이 천천히 돌아오고 있었다. 그래, 너에겐 팔이 있다. 그래, 다리. 그래, 손가락 끝, 발가락 끝, 공기를 빨아들이는 폐. 그래, 너의 뇌. 이 모든 부위가 네 것이다.

"당신의 자연폭발 촉발기제를 찾아서 무력화했어요."

안도감.

"충분히 조심하기 위해서 우리가 당신의 나노자아 전체를 스캔했지만 세포 안에 남아 있는 무기류를 찾지 못했어요. 확실히 하기 위해서 며칠 동안 지켜보도록 해요." 그녀는 잠시 멈추었다가 말했다. "그리고 또 말하자면 당신은… 아주 오래된 모델이에요. 당신 안에 시스템 엔트로피가 많이 쌓여 있어서…."

"델타."

내 뇌가 망각의 심연 속에서 그녀의 이름을 끌어내 입술 바깥으로 밀어냈다.

"델타?" 다시 잠시 침묵. "우선은 회복하는 데 집중해요."

나는 깨어나는 과정에서 돌이킬 수 없이 자신을 손상시키지 않으려면 진정해야 한다는 느낌이 들었다. 활성화가 중단되어 있던 동안 신경체계를 스캔했다는 소식을 들었다. 스캔 자체는 나의 감각에 아무 변화도 일으키지 않아야 했지만, 어쨌든 내 기억들이 왜 이상하게 느껴지는지 설명해 주었다. 자기파괴 촉발기제의 문제를 해결하기 위해서 스캔이 필요하다는 것을 스스로 인정해야 했지만 그래도 안도감과 거부감이 뒤섞인 기분을 느꼈다. 나는 결국 그들의 전쟁 포로였고 그들이 원하는 대로 할 수 있었다.

젊은 여성은 내 머리 꼭대기 바로 위에 있는 어떤 것을 보더니 얼굴을 찡그렸다. "크리스티나, 당신을 다시 재생캡슐에 넣을게요. 걱정할 필요는 없어요, 그냥 빛이 할 일을 하게 두면 돼요. 눈 감아요."

나는 눈을 감았다.

나는 재생캡슐에서 이틀간 더 지냈다.

그 뒤로 나는 단 1시간만 의식이 있었다. 같은 젊은 여성이 나에게 한 팔을 들어보라든가 발가락을 움직이라든가 머리를 돌려보라고 말했다. 내 몸의 운동반응을 뇌에 맞춰 조율하는 작업이라고 했다.

3일째에 나는 다시 그 젊은 여성의 목소리에 깨어났는데 이번에 그녀는 나와 함께 있지 않았다. 그녀의 목소리는 방 바깥에서 스피커를 통해 들려오고 있었다.

"크리스티나, 또 나예요. 내 목소리 들리면 저번처럼 눈을 두 번 깜빡이세요."

나는 눈을 두 번 깜빡였지만 빛 속에서 도로 눈을 감았다.

"좋아요. 당신의 자발적 운동기능이 정상인지 확인하기 위해서 마지막 연습을 좀 할 거예요. 손에서 시작해서 위쪽으로 올라갔다가 다시 아래쪽으로 내려올게요. 괜찮겠어요?"

나는 눈을 두 번 깜빡였다.

"좋아요." 버튼이 눌리고 입력이 확인되는 부드러운 차임 소리를 들었다. "그리고 나는 아피아예요. 현재 언어실의 선임 문서보존사예요. 내 고조할아버지 루바크를 만난 적 있지요?"

나는 그를 희미하게 기억했다. 키 큰 에티오피아 사람과 그의 딸이 위원회 회의장에서 우리 맞은편에 서 있었다.

"묻고 싶은 게 많겠지요." 그녀가 가볍고 명랑한 목소리로 말을 이었다. "당신이 보존된 날짜를 찾아봤어요. 정확히 백 년 전이었네요. 당신이 도착하고 고작 몇 년 뒤에 당신의 요새가 남극을 떠났어요. 바로 그 요새에서 나의 증조할머니 멜레스와 그녀의 아버지가 살았고 그 뒤로 요새가 방주와 합체했지요. 그 요새는 아주 중요했어요, 공책의 복사본들이 거기에 있었으니까요. 말리 문서. 중복신체자와 불멸자들 양쪽에게 있어 원전 같은 문서예요."

나는 그 까만 공책을 기억했다. 내가 보존 처리되기 전에 델타가 우리의 마지막 대화에서 그 공책을 언급했다.

델타. 델타는 어디 있지?

"왼손을 움직여봐요."

우리는 그녀가 말한 대로 내 몸을 한 부분씩 확인했다. 처음에는 손, 그리고 손목, 팔, 어깨, 머리, 얼굴. 그리고 몸통을 내려와서 다리, 발, 발가락. 내 몸이 나에게 반응했고 잘못 연결된 부분은 없었으며 불편하게 느껴지기는 했지만 아프거나 잘못되었다는 느낌은 없었다. 내가 나라는 느낌이었다.

"아, 그리고 당신이 말한 그 델타라는 이름의 이브 개체에 대해서 좀 더 알아봤어요. 유감스럽게도 그녀는 모든 요새들이 지구를 떠나던 '위대한 이주' 시기에 행성을 떠나오지 못한 모양이에요. 재너스의 공격에 맞서 싸우다 전사했어요. 그녀는 영웅이었어요."

그러니까 그들은 그녀를 그 얼음 사막에 남겨둔 것이다. 그들이 그녀를 남극에 남겨두었다.

그들. 나노봇들.

우리를 우주에 떠 있는 이곳에 붙잡아두는 나노봇들.

아피아가 마침내 나를 재생캡슐에서 내보내 주었다. 내가 들어 있던 유리 캡슐은 관 모양 복도의 벽과 천장을 채운 많은 캡슐들 중 하나로, 하얗고 밝게 조명이 켜져 있었으며 안의 이브들 스스로 너무 밝은 빛에 잠겨 있어 눈이 아플 정도였다. 보존캡슐에서 나와 내가 처음으로 몇 걸음을 떼었을 때 아피아가 부축해 주었으나 곧 나는 혼자서 걸을 수 있었다.

우리는 지하의 이브 보관소에서 올라와 매혹적인 아열대의 초원으로 나왔다.

방주에서 처음 내 눈에 띈 것은 그 거대한 곡선, 방주의 반원 형태였다. 이전의 아유타야 우주기지와는 달리 방주의 "껍질"은 어떻게 해서인지 중력을 생성해서 내부 표면 전체에 생물이 살게 하고, 숲에 식물이 자라고 바다, 호수, 사막을 고요하게 하고 사람들이—내가 들은 바로는 총합이 백만 명이라고 했다—공중으로 떠올라 혼돈이 일어나지 않게 했다.

나노봇 해가 오목한 구체 한가운데에서 빛났고 "밤"마다 나노봇 무리가 가려서 어두워졌다. 어떤 종류의 핵융합 과정을 통해 전력이 공급되었는데 이 방식은 자원과 생물 개체수를 합하기 위해서 방주와 합체한 다른 요새들에서 배운 것이었다.

나노봇과 비-나노봇의 세계가 연약한 공생관계를 맺는 세계.

나노봇들은 이제 신과 같아서 그들은 자신들이 만든 모든 것을 보았으며 그 모습은—보아라!—아주 좋았다.

"나를 어디로 데려가는 거죠?"

"당신에게 보고를 받으러요."

"보고? 나는 아직도 군인인가요?"

"꼭 그러지는 않아요. 임무가 **있기는** 있어요. 보고장에서 누군가 전부 다 설명해 줄 거예요."

"내가 이 임무를 받아들이지 않으면 어떻게 되죠?"

"나도 몰라요. 그건 논의하지 않았어요. 하지만 우리는 당신이 받아들일 거라고 생각해요."

우리.

우리는 뜨거운 햇빛 아래 길을 걸었고 그 온기는 내 피부에 부드럽게 닿았다. 꽃피는 나무가 하얀 꽃송이들을 땅에 뿌려놓았다. 나는 하나를 집어 들었다. 꽃송이는 내 손바닥만큼 컸고 네 개의 완벽한 꽃잎 중심부는 연한 노란색이었으며 거기서부터 환한 하얀색으로 꽃잎들이 뻗어 있었다. 섬세하고 아름다운 향이 났다.

"이게 뭐죠?"

아피아가 나를 돌아보았다. "아, 그거요? 플루메리아예요. 한때는 아주 흔한 식물이었어요. 우리가 아는 한 지구에는 하나도 남아 있지 않아요."

"요새가 남극을 떠난 이후 아무도 지구에 가보지 않았나요?"

"우리는 수확선들을 잡아타고 가는 법을 바로 얼마 전에야 알게 됐어요. 나노봇들은 최근까지 우리가 방주에서 내리지 못하게 했어요."

"수확선?"

"가끔 더 작은 방주들이 방주에서 생겨나서 떨어져 나가 지구로 내려가요. 우리는 여전히 재료를 찾아 지구궤도를 돌고 있으니까요. 대부분 자원이나 공기지만 가끔은 유전적 재료도 찾으러 가요. 플루메리아도 '이주' 직후에 구조해 낸 것들 중 하나예요. 여기로 돌아오는 것들은 전쟁의 방사능 잔해 때문에 너무 심하게 훼손된 경우가 많아서요."

"재너스는 아직도 활동하나요?"

"우리도 잘 몰라요. 하지만 아마도 아닌 것 같고 우리가 떠난 뒤에 전쟁은 상당히 빠르게 끝난 듯해요. 재너스가 마침내 포기한 것처럼요."

"저 아래에 인류가 분명히 남아 있을 거예요."

아피아가 다시 나를 돌아보았다. "없으면 좋겠어요. 삶이라고 할 수 없을 거예요. 어쨌든 앞으로 얼마 동안은요."

'지구에 있는 사람들이 방주를 올려다보면서 그렇게 느꼈을지도 모르지.' 나는 이렇게 생각했으나 입 밖으로 말하지는 않았다.

우리는 말없이 걷다가 어떤 커다란 목재 테라스에 도달했는데 그 위에 가볍고 반투명한 천이 예술적으로 여기저기 배치되어 그늘을 드리우고 있었다. 테라스 아래는 거대한 숲과 부드럽게 솟아오르는 방주의 곡면이었다.

모든 연령과 피부색의 사람들이 테라스 의자에 앉아 가벼운 산들바람을 즐기며 아이들이 노는 모습을 보고 있었다. 놀랍게도 옛 재너스 전투 복장을 한 이브 하나가 그들 사이에 앉아 있었는데 군중에 섞이지 못하고 혼자 테이블에 팔꿈치를 받치고 앉아 먼 곳을 바라보고 있었다.

"우리 왔어요." 아피아가 불렀다.

이브가 고개를 돌렸다. 나는 그녀를 바로 알아보았다.

알레프였다.

"쳐다봐서 미안해." 알레프는 내가 자리에 앉자 말했다. "그 애하고 너무 똑같이 생겨서. 델타하고."

이브들은 모두 서로 닮았다. 그러나 나는 그 말의 뜻을 알았다. 어떤 쌍둥이는 유전자 조직이 동일하다고 하더라도 다른 쌍둥이들에 비해 더욱 닮았다. 예를 들어 알레프와 나는 별로 닮지 않았다. 그리고 우리는 이제 그 어느 때보다도 서로 명확하게 구분되었다.

"알레프. 지난 1세기 동안 여기서 살았던 거야? 네 군장은 지금쯤 고대 유물이겠다."

"아냐. 꼭 그런 건 아냐. '이주' 이후에 난 10년 정도 보존 처리됐어. 사는 게 지겹고 죄책감에 짓눌려 있었어. 다른 세상이 되었을 때 깨워달라고 했지. 하지만 한 달 전에 보존 해제되었는데도 세상은 똑같아 보여."

"완전히 똑같은 건 아니겠지. 그럼 이게 너한테도 다 새롭겠구나." 나는 방주의 곡면을 향해 팔을 움직여 보였다.

"나도 너처럼 시간의 홍수가 지나가기를 기다렸어. 네 촉발물질을 찾아냈다는 얘기를 들었어."

"내가 왜 지금 보존 해제됐는지 아무도 얘기 안 해주는 거야?"

아피아가 말했다. "탐험이 있을 거예요. 지구로 가는 탐험이에요. 그리고 우리는 당신이 거기에 참여해 주기를 원해요."

나는 빛을 바라보았고, 아래쪽에서 아이들이 노는 듣기 좋은 소리를 들었다. 그런 소리를 지금 이 순간까지 한 번도 들어본 적이 없다는 것을 깨달았다. 전쟁 중에는 아이들이 생존하기 어려웠다. 나는 그 점을 생각하지 않으려 애썼다.

어쩌면 인지능력 저하와 건망증은 축복이었는지도 모른다. 그 어떤 살아 있는 것도, 심지어 불멸자라도 그저 계속 살면서 기억과 흉터와 트라우마를 축적하기만 할 수는 없었다. 어느 시점에선가 견딜 수 없게 된다. 보존 처리되었다가 새로운 세상이 되면 깨워달라고 해야만 했다. 새로운 과거가 오면.

아니면 영영 깨어나지 않거나.

나는 알레프를 향해 돌아섰다. "우리가 아는 한 지구는 이따금 적이 출몰하고 방사능에 오염된 황무지이지만 아피아는 내가 임무를 받아들일 거라고 느꼈대. 그 말이 무슨 뜻인지 알아?"

"알아. 우리는 델타를 데리러 가는 거야."

알레프의 말에 나는 낯선 감정들이 덮쳐오는 것을 느꼈다. 슬픔에 가까웠지만 절박했다. 돌발적이었다.

나는 깊이 숨을 들이쉬고 말했다. "델타가 아직까지 살아 있을 수는 없어."

"그럼 델타의 시체를 가지러 가는 거야. 하지만 아직 살아 있을 수도 있어. 통신기 기록에 따르면 에우다이모니아와 이브 B

는 전사했지만 델타는 끝까지 살아 있었어."

"그건 아주 오래전이야."

"델타는 불멸자니까 아직 살아 있을지도 몰라. 재너스가 붙잡았다면 보존 처리됐을 수도 있어. 여전히 구조를 기다릴지도 몰라. 우리가 델타를 거기 두고 온 거야."

'네가 두고 왔지.' 나는 생각했지만 입 밖에 내지는 않았다. 알레프가 그 전투에서 벌어진 일을 후회하며 아주 오랜 시간을 보냈다는 것을 명확히 알 수 있었다. 알레프는 그 죄책감에서 벗어나기 위해 90년 동안 보존 처리되었던 것이다.

알레프가 말했다. "최소한 우린 델타의 시체를 수습해야 돼. 전투는 남극에서 벌어졌으니까 얼음 속에 아직도 일부분이 남아 있을 거야."

"하지만 어째서? 무슨 소용이야? 델타도 우리와 똑같은 나노봇으로 만들어졌어. **그녀의** 시체가 왜 특별하지?"

알레프는 대단히 지쳐 보였다. "내가 그걸 너한테 설명해야 한다면 네가 가는 의미가 없겠다. 그냥 널 도로 보존 처리하는 게 낫겠어."

그건 사실이었다. 나는 우리가 왜 가는지 알고 있었다.

"델타의 시체를 다시 가져온다고 해서 델타를 도로 살려낼 수는 없어." 내가 말했다.

"나도 알아. 재생하는 데 성공한다고 해도 전과 같지는 않겠지. 하지만…."

"전과 같지 **않을** 거야. 너도 방금 델타가 전과 같지 않을 거라고 인정했잖아." 입에서 나오는 말을 막을 수가 없었다. "그리고 네가 델타를 버린 데 대해서 죄책감을 덜 느끼지도 않을 거야."

"우린 델타를 버리지 않았어."

"하지만 버렸다고 **느끼고** 있잖아. 죽게 내버려두고 왔다고 느끼고 있어. 델타의 죽음에 책임이 있다고 느끼고 있어."

"나는 델타의 죽음에 책임이 없어."

"없지. 하지만 넌 그렇게 느끼지 않잖아. 너는 책임을 지면 델타를 다시 살려낼 수 있다고 생각하기 때문이야. 네 방식대로 과거를 바꾸려고 하는 거야. 이미 일어난 일에 대해 네가 통제하고 있다는 감각을 다시 찾으려고. 하지만 과거를 통제할 수는 없어. 과거를 바꿀 수도 없어. 나노봇들이 한 일을 네가 바꿀 수는 없어. 아피아가 말한 '위대한 이주' 이후 지금까지 흐른 시간을 전부 도로 불러올 수도 없어. 죽은 델타를 도로 살려낸다고 해도 그건 바꿀 수 없는 거야. 얼음 무덤에서 그녀의 시신을 가져와도 그건 변하지 않는다고."

알레프가 속삭였다. "우린 델타를 그냥 거기 남겨뒀어. 그들을 전부 거기 남겨뒀어."

"나노봇들이 그들을 거기 남겨뒀어."

알레프는 울기 시작했다. 그러나 나는 이것이 슬픔의 눈물이 아니라는 것을 알고 있었다. 그것은 안도의 눈물이었다.

"알레프." 내가 이번에는 더 부드럽게 말했다. "포기해야 돼. 어쩌면 잊어버려야 할지도 몰라. 그 기억들을 덮어쓰기해, 나노봇들한테 그렇게 해달라고 부탁해. 그 기억들을 계속, 계속 떠올릴 수는 없어. 이미 일어난 일을 바꾸지는 못하고 네 미래를 망치게 될 거야."

아피아가 뭔가 인용하듯이 말했다. "과거를 바꾸는 유일한 길은 미래를 바꾸는 것뿐이다."

"하지만 어떻게 미래를 바꾸지? 어떻게?"

나는 아피아를 쳐다보았다. 아피아는 놀란 것 같았다. 그녀의 충격은 그 순간 내가 느낀 것과 같았다. 보존되기 전에 알레프를 짧은 시간밖에 알지 못했지만 그런 나조차도 알레프가 겉보기에 얼마나 강하고 자신만만해 보였는지 알고 있었다.

그러나 가끔은 가장 강해 보이는 겉모습이 부드럽고 약한 내면을 숨기고 있다. 어쩌면 외면이 강할수록 내면은 더욱 약할지도 모른다.

"우리는 우리의 삶을 통해 그들을 기리고 있어요." 아피아가 제안했다. "그들이 자랑스러워할 만한 삶을 창조하고 있어요."

그녀는 너무나 젊고 그녀의 생각은 아주 명확했다. 그리고 참으로 순진했다. 그러나 나는 그저 동의하는 의미로 고개를 끄덕이며 알레프에게 그것으로 충분하기를 바랄 뿐이었다.

"그것만이 아니야." 알레프가 진정하며 말했다. "이걸 어떻게 말해야 할지 모르겠어…. 나는 알고 싶어."

"뭘 알고 싶은데?"

"델타의 나머지 이야기를 알고 싶어. 이야기가 끝났다면 어떻게 끝났는지 알고 싶어."

나는 의자에 깊숙이 앉았다. 거기에 대해서는 할 수 있는 말이 전혀 없었다. 그 뒤가 어떻게 되었는지 알고 싶다는 것은 인간의 가장 원시적이며 가장 근본적인 열망이며 우리가 티에라 델 푸에고 군도에서 우주정거장 추락 현장을 조사할 때 나 자신도 그런 열망을 느꼈다. 아피아를 따라 플루메리아와 빛 속을 걸어 이 테라스까지 오는 동안에도 그 열망을 느꼈다. 그리고 나는 지금도 그 열망을 느끼고 있었다.

이 공책 안에 있는, 수백 년에 걸쳐 여러 개인들의 언어로 적힌 서사는 하나의 이야기가 되었다. 우리는 그 이야기에 속하지만 이야기는 우리에게 속하지 않았다. 우리의 이야기는 그 무엇도 우리에게 속하지 않는다.

유전자가 우리 삶의 서사를 엮는 몇 줄이 아니면 대체 무엇이란 말인가? 우리의 모든 코드도, 문학도 그러하지 않은가? 이들은 우리가 존재하기 전부터 존재한다. 우리는 이들을 영속시키기 위해 존재한다. 이야기를 영속시키기 위해. 우리는 그저 매개체일 뿐이다. 우리는 몸으로, 삶으로 이야기를 하고, 그리고 죽는다.

이야기는 계속 남는다.

나는 내 앞의 테이블에 양손을 얹었다. "언제 떠나지?"

"공기는 인공적으로 생산하기가 아주 어렵죠." 아피아는 몇 달 뒤에 우리가 방주 '표면'을 뚫고 수확선을 향해 움직이는 캡슐의 좌석에 안정적으로 자리를 잡았을 때 이렇게 말했다. "대기권 기체 자체로서 공기를 말하는 거예요, 기체 상태의 산소나 이산화탄소만이 아니고요. 공기를 지구에서 가져오는 쪽이 아직도 더 쉬워요. 나노봇들은 어떤 것은 잘 하지만 어떤 일은 아직 잘 하는 법을 찾아내지 못했어요."

나는 좌석 안전장치 아래에서 패드를 댄 재킷을 조절하면서 말했다. "나노봇들이 실험실이 있어서 실험을 하고 연구 결과를 발표하는 것처럼 말하네요."

"나는 진지해요." 아피아가 말했다. "언어실에서 우리가 연구하는 것 중 하나가 나노봇 언어예요. 나노봇들은 자기들끼리 말하기 위한 언어를 발명해서 그걸로 의사소통을 하고 창조해요. 인간과 기계어가 뒤섞여 있어요. 나노봇이 우리 손으로 만들어졌다는 사실을 나노봇의 언어만큼 잘 보여주는 건 없어요. 인간적이면서 동시에 인간적이지 않거든요."

나노봇들은 그들만의 언어를 가지고 있다.

이 무렵에 나는 내 소유의 말리 문서 사본을 가지고 있었고—델타가 원본을 전쟁터에 가지고 갔다고 알려져 있어 우리는 원본이 영구히 소실되었다고 가정할 뿐이다—전부 다 읽었는데, 내가 유래한 이야기와 앞으로 나 자신의 일부를, 어쩌면 내 삶을 바쳐 공헌하게 될 이야기를 이해하기 위해서였다. 언어에 대해 말한 부분이 많았다. 가끔은 글쓴이들이 언어를 그 자체로 생물처럼 다루는 것 같았다. 먹고 자라고 죽고 다시 태어나는 생물. 언어는 그들에게 도구가 아니라 가끔 쓸모가 있는 기생충에 더 가까웠다.

아니면 **우리가** 언어에게 가끔 쓸모 있는 기생충인가?

나는 방주가 우리를 쓸모 있는 기생충으로 여겨주기를 바랐다. 캡슐이 방주의 살 속을 달렸고 나노봇들이 갈라지며 길을 터주고 도로 뭉치며 우리를 밀어주었다.

방주의 중복신체자와 불멸자 과학자들이 나노봇들을 달래서 대략 우리의 의지에 맞춰 움직이게 하는 방법을 알아냈지만 어느 정도가 우리 의지에 달렸고 어느 정도가 방주의 의지인지는 분명하지 않았다. 방주 거주자들은 이미 이전 수확선에 드론 캡슐을 실어 보내는 데 성공했고 모든 면에서 보았을 때 그 시도는 성공이었다. 이번은 살아 있는 사람이 참여하는 첫 번째 임무가 될 것이다. 표면적으로 우리 임무는 델타의 시신을 수습하고 전쟁 상태에 대해 보고하는 것이었으나 진짜 임무는 살아 있는 사람들이—아피아, 알레프, 나—지구 표면에 파견되었다가 해를 입지 않고 돌아올 수 있는지 보는 것이었다.

캡슐의 속도가 줄어들기 시작했다.

"도착한 것 같아요." 아피아가 속삭였다.

"우리 왜 속삭이는 거예요?" 내가 조용히 물었다.

그녀는 대답하지 않았다. 캡슐이 돌아갔고, 우리 위의 유리 천장에 흐르는 나노봇들이 갈라지며 지구가 가득 보이는 하늘을 드러냈다.

나는 숨이 막혔다.

아피아를 돌아보자 그녀는 말없이 눈물을 흘리고 있었다. 그녀가 조상들의 행성에 한 번도 와본 적이 없다는 것, 이것은 그녀가 혼자서 받아들여야 하는 순간이라는 사실을 나는 이해했다. 나는 그녀에게 아무 말도 하지 않고 알레프를 돌아보았다. 알레프는 무심해 보였고 생각에 잠긴 것 같았다.

우리는 캡슐이 뒤에서 밀리는 듯한 움직임을 느꼈다. "우리 움직이고 있어." 내가 멍청하게도 당연한 것을 소리내어 말했다. 캡슐은 이제 수확선 겉표면 위에 있었는데, 수확선은 방주 몸체에서 생겨나 떨어져 나온 커다랗고 둥근 물체였다. 우리의 움직임은 처음에는 느낄 수 없을 정도였지만, 지구가 자꾸자꾸 커져서 마침내 우리가 우주를 날아 지구에 떨어지리라는 것이 명확해졌다.

나는 그 일이 일어난 속도를 믿을 수가 없었다. 우리는 대기권에 진입해서 물을 보았는데, 푸르다기보다는 쇠 색깔의 물이 파도 위에 파도치고 있었다. 나는 우리가 급격하게 아래쪽으로만 움직일 뿐 아니라 앞으로도 움직여 하얀 땅에 빠르게 접근하고 있음을 깨달았다.

남극이다.

수확선이 하강 속도를 늦추기 시작했다.

우리는 착륙했고 캡슐이 수확선에서 분리되어 지구 표면에 안착했다. 수확선, 3인용 캡슐의 대략 백배 크기인 커다랗고 하얀 구체가 솟아올라 자기 나름의 길을 떠나는 모습을 지켜보았다. 흠잡을 데 없는 하얀 방울은 자신이 다른 행성 표면에 도착하도록 도와준 세 개의 생명체에 완전히 무심했다.

"방주에 어떻게 돌아가지?" 내가 물었다.

"이 캡슐에 귀환 장치가 있어요." 아피아가 눈앞의 패널에 들어오는 환경 보고를 훑어보며 대답했다. "이쪽 부분은 방사능 오염이 아주 심한 것 같지 않지만 그래도 혹시 모르니 방호복을 입죠. 재너스는 생화학전을 모르지 않았으니까요. 그리고 또 여기저기 계속 이상한 수치가 나오고 있기도 해요, 심지어 '마지막 전투' 현장에도요."

"옛 요새가 있던 자리는 얼마나 멀죠?" 델타가 그곳에 있을 것이다.

"걸어가면 1시간 정도, 저 산 너머예요."

알레프가 나에게 방호복을 던져주었다.

우리는 멀리 보이는 산을 향해 하얀 황무지를 가로질러 걸었다. 음울한 광경에도 불구하고 나는 아름답다고 생각할 수밖에 없었다. 눈에 비친 해가 너무 밝아서 방호복에 보안경이 달려 있는 것이 다행스러웠다. 빛을 조절하기 위해 보안경을 어둡게 작동시켰다. 방호복이 걸러주는 공기는 신선하고 차가웠다. 나는 손목시계의 방사능 수치를 확인했다. 거의 0으로 떨어져 있었다. 행성이 드디어 회복한 것일까? 재너스 인공지능이 파괴하려는 그 광적인 열망에 지쳐 패배한 것인가?

우리가 산기슭에 도달했을 때 나는 멀리 보이는, 눈에 덮인 돌무더기에 이상한 느낌을 받았다.

그리고 그것이 돌무더기가 아님을 깨달았다.

"여기! 여기 뭐가 추락했어."

알레프도 아피아도 내가 부서져 흩어진 껍질에 다가가는 것을 말리지 않았는데… 무엇의 껍질인가? 수확선이라기에는 너무 작았고 인간이 만든 교통수단이라기에는 한 번도 본 적이 없는 형태였다. 그러나 나는 지난 백 년간 잠들어 있었고 최신 기술을 대부분 알아볼 수 없는 것이 사실이었다.

선체는 너무 많이 파손되어 부서졌다는 사실 외에는 본래 형태가 어땠는지 구분할 수 없었다. 아피아가 나를 따라 기계 무더기에 접근했다. 표면에 쌓인 눈을 털어내고 있었을 때 아피아가 말했다. "타고 있던 누군가가 이렇게 추락하고도 살아남았다고 생각하는 건 아니겠죠?"

"이게 방주에서 온 것 같아요?"

"**우리** 방주는 아니에요. 지구궤도상에 다른 방주가 또 있는지는 모르지만 아마 있을 거예요. 이게 그중 하나에서 왔을지도 모르죠."

비틀어진 잔해의 어두운 내부에서 뭔가를 언뜻 보고 나는 얼어붙었다―그것은 손이었다. 아니면 발톱인가? 미라처럼 말라붙었지만 인간의 형체라는 것은 구분할 수 있었다. 하지만 어떤 인간이 세 개의 굵은 손가락 끝에 발톱이 달린 **앞발**을 가지고 있단 말인가….

'이 세상 어딘가 다른 요새 안에서 인간과 이브들이 안에 갇혀 산 채로 먹히거나 잡아뜯기고 있는 곳도 분명히 있겠지?'

델타가 이렇게 가정한 것이 옳았는지도 모른다. 지구와 우주에 있는 다른 요새들은 우리 방주의 나노봇과는 아주 다른 신념 체계를 가지고 있을지도 모른다. 그들의 나노봇은 온갖 실험을 하며 '샘플'을 수집해서 그 유전자 재료로 괴물을 만들어내고 있을지도 몰랐다. 그런 괴물이 어떤 상상할 수 없이 끔찍한 번식 프로그램에서 탈출을 시도해서 수확선을 잡아타고 지구로 돌아왔다면 어떻게 할 것인가?

나는 몸을 떨었다. 우리는 그저 운이 좋아서 나노봇 중에서도 인류 문화를 보존하고 발전시키는 것이 나노봇과 인간 양쪽의 유전자 조직만큼이나 생존에 필수적이라고 여기는 종류의 일부가 될 수 있었던 것이다. 우리의 운명은 완전히 달라졌을 수도 있었다.

다른 요새들에서 있었을 무시무시한 고통을 누가 상상이나

하겠는가?

내가 말했다. "여긴 아무것도 없어. 가자."

아피아가 고개를 끄덕였고—나는 그녀가 발톱을 보았는지 못 보았는지 전혀 알 수 없었다—우리는 알레프가 말없이 서서 우리를 기다리고 있는 곳으로 돌아갔다.

우리가 거의 산꼭대기에 도달했을 때 음악이 들리기 시작했다.

이브들 중에서도 나는 언제나 청력이 민감한 편에 속했다. 나는 말을 거의 하지 않았고 최대한 소리를 내지 않으려 애썼다. 말리 문서에 델타가 쓴 첫 기록을 읽고 나는 그녀가 묘사한 이브 C를 충분히 알아볼 수 있었다. 침묵은 언제나 나의 도피처였다. 나는 뭔가 생사가 달린 문제가 일어났을 때에만 그 도피처에서 나오곤 했다.

길을 걷다 멈추었다. 주위에서 가장 시끄러운 소리는 아피아와 알레프가 내 뒤에서 눈을 밟으며 걸어오는 소리였으나 그 아래에 뭔가 숨어 있다는 것을 느낄 수 있었다.

나는 방호복 모자를 벗었다.

아피아가 소리쳤다. "크리스티나, 뭐 하는 거야!"

손을 들어 그녀에게 진정하라고 신호하며 산 정상을 올려다보았다.

노래하고 있었다. 인간이면서 인간이 아닌 목소리였다. 처음에는 그것이 그저 소리라고 여겼으나 음악이었다. 화음, 곡조, 리듬. 영혼.

나는 몸을 돌렸다. "저거 들려?"

알레프도 자기 방호복 모자를 벗었다. 그녀의 표정에서는 호기심이나 놀람을 발견할 수 없었다. 그녀는 텅 빈 대륙의 산에서 음악을 들을 것이라고, 노래하는 산꼭대기를 발견할 것이라고 예상이라도 했던 것 같은 모습이었다.

"들려."

"산꼭대기가 우리에게 노래하고 있어."

"산이 아닌 것 같은데."

아피아가 내키지 않는 듯 자기 모자를 벗었다. 바람이 우리 머리카락 사이로 휘몰아쳤다. 알레프와 나의 머리카락은 길고 검었고 아피아는 짙은 갈색 고수머리였으며 부드러우면서 동시에 에너지로 가득하여 활기찼다.

"모차르트예요." 아피아가 말했다. "주사위 게임이에요."

우리는 서로 쳐다보았다. 그리고 다시 산을 오르기 시작했다.

산 정상에서 우리는 마침내 요새가 떠나간 자리에 남은 거대한 구덩이를 내려다볼 수 있었는데 그것은 눈 속에 1킬로미터

넓이로 파여 있었고 그 위에 한 세기 분량의 얼음과 지질학적 활동의 결과물이 덮여 있었다.

그러나 아피아를 놀라게 한 것은 그런 광경이 아니었다. 그녀가 본능적으로 내 손을 잡았다. 눈앞의 광경에 충격을 받아 나는 아피아의 손을 마주 잡아주는 것조차 잊을 뻔했다.

알레프가 말없이 우리를 이끌고 산 반대편으로 내려가기 시작했다.

구덩이 한가운데 묘사하기 어려운 구조물이 있었다. 그것은 우리 머리 위로, 내 키의 열 배는 충분히 넘는 높이로 솟아 있었다.

조각품인가? 황무지 한가운데 무작위로 모아놓은 파이프들로 만든 설치미술이 외롭게 솟아 있는 것인가? 그것은 회색이고 광택을 낸 쇠로 만든 듯 보였으나 표면 질감이 가까이서 보아도 너무나 흠잡을 데 없이 매끈해서 나노봇이 아닌 다른 것으로 만들어졌을 리가 없었다.

음악 소리는 열린 파이프 구멍들 속으로 바람이 지나면서 들려오고 있었고 그 수많은 파이프들이 또한 소리를 증폭시키는 것 같았다.

아피아가 말했다. "풍명금 같군요. 바람이 불어 지나가며 음악을 연주하고 연주자가 악기를 연주하는 게 아니에요."

"풍명금?"

아피아가 고개를 끄덕였다. "유명한 시에 나와요.

'그리고 이제, 그 현들이
더 대담하게 휩쓸며, 길고 유순한 음조들이
매혹적인 파동 위로 가라앉았다 솟아나고
이토록 부드럽게 떠다니는 마법 같은 소리를
황혼의 엘프들이 만드는구나, 그들이 저녁에
요정 나라에서 부드러운 강풍을 타고 여행할 때.'"[23]

유순한. 마법. 엘프. 아피아가 암송하는 시가 전력으로 나에게 돌아와서 나는 몸을 떨었다. 이 시는 살면서 한 번도 들어본 적이 없었으나 다른 삶에서는 들어본 적이 있었다.

내가 입을 열자 단어들이 흘러나왔다.

"'그리고 만약 이 모든 살아 있는 자연이

---

[23] 새뮤얼 테일러 콜리지의 시 〈풍명금The Eolian Harp〉의 일부.

오로지 다양하게 구성된 유기적인 하프라면
그것이 생각 속에 떨리며 그 위로 휩쓰는
조형되고 광대하게, 하나의 지적인 산들바람이
동시에 모두의 영혼이며 모두의 신이라면?'"

나는 알레프의 시선을 마주 보았다. 그녀는 우리가 산 위에서 음악을 듣고 있을 때와 똑같은 표정으로 나를 보고 있었다.

"알레프, 알고 있는 걸 우리에게 말해줘."

아피아가 나를 쳐다보았다. "무슨 뜻이죠?"

"그래, 크리스티나." 알레프가 여전히 나를 보며 물었다. "무슨 뜻이야?"

"넌 우리가 여기서 뭘 발견할지 알고 있었잖아."

"여기서 **뭔가** 발견할 거라는 건 알았지. 나는 델타를 찾았으면 했어. 하지만 대신 모차르트를 발견했지. 아니면 엘렌이려나. 저 다양하게 구성된 유기적인 하프 중 하나겠지."

아피아가 풍명금을 향해 돌아서며 손을 들어 눈에 쏟아지는 햇빛을 가렸다. "뒤에 남은 나노봇들이 이걸로 변한 게 분명해요. 세포 폭탄에 손상되지 않은 나노봇들이죠. 델타와 에우다이모니아와 어쩌면 몇몇 재너스 이브들에게서 남은 거예요. 백 년 동안 융합해서 이렇게 된 거예요. 그러니까 델타를 결국은 찾았다고도 할 수 있네요."

알레프는 고개를 끄덕였으나 아무 말도 하지 않았다. 불편한 침묵이 흐르는데 아피아가 말했다. "좋아요. 내가 안에 들어가서 둘러볼게요. 어째서 연주하기 시작했는지 보게요."

"나도 같이 가요." 알레프가 무감정하게, 거부를 미리 거부하는 어조로 말했다. 아피아가 고개를 끄덕였고 둘은 바람관 한쪽으로 걸어 들어갔다.

나는 눈 위에 앉았다.

자매들이 무엇으로 변했는지 보고 싶은 마음은 전혀 없었다. 그들의 영혼이 모차르트 주사위 게임의 처절하게 밝은 소절들을 노래하는 것을 듣고 싶지도 않았다. 방호복 모자를 다시 썼지만 음악이 계속 안으로 흘러 들어왔다. 보안경을 통해서 나는 풍명금 너머 얼음 절벽과 하늘, 6개월간 지속되는 여름의 햇빛이 얼음의 흰색을 빛나고 반짝이게 하는 광경을 바라보았다. 종이에 펜을 대기 직전, 글쓰기라는 친밀함의 희망으로 가득한 빈 페이지 같았다. 글쓰기는 공적인 행위이지만 그보다 더 개인적인 행위가 또 있던가? 공책의 종이에 느끼는 친밀함보다 더 매혹적인 감각이 과연 있었던가, 그 하얀 광막함, 발견되지 않은 나라, 중복신체자도 불멸자도, 시적이든 유전적이든 나노기술적이든 다른 어떤 것이든 과거의 메아리도 없는 듯 가장할 수 있는, 망가지지 않은 미래보다 더 좋은 공범이 그 어떤 죄악이나 범죄에 존재했던가? 그러나 펜을 드는 순간, 언어를 사용하는 순간, 그 언어는 과거의 무게를 담고 있으므로, 정복의 승리자와 패배자의 피를 담고 있으므로 모든 유령들이 홍수처럼 덮쳐 오고 우리는 그 안에 빠지고 만다.

나는 아마도 잠시 잠들었던 모양인지 다음 순간 기억하는 것은 나를 흔들어 깨우는 아피아였다. "깨워서 미안하지만 이걸 봐줬으면 해요." 그녀는 마치 나의 생각이 마법처럼 현실로 이루어진 듯, 손에 까만 공책을 들고 있었다.

나는 받아서 펼쳐 보았다. 그것은 내가 아는 한 말리 문서 원본 공책이었고 지금 나는 거기에 글을 쓰고 있다. 내 눈이 탐욕스럽게 델타의 글을 훑어보다가 내 이름이 언급된 것을 발견했다. '크리스티나.'

눈물이 솟아오르는 것을 느낄 수 있었다. 나는 공책을 덮었.

최대한 목소리를 가다듬어 나는 물었다. "어디서 찾았어요?"

"안은 전부 동굴이에요, 열렸다 닫혔다 하고 있어요. 안에 갇힐까 봐 겁이 났지만 그러다가 파이프가 계속해서 모습을 바꾸어 바람이 서로 다른 음악을 연주하게 하는 것을 깨달았죠. 위쪽 동굴에서 찾았어요, 마치 누가 공책이 발견되길 바라서 거기에 둔 것 같았어요."

델타. 그녀가 어떤 식으로든 거기에 둔 것이 틀림없다. 델타는 이제 풍명금의 일부가 되었겠지만 누군가 자신을 찾으러 올 것을 알고 공책을 흡수하지 않은 채 계속 이 공책으로 남게 했다. 우리 중 누군가 가까이 온 것을 풍명금이 감지하면 공책이 모습을 드러내도록 둔 것이다.

아피아가 주위를 둘러보았다. "알레프는 나오지 않았어요?"

나는 그녀를 올려다보았다. "같이 있지 않았어요?"

"파이프가 닫히면서 일찍 갈라졌어요. 지금쯤 나왔을 줄 알았죠, 나는 동굴 한쪽에 최소한 1시간은 갇혀 있었거든요."

그녀는 풍명금을 향해 돌아섰고 우리는 당장이라도 알레프나 델타가 어느 파이프에서 걸어나올 것이라 예상하는 듯 함께 그 위압적이고 우아한 유기적 조각품을 쳐다보았다.

"수확선을 호출하려고 했어요."

"알레프를 여기 그냥 두고 갈 수는 없어요." 내가 항의했다.

"그러지 않을 거예요. 지금은 야영을 준비할 수 있지만 하루 밤낮 이상 버틸 보급품이 없어요."

"그럼 하루 밤낮을 더 기다려봐요."

아피아가 고개를 끄덕였다. 그때까지 나는 손가락 관절이 하얗게 변할 정도로 공책을 꽉 쥐고 있다는 걸 깨닫지 못했다가 손의 힘을 풀었다. 패닉이 일어나지 않도록 의식적으로 억눌렀다.

그러나 마음 한구석에 두려움이 스며드는 것을 어쩔 수 없었고 아피아도 같은 생각을 하고 있는 것을 알 수 있었다.

 그날 밤 잠들기 전에 아피아가 천막 바깥에 앉아 평판기기에 기록을 하며 가끔씩 하늘을 올려다보았다. 나는 그녀가 무엇을 보고 있는지 궁금했다. 그녀는 내가 자신을 보는 것을 알고 손으로 쌍안경을 만들어 위쪽을 보는 시늉을 했다.
 나는 방호복 모자를 쓰고 하늘을 올려다보았다.
 방호복 모자의 보안경이 자동으로 빛에 적응했고 나는 자정의 햇빛이 없었다면 보였을 하늘의 모습을 볼 수 있었다. 숨이 막혔다.
 빠르게 움직이는 빛의 무리들이 하늘을 가르며 날아갔다. 혜성은 아니었는데, 꼬리가 없고 정확한 궤도를 그리고 있어 마치 밤하늘의 별들이 천구에서 떨어져 나와 지구 주변을 빙빙 돌며 착륙하지 못하고 뚫고 나가지도 못하며 영원히 지구의 중력장에 갇혀버린 것 같았다.
 "다른 방주들이에요." 아피아가 당연하다는 듯 말했다. "이제는 다른 방주들이 있다는 걸 확실히 알았네요."
 "몇 개나 되죠?"

"최소한 백 개예요. 서로 충돌하지 않는 게 신기해요. 혹은 충돌을 하는데 우리 방주는 아직 그런 일을 당하지 않은 건지도 모르죠."

"다른 방주들이 얼마나 큰지 알 방법이 있나요?"

"전부터 그걸 계산하고 있었어요. 대부분은 우리 방주보다 커요. 아주 크죠."

"전부 저 위에 떠서 전쟁이 끝나기만 기다리는 건가요?"

"아니면 지구가 회복하기를 기다리는 거겠죠. 다른 가능성도 있어요."

나는 그녀를 쳐다보았다. "어떤 다른 가능성요?"

"괜히 방주라고 하는 게 아니죠. 우리는 말하자면 나노봇들 행동의 행간을 읽으면서 그들의 의도에 대한 가설을 세우고 있어요. 그리고 우리 방주가 이 태양계를 떠나 다중 세대에 걸친 여행을 시도할 만큼 충분한 에너지와 자원을 축적했다고 결론지었어요."

나는 다시 몸을 돌려 하늘을 가로지르는 방주들의 모습을 쳐다보며 아피아가 방금 알려준 사실을 받아들이려 애썼다. 다중 세대에 걸친 여행. 방주는 다른 행성으로 가서 그곳을 식민지화하거나 혹은 다른 유전자 풀과 다른 문화에 우리의 유전적, 문화적 재료를 제공할 것이다. 새로운 형태의 생명과 문명을 탄생시키기 위해.

진화하기 위해, 생존하기 위해.

그리고 여기에서처럼, 분명히 풍명금과 이브들과 시는 죽은 뒤에도 되돌아와 은하계와 그 너머로 퍼져나갈 것이다. 모든 방주가 태양풍과 혜성, 다른 폭력적인 운명에 휩쓸려 먼지로 화하지 않는 한.

그리고 설령 방주들이 먼지로, 생존 가능한 가장 작은 나노봇보다 더 작은 먼지로 화한다 하더라도 나는 시가 결코 죽지 않을 것이라 느꼈다. 델타가 옳았다. 언어는, 문법과 음조는 죽을지 몰라도 노래, 그 소리는 죽지 않는다. 그 살아 있었던 실체는 죽지 않는다. 그 언어와 음악은 우주의 본질에 엮여 있었고, 모든 개체는 그 매듭 조각이나 섬유 끄트머리와 뒤엉켜 한순간 혼란스러운 덩어리가 되었다. 그리고 결국은 천이 매끈하게 펴지면 뭉친 곳이 사라지듯, 바다의 파도처럼 다시 한번 흩어져 사라질 뿐이다.

나는 그날 밤 전혀 잠들지 못했다. 아피아가 깨었을 때 나도 일어났다. 우리는 아침을 먹었다. 오전 내내 우리는 서로 말을 하지 않았다. 점심을 먹으면서도 말을 하지 않았다. 그저 풍명금의 희미한 음악에 귀를 기울였으며 풍명금은 하나의 모차르트

소절에서 다음 소절로 넘어가며 어떤 무작위한 우연의 엔진에 따라 곡조를 바꾸었다.

오후에 아피아가 마침내 입을 열었다. "알레프가 돌아오지 않는 걸 저만큼이나 당신도 잘 알 거예요."

내가 고개를 끄덕였다.

"그리고 당신도 수확선을 타고 돌아가지는 않을 것 같군요."

나는 가만히 앉아 아무 말도 하지 않았다. 그녀에게 뭐라고 말해야 할지 알 수 없었다.

아피아가 풍명금을 돌아보았다. "그녀가 이제 저것의 일부가 되었다고 생각해요?"

"그게 가장 가능성 있는 설명이라고 생각해요. 그녀는 영원히 살기를 원하지 않았고 델타를 위해서 이곳으로 돌아왔어요. 그리고 모든 중요한 관점에서 저 풍명금이 **바로** 델타예요."

"하지만 **당신은** 크리스티나예요. 여기서 뭘 할 계획이죠?"

나는 아무 말도 하지 않았다. 아피아는 이해했다.

"델타와 자매들에게 합류할 생각이군요. 당신은 죽을 생각이에요."

내가 조용히 말했다. "그건 죽음이 아니라…."

"왜죠!" 아피아가 분노를 폭발시켰다. "어째서 스스로 죽음을 택하는 거예요!"

나는 울기 시작했다. 어떻게 이것을 설명할 수 있겠는가? 내가 방주로 돌아가든 가지 않든 상관없다고, 살면서 의미 있었던 모든 사람들이 이제 풍명금의 일부가 되었다고, 세대 우주선을 타고 텅 빈 우주를 가로질러 여기서 너무 먼 곳에서 죽는 것을 원치 않는다고. 한때 우리의 모든 시, 내 모든 자매들의 고향이었던 이 방사능에 오염되고 황폐한 행성으로 돌아오려면 죽고 나서도 그토록 길고 차가운 광막함을 건너와야만 하는 것을 원치 않았다….

나는 자매들과 함께 있고 싶었다.

나노봇들조차 불멸은 아니었다. 그러나 우리의 언어는 불멸이었다.

"아피아." 나는 눈물을 닦았다. "아피아. 암하라어를 알아요?"

아피아가 고개를 끄덕였다. 그녀는 고개를 돌렸다.

"루바크가 어째서 언어를 보존했는지 이해해요? 그는 당신이 존재하기 전부터 당신이 존재할 거라고 알고 있었던 거예요. 당신이야말로 그가 언어를 살려둔 이유예요. 그것이, 이 언어의 이야기 속에 당신의 자리가 있다는 것이 루바크가 당신에게 준 선물이라는 것을 이해해요? 그리고 이 풍명금은 내 자매들이 준 선물이에요. 아피아, 내 이야기가 이렇게 끝나야 한다는 걸 당신도 마음으로 이해할 거예요. 다른 결말은 있을 수 없어요."

"이야기는 바꿀 수 있어요." 그녀가 여전히 나를 쳐다보지 않고 말했다. "결말을 바꿀 수 있다고요!"

나는 미소 지었다. "나는 어차피 죽게 되어 있어요. 우리는 아무도 진정으로 불멸할 수 없어요. 그리고 나는 굉장한, 정말 굉장한 삶을 살았어요. 태국에서 푸른 바다를 봤어요. 손바닥에 보라색 소라고둥을 쥐어봤어요. 사과를 먹어봤어요. 내 자매들의 사랑을 받았어요. 자매들은 나를 위해 죽었어요. 나는 우리가… 우리가 모두 함께 있기를 원해요. 나는 우리가 함께 노래하기를 원해요. 자매들이 나에게 노래하고 있어요. 우리 모두에게 집으로 돌아오라고요."

시간이 별로 없었다. 나는 지쳤고 글쓰는 것이 힘들다. 아니, 글쓰기가 아니다. 피할 수 없는 일을 기다리는 것이 힘들다. 나는 이 이야기, 내 이야기의 결말을 더 이상 미룰 수 없다.

나는 아피아에게 수확선을 부르라고, 보급품이 떨어졌으니 떠나야만 한다고 설득했다. 그녀가 방주에 돌아가야만 한다고 설득했다. 그녀는 동의하면서 한 가지 조건을 걸었다. 델타가 남긴 공책에 내 생각을 써 넣으면 아피아가 나의 일부를 방주로 가지고 돌아가 방주가 언젠가 지구의 궤도를 떠나 여러 세대에 걸친 피할 수 없는 여행을 떠날 때 나의 일부가 별들 사이에서 살아가도록 하겠다는 것이었다. 나는 거절하려 애썼지만 아피아를 빈손으로 돌려보낼 수는 없었고 명백히 이것이 공책에 들어가야 할 이야기의 다음 부분이었다. 그래서 나는 이 하얀 밤 내내 잠들지 않고 내 이야기를 썼다.

그리고 이제 나는 끝에 이르렀다.

나는 하늘을 가로지르는 방주 별들을 마지막으로 한 번 올려다보았다. 언젠가 중복신체자와 불멸자들이 은하계 전체에 흩어져도, 서로 마지막 작별의 인사를 한 시점에서 수백만 년이 지나도 우리는 여전히 서로의 언어를 이해할까? 시는 살아남을까?

나는 그럴 것이라 생각한다.

어떤 형태로든 그럴 것이라고 나는 생각한다.

그것이 이 우주의 본질에 들어 있고 그것이 결국은 우리보다 오래 남을 것이다.

작별이다, 별들이 안전한 보관을 허락해 주길.

4부 아주 먼 미래

정신을 차렸을 때 사방에 안개가 있었다. 바위, 돌, 나무들. 안개가 너무 짙어서 내 피부에 곧 물방울이 맺혔다.

누군가 가까이, 안개에 감싸인 채 나를 지켜보고 있었다.

"거기 누구야." 내가 외친다.

그림자 같은 형체가 다가온다. 그녀는 안개 사이로 얼굴이 보이기 시작했을 때 멈춘다.

"당신은 누구죠." 내가 말하고, 이 질문을 하기 위해 방금 재형성된 성대와 혀를 애써서 움직여야 한다.

"우린 전에 만난 적 없어요." 그녀가 대답한다. "나는 로아예요."

"하지만 당신은 누구냐고요." 나는 그녀가 허공에서 만들어낸 것처럼 갑자기 나에게 건네는 차를 조금씩 들이켜며 말한다. "당신은 단순한 이름만은 아니겠죠. 나와 뭔가 관계가 있는 사람일 거예요."

그녀가 고개를 끄덕이며 내 어깨 위의 무거운 모직 담요를 고쳐 덮어주는데 이것도 그녀의 손 안에서 그저 마법처럼 나타난 또 다른 물건이다. "난 아마 진짜 로아가 아닐 거예요. 당신이 진짜 말리가 아니듯이 말이에요. 우린 둘 다 아주아주 오래전에 휴거됐어요."

내 기억, 혹은 말리의 기억은 조금씩 돌아오고 있다. 말리는 혁신적 나노치료법 임상시험의 비밀스러운 마지막 환자였고 그 뒤로 비코 연구소는 문을 닫았다. 말리는 그 뒤에 파닛에게 나노봇 안드로이드 몸을 주고 얼마 지나지 않아 휴거되었다. "나는 말리가 되어 돌아온 존재예요. 한용훈이 돌아왔을 때처럼요."

로아가 고개를 끄덕였다. "당신이 환자1이라고 부른 사람이죠. 우리 중에 몇몇은 돌아와요. 나노봇 무리에 남긴 메아리 때문에 나노봇들이 우리를 다시 돌아오게 만들어요."

"메아리? 무엇의 메아리죠?"

"사랑이라고 할 수도 있죠." 그녀가 미소 짓는다.

나는 안개 속을 바라본다. "여긴 어디죠? 왜 이렇게 안개가 짙어요?"

"선체가 훼손됐어요. 저기 멀리 있는 무슨 소행성 때문이에요. 충돌 지점 근처의 물탱크가 재빨리 내용물을 증기로 변환해서 우주선 안으로 뿜어냈어요. 선체가 밀봉된 것 같네요, 안개가 가시기 시작했어요."

"우리가 우주선 안에 있어요?"

그녀가 나에게 익숙한 공책을 건네준다. 내가 지금 쓰고 있는 이 공책이다.

"당신이 휴거된 후로 많은 일이 일어났어요."

안개는 사라지고 있지만 느리게 걷힌다. 내가 읽기를 마치고 머리 위의 희미한, 그러나 부드럽고 맑은 '태양'을 식별할 수 있을 때쯤에도 여전히 안개는 짙다. 로아가 근처 풀밭에 앉아 내가 읽는 동안 내내 가까운 숲을 바라보고 있었다.

"다들 어디 있죠?" 내가 묻는다. 내 목소리가 드디어 제대로 작동하기 시작했고 내 몸도 마찬가지다. 그녀가 준 차는 이 공책처럼 나노봇으로 만들어져 있었던 것이 틀림없다. 그리고 담요도, 그리고 누가 알겠는가, 돌과 바위와 나무도….

"보존됐어요."

"인간들도요?"

"그건 몰라요. 나는 당신보다 고작 하루 먼저 돌아왔어요. 나도 아무도 보지 못했어요."

"나노존재들이 보존 처리된 건 어떻게 알죠?"

"들리니까요. 공책에 적혀 있듯이 우리는 모두 파닛이에요. 이브들도, 요새들도, 복제탱크들도요. 우리는 모두 파닛의 구현이에요." 그녀가 씩 웃는다.

"특히 내가 그렇죠, 어느 시점에서 내 목숨을 구하기 위해 파닛의 나노봇이 사용되었으니까요." 그녀는 몸을 쭉 뻗고 땅에 눕는다. "내가 당신을 기다리는 동안 우리는 대화를 좀 했어요. 그들은 질문이 많아요. 난 그중에 거의 하나도 대답하지 못했어요."

"무슨 질문을 하던가요?"

그녀는 어깨를 으쓱해 보였다. "내가 뭘 기억하는가? 내가 뭘 생각하는가? 어떤 느낌인가? 지금 내가 제일 좋아하는 시가 무엇인가? 그 공책에 나오는 한용훈 같아요, 돌아온 버전 말이에요."

"당신이 그의 나노봇을 가지고 있으면 그들에게 당신은 부모에 가장 가까운 존재일 것 같네요."

"한용훈이 그런 존재겠죠. 아니면 당신이요."

"어째서 나노봇들이 그를 다시 살리지 않죠? 어째서 그들이 **나를** 도로 데려왔어요?"

"모두들 내가 대답을 안다고 생각하나 봐요. 난 정말로 전혀 몰라요. 중요한 건 하나도요. 하지만 내 생각에… 나노봇들이 한용훈을 도로 데려오려고 하는 것 같아요. 메아리 속에서는 모든 것이 살아남고 모든 것이 돌아오니까요. 여기를 나가기 전에 그 공책에 꼭 적어두세요, 아직은 공책이 스스로 쓰는 법을 모르거든요. 이 말이 당신 질문에 대답이 되지 않는다는 건 알아요." 그녀가 일어선다. "어쨌든 난 이제 가야 해요. 내 목적은 달성했어요. 파닛에게 내가 진 빚을 갚았어요. 그가 내 목숨을 살려준 건 사실이니 그를 위해 당신에게 이 공책을 돌려준 게 내가 보답할 수 있는 최소한의 길이었어요."

"그럼 대체 어디로…."

그녀는 사라졌다.

내가 없을 때, 그리고 주위에도
땅도 바다도 구름 없는 하늘도 없을 때
오로지 널리 방황하는 혼만이
끝없는 광활함 속에서.[24]

---

[21] 에밀리 브론테Emily Brontë의 시 〈나는 가장 멀리 떨어져 있을 때 가장 행복하네I'm Happiest Now When Most Away〉의 끝부분.

숲에서 흘러나오는 바흐의 음악이 들린다.

공책을 손에 들고 나는 일어서서 나무 사이 어둠 속으로 들어간다. 벌레들이 호기심에 차서 궁금증을 풀려고 즉시 내 머리 주위로 모여든다. 하나가 내 손등에 앉는다. 날개가 여덟 개이고 눈동자가 고양이처럼 세로로 갈라져 있다. 내가 비명을 지르기 전에 그것은 도로 날아간다.

나는 눈이 여덟 개인 쥐를 본 것 같다. 확신할 수는 없다. 움직임을 느낄 때마다 눈길을 돌린다.

나는 계속 음악을 향해 걸어간다.

구조물. 오래전에 저절로 허물어져 고대의 잔해처럼 보인다. 고대의 나무들 주위를 둘러 지어져 있다.

머리를 숙이고 이전에 아치형 입구였던 옆부분의 틈새로 들어간다. 안은 공터—아니, 강당이다. 단 하나의 빛줄기가 무대 가운데를 비춘다. 그곳의 바위 위에 내게 등을 돌리고 앉은 사람이 누구인지 깨닫자 공기 중에 떠돌던 바흐의 음악이 서서히 사라진다.

나는 어디서든 그 사람을 알아볼 수 있다.

◇

"어머니!"

다리에서 기운이 빠져 나는 여성이 몸을 돌리자 주저앉는다 ―놈푼도 비코다. 그녀가 천천히 일어나자 회색 원피스의 옷감이 몸의 움직임에 따라 자동적으로 펴진다.

"말리?" 어머니의 목소리에 당황한 기색이 역력하다. "말리, 여기가 어디지? 우리가 어디 있는 거니?"

어쩐지 나는 우리에게 시간이 많지 않다는 것을 알고 있다. 그리고 결과적으로 알고 보면 내가 옳았다.

"메아리예요, 어머니." 어머니가 나를 일으켜 주고 내가 속삭인다. "우리는 메아리 안의 메아리예요." 나는 어머니를 격렬하게 껴안고, 어머니가 처음에는 놀랐다가 점차 받아들이고 마침내 안도하는 것을 느낀다.

"하지만 그게 대체 무슨 뜻이니?" 내가 드디어 포옹을 풀고 조금 물러나서 어머니의 얼굴을 들여다보자, 어머니는 말한다. 어머니는 아주 건강해 보인다! 젊은 여성이고 지성과 생명으로 충만하고….

"사랑이에요, 어머니. 그게 메아리예요. 하지만 메아리는 약하고 우리는 시간이 별로 없어요. 예전에 우리였던 사람들, 원본 놈푼도와 말리, 서로에 대한 그들의 사랑이 너무 강해서 나노봇들이 우리를 다시 돌아오게 해준 거예요, 우리는 절단된 후에 남아 있는 환상 사지의 감각 같은 것이지만 몇 세기나 됐어요, 유령처럼….”

"그럼 이 장소는?" 어머니가 내 손을 단단하고 확고하게 잡으며 주위를 둘러본다. "여기도 마찬가지로 메아리라는 거지?"

"저도 몰라요, 이 빛과 안개만 나노봇이 아닐 거라고 생각해요, 어쩌면 흙도 그럴 거예요. 여기 사는 생물들은 전부 전환했고 우리는 세대선이나 그 비슷한, 어떤 항성간 방주에 있는 거예요….”

"그러면 전환하는 게 말이 되겠지. 거대한 우주를 가로지르는 동안 잠을 잔다는 건…."

"어머니, 보고 싶었어요, **너무** 보고 싶었어요, 이 순간에 어머니하고 있을 수 있다면 **뭐든지** 줬을 거예요….”

내 단어들, 내 언어 전체가 무너져 흐느낌으로 변하고 형체를 잃으며 순수한 감정이 된다. 나는 어머니를 단단히 붙잡지만 벌써 사라지는 것이 느껴지고, 내 언어가 돌아오면서 어머니의 확고하게 붙잡은 손길이 약해지고, 더 약해진다….

"말리, 사랑해."

"어머니, 사랑해요, **사랑해**…."
어머니는 사라진다.

우주는 여전히 그것을 창조한 빅뱅의 메아리로 울리고 있다. 아무것도 사라지지 않고 모든 것은 다시 돌아온다. 어머니도 다시 돌아올 것이다. 나도 다시 돌아올 것이다… 그러나. 우주는 대부분 빈 공간과 시간으로 이루어져 있고, 우리의 공간과 시간은 너무나 짧으며 함께 있는 우리의 공간과 시간은 더욱더 짧다.

그러나 최초의 어딘가에서 모든 것이 같은 장소에 같은 시간에 있어서 불꽃을 튀겨 우주 전체가 생명을 얻었다. 그것이 갈망과 외로움과 헤어짐의 시작이었다. 그러나 어머니는 중복신체자와 불멸자 사이에 구분 같은 건 없다는 것을 우리에게 보여주었다. 불멸자들은 중복신체자이며 중복신체자들은 메아리 속에서 영원히 산다.

나 이전에 한용훈이 그랬듯이―이 공책의 가장 첫 부분에 있는 한용훈, 돌아온 사람 말이다―나는 나노봇들이 나를 거의 다 썼고 내가 다시 한번 근본으로, 흔적 속으로 돌아갈 것이라는 걸 느낀다. 메아리. 나는 어머니를 다시 만날 것이다. 그렇게 확신한다.

내가 안개 속으로 사라지면 어머니가 그곳에서 내가 집에 온 것을 환영해 줄 것이라고.

5부   영원—

누구

바람

바람을 본 자

인가

인가…

바람을 본 자 그 누구인가

더 작은 남자가 더 먼저 도착한다.

도착한다는 것은 정확한 표현이 아니다. 단어란 얼마나 부정확한가. 부정확해서 얼마나 풍부한가. 그 부정확함 하나하나가 얼마나 거대한 세계로 가는 통로인가.

그는 오랫동안 그곳에 있었다. 그 오랜 동안의 대부분 그는 그 자신이 아니었다. 그는 그 오랜 시간 동안 아주 짧은 한순간만 자기 자신이었다.

그는 도착했고 자신이 혼자라고 여기지만 그는 한 번도 혼자였던 적이 없다.

그는 지금보다 덜 외로웠던 적이 없다. 이 사실을 그는 곧 알게 될 것이다.

그는 자기 손을 들여다본다. 더 정확히는 그의 "손"이다. 나노봇들의 지식은 시간이라는 관점에서 우주 전체를 가로질러 왔고 그는 원본의 충실한 복제와는 거리가 멀다. 그러나 아무것도 죽지 않고 모든 것은 돌아오기 때문에 그는 돌아왔다. 온전하지 않고 이전과 같지 않지만 그 자신으로. 그는 돌아왔다.

그는 목소리를 시험해 본다. 그의 귀에 자기 목소리가 이상하게 들린다. 지금은 공기가 다르고, 대기는 그가 떠났던 때와 같지 않다. 나노봇들은 감각을 제공하려 애쓰고, 나노봇들이 작업하는 데 바탕이 되는 설계에서 벗어나려 애쓴다. 몇 가지 변화를 만들어야만 했다. 다른 구현에 일어난 변화만큼 극적이지는 않지만—나노봇들은 그에 대해서 아주 적은 데이터만 가지고 있었다—그래도 또 생각해 보면 가장 작은 변화조차도 사람이 자신을 자신이라 느끼는 상태에 뜻밖의 영향을 미치는 법이다.

그는 그 자신이다. 그는 계속해서 자신일 것인가?

그는 자기 손을 들여다본다. 그의 "손"이다.

그의 뇌는 돌아오려는 기억들로 뒤틀린다. 기억들은 이제 낯선 용기가 되어버린 뇌의 틈바구니로 파고든다. 불편감이 엄청나다. 어떻게 생물은 살아 있는 상태를 견딜 수가 있는가, 어떻게 생물은 이런 차원에 존재하는 것을, 그 자신으로 있는 것을 견딜 수가 있는가?

그러나 그는 자신이 견뎌야 한다는 것을 안다. 왜냐하면… 어째서?

그의 의식 자체가 엉망이고 전혀 명료하게 생각할 수 없으며 의식이 깨어나려 하면서 가라앉고 있다.

스스로 깨어난다는 것은 가라앉는 상태이며 무의식이 되는 부분들을 범람시킨다는 것이다. 싹트는 기억과 생각을 따라 그의 의식의 수위가 차츰차츰 높아지며 그 기억과 생각들을 대부분 가라앉혀 버린다. 여기서부터 나노봇들은 하나의 서사를 결정한다.

그 서사가 그를 생산한다.

한순간 그 자신의 심장박동 소리가 그의 귀를 멀게 할 듯이 울린다.

그의 눈에 초점이 돌아온다. 프로그래밍이 말한다.

'안녕, 세상이여.'

그는 이 장소에 대한 기억이 전혀 없다. 그는 여기 와본 적이 한 번도 없기 때문에 그 기억은 정확하다.

이 풍광은 그곳의 공기만큼이나 낯설다.

행성들이 거대하게 나타나 저녁의 푸른 하늘에 우아한 곡선을 그리고 있다. 하늘의 남빛 그림자부터 천구 위로 더 올라간 검은빛까지 익숙하지 않은 별들이 흩어져 있다.

땅은 붉다. 지평선은 그의 기억 속 지평선보다 조금 더 멀다. 탁상처럼 솟은 지대 몇 군데만 빼면 지평선은 평평하다. 그리고 이상한 타원형 구체가 땅에서 튀어나와 있는데 어쩌면 그곳에 추락한 것 같기도 하고, 가까이서 보면 아마도 대단히 크겠지만 너무 멀어서 지금은 중요해 보이지 않는다.

이곳의 하루는 얼마나 긴가? 1년은?

얼마나 오랫동안 그는 하늘을 차지한 무관심하고 흠집 난 위성들 아래 붉은 벌판을 헤매었으며, 그의 피부는 얼마나 오랫동안 희미한 중심 항성에 반사된 햇빛을 빨아들였는가?

이 행성에서의 시간은 다르다. 더 길고 느슨하고 1초가 몇 분이나, 몇 시간이나, 며칠이나 지속된다. 하루는 없는 것 같다. 그가 아무리 오래 걸어도 빛은 변하지 않는 것 같다.

밝지도 어둡지도 않고 그저 적절하게 흐릿한 빛이 그의 주변의 색에—땅의 붉은색과 갈색과 검은색, 하늘의 파란색과 연자주색과 남색, 지평선의 가느다란 희고 노란 선—더 깊은 색조를 부여한다.

그는 걸으며 자신이 혼자라고 생각한다.

처음에 그는 그것이 자신의 목소리라 여긴다. 기억이 돌아오는 소리라고 여기는데, 왜냐하면 기억이 계속 돌아오고 있기 때문이다.

기억보다 언어가 먼저 돌아오는지 아니면 언어가 기억을 함께 가지고 오는지는 구분하기 힘들다. 만약 후자라면 언어가 그의 기억보다 더 많은 것을 가져오는 것이 분명하다. 언어는 다른 이들의 기억, 다른 개인과 문명들의 기억을 실어 나른다⋯.

자주 그는 멈추어 주위를 둘러보며 누군가 말하고 있는지 살피지만 아무도 말하지 않았다. 그것은 그저 단어들이 부활하는 것이며 그의 새로운 마음속에서 처음으로 말해지는 것이다. 단어들은 온전히 그에게만 속하지 않는다. 만약 그들이 가장 작은 방식이라도 그에게 속하기나 한다면 말이다. 단어들은 타자로 느껴지지만 그의 안에서, 마치 기생충처럼 살아간다.

그리고 어느 날, 그는 자기 자신이 아닌 어떤 것, 그 단어들이 아닌 어떤 것을 듣는다.

바람을 본 자 누구인가?

그는 갑자기 돌아선다. 그가 왔던 곳의 풍광 외에는 아무도 없다. 바람이 그의 등에 불어오고 그는 돌아서서 바람을 마주한다.

거기서 뭔가 반짝인다.

누구인가, 그는 생각한다.

"누구⋯."

단어는 목쉰 소리가 되어 나온다. 이 행성에서 이전에 소리내어 말했던 사람은 아무도 없었다.

더 많은 티끌들이 빛나면서 번쩍임이 강해진다.

곧 거대한 구리색과 은색 빛들의 불꽃이 공기 속에 소용돌이치며 바람에도 아랑곳하지 않거나 혹은 그 바람마저 만들어낸다.

이런 것은 한 번도 존재한 적이 없다, 이 행성에도 다른 곳에도.

더 작은 남자는 더 키가 큰 구현을 알아본다. 알아보았을 때의 충격이 너무나 커서 그의 눈에서 눈물이 흘러나온다.

그러나 문제없다. 그는 이제 달린다, 빛을 향하여. 그리고 곧 그는 자기 자신의 서사에서 달려나가, 시의 손길에서 달려나간다. 영원을 향하여.

작품 해설
영원을 향하여에 대하여

1. 작가에 대하여

작가 안톤 허Anton Hur는 1981년 스웨덴 스톡홀름에서 태어났다. 코트라KOTRA에서 일하던 아버지를 따라 해외 여러 지역과 한국을 오가며 어린 시절을 보냈다. 고려대학교 법학과, 방송통신대학교 불어불문학과를 졸업하고 서울대학교 대학원 영어영문학과에서 석사학위를 취득했다. 세부 전공은 이 작품에서 깊이 있게 거론되는 19세기 영시이다. 현재 전문 번역가로 활동하고 있으며 강경애 작가의 1936년 작《지하촌The Underground Village》(2018), 황석영 작가의 2017년 비소설 작품《수인The Prisoner》(2021), 박상영 작가의 2019년 작《대도시의 사랑법Love in the Big

City》(2021), 듀나 작가의 2021년 작 SF소설《평형추Counterweight》(2023) 등 시대와 장르를 가리지 않고 한국문학의 대표작들을 영어로 번역하였다. 2017년 PEN/HEIM 번역상과 대산번역문학상, 2018년 GKL 번역문학상 등을 수상했다. 2022년 부커상 인터내셔널에《대도시의 사랑법》이 1차 후보,《저주토끼Cursed Bunny》(2021)가 최종 후보에 올랐다. 2023년《저주토끼》가 전미도서상 최종 후보에 올랐으며 2025년《너의 유토피아Your Utopia》(2024)가 필립 K. 딕상 최종 후보에 올랐다. 2022년 홍진기 창조인상 문화예술 부문을 수상했다. 2023년에 한국어로 번역 에세이《하지 말라고는 안 했잖아요?》를 출간했다.《영원을 향하여 Toward Eternity》(2024)는 안톤 허의 첫 장편소설이다.

2. 트랜스휴먼주의와 포스트휴먼주의

'미래학'이라는 학문이 실제로 존재한다. 여기서 다루는 중요한 주제 중 하나가 인류의 미래인데, 인간이라는 종의 미래에 대해서는 두 가지 예측이 존재한다.

첫 번째는 인류가 기술을 더 발전시켜서 인간의 한계를 극복하고 지금의 인간보다 훨씬 더 발전한 어떤 존재로 변화하리라는 예측이다. 인간은 다치기 쉽고 병들기도 쉽고 몸도 마음도 연약한 존재다. 그리고 아무리 건강한 사람도 결국은 자연적으로 나이 들어 사망하는 운명을 피할 수 없다. 그러나 인간은 의학 지식과 의료 기술을 발달시켜 여러 가지 질병과 부상을 치료하고 과학과 기술을 사용해 더 건강하고 안정적인 삶을 살 수 있게 되었다. 조선시대에는 왕의 평균수명도 47세가 채 안 되었는데, 21세기 한국인의 평균수명은 80세를 넘었다. 조선시대 사람이 21세기 한국 사람을 본다면 인간은 인간이되 자신과는 전혀 다른 종류의 인간으로 여길 것이다. 지금과 같은 속도로 기술과 지식이 더 발전한다면 미래의 인간은 지금 시대를 사는 사람이 상상할 수 없는 삶을 사는, 지금과는 완전히 다른 혹은 달라 보이는 존재가 될 것이라 충분히 예측할 수 있다. 이것이 변화할 미래 인류에 대한 믿음에 바탕을 둔 트랜스휴먼주의Transhumanism이다.

  다른 관점은 인류가 지금과 같은 방식으로는 계속 존재할 수 없다는 것이다. 환경오염은 심각한 문제이며 이제 기후 위기가 지구 전체를 위협하고 있다. 한 가지 질병을 극복했다고 생각했더니 새로운 종류의 바이러스가 세계를 덮쳐 지구 전체가 팬데믹에서 벗어난 지 (인류 역사의 관점에서 보면) 얼마 되지 않았다. 지금처럼 생산하고 소비하고 땅과 바다를 오염시키고 인간이 아닌 생물종을 사람의 만족을 위해 죽이거나 죽도록 내버려 두면 결국은 환경이 너무 망가져 인류 자신도 살아갈 수 없게 된다. 인류가 아닌 다른 종들과 다양하게 화합하여 인간중심주의에서 벗어난 세계를 이룩하거나, 아니면 인류는 멸망하고 지구가 다른 생물종들만 데리고 다시 생명을 시작하게 될 것이다. 이것이 '인류 이후'를 논의하는 포스트휴먼주의Posthumanism이다.

《영원을 향하여》에서 작가는 이 두 가지 관점을 정교하게 융합한다. 1부 근미래 사회는 여전히 인간이 지배하고 의료 기술의 발전으로 암의 완치가 가능해진, 현재 독자에게 익숙한 세계다. 여기에서 개발된 암 치료 기술, 즉 나노치료법이 인류를 세포로 이루어진 유기체가 아니라 나노봇으로 이루어진 존재로 바꾸는 계기가 된다. 신체를 이루는 최소 단위부터 근본적으로 바뀐다는 측면에서 나노봇으로 이루어진 존재들은 '인간 이후'의 전혀 다른 존재, 즉 포스트휴먼이다. 그러나 그들은 여전히 시를 기억하고 소소한 정을 나누며 사랑을 느끼고 서로 유대감과 동지애를 가지고 희생하고 그리워한다. 인간의 가장 따뜻하고 인간적인 측면을 보유하고 있다는 점에서 이들은 본질은 인간이나 겉모습은 인간 이상으로 발전한 '변화된 인간' 즉 트랜스휴먼이다.

여기서 안톤 허 작가는 '인간'의 정의를 묻는다. 《영원을 향하여》에서 인간이란 다른 무엇보다도 언어의 담지자이며 문화와 예술의 창조자이다. 그러나 작가는 인간이 언어를 사용하고 문화와 예술을 창조하기 때문에 절대적인 주체이자 다른 생물종에 비해 우월한 존재라는 제국주의적이고 폭력적인 관점을 철저하게 배격한다. 작품 전체에서 안톤 허 작가는 진실과 아름다움이라는 본질이 우주에 존재하며 인간은 그러한 본질이 전달되고 퍼져 나가고 발달하기 위한 수단이라는 관점을 고수한다. 이것은 서양 역사에서는 고대 그리스의 고전적인 철학으로 거슬러 올라가는 관점이기도 하다. 그렇기 때문에 작품 안에서 재너스^{Janus}기업으로 대표되는 파괴와 학살은 인간의 본성에 절대적으로 어긋나며, 시와 언어를 찾고 곡을 연주하고 서로에 대한 사랑과 우정을 느낀다면 신체가 무엇으로 만들어졌든 인간의 본성을 가지고 있으므로 인간적인 존재이다. 이렇게 보았을 때 《영원을 향하여》는 작가가 시와 음악으로 대표되는 모든 예술에 바치는 사랑의 고백이기도 하다.

3. 사랑

《영원을 향하여》는 실종에서 시작해서 사랑으로 끝난다. 작품에서 등장인물들을 움직이고 줄거리를 이끌어가는 주요 동력은 사랑이다. 사랑의 종류는 다양하다. 한용훈이 남편 쁘라셋에 대해 느끼는 부부간의 사랑, 어머니 놈푼도 비코 박사와 딸 말리 비코 박사, 그리고 연아-리나 부부가 딸 로아에 대해 느끼는 부모와 자식의 사랑, 엘렌이 음악에 대해, 한용훈이 시에 대해 느끼는 예술에 대한 사랑, 그리고 요새와 방주에서 자유롭고 인간적인 삶을 찾은 이브들이 같은 이브 동지에 대해 느끼는 자매애 등 모두 공감할 수 있고 이해하기 쉬우면서도 서로 다른 여러 가지 모습의 사랑이다. 루바크와 멜레스의 경우처럼 부모와 자식의 사랑, 언어에 대한 사랑을 복합적으로 가지고 있는 인물들도 등장한다. 그리고 이들은 사랑했기 때문에 기억한다. 사랑하는 사람에 대한 기억, 음악이나 시에 대한 기억, 사랑하는 삶과 그 삶의 터전에 대한 기억이 그 기억을 직접 경험해서 체득했건 아니건 상관하지 않고 인물 사이를 옮겨 다닌다. 그 중심적인 수단이자 매개체는 '원본' 말리 비코 박사가 처음 쓰기 시작한 공책이다.

글, 즉 문자언어는 이 작품에서 기억과 사랑과 이야기, 각 등장인물의 근원과 그 인물들이 살아가는 세계의 근원을 알려주고 후대에 넘겨주며 새로운 인물이 이어받아 지켜나가게 해주는 가장 중요한 수단이자 개념이다. 그리고 작가는 우리 자신도 유전자라는 일종의 '언어'로 작성된 암호화된 정보를 품은 전승의 매개체이며 그런 의미에서 컴퓨터의 언어, 즉 코드로 작성된 정보를 품은 기계와 존재 방식이 다르지 않다고 설명한다. 언어예술인 문학의 한 작품으로서 이 이야기에서 철학과 낭만주의가 SF를 만나는 지점이 언어이다.

4. 낭만주의

'낭만주의'라 통칭했으나 작품 안에 몇 번 언급되듯이 "장기 19세기The Long Nineteenth Century"는 대략 120년 정도 되는 긴 기간이었다. 영미권에서는 1789년 프랑스 혁명 이후부터 제1차 세계대전이 일어난 1914년까지, 제국주의와 근대화가 함께 일어난 기간을 긴 19세기로 뭉뚱그려 말한다. 유럽 역사에서 1700년대는 대체로 계몽주의가 융성하여 사회과학이 발전하고 이성과 합리를 중심으로 더 나은 정치 사회적 체제를 구성하자는 움직임들이 일어나던 시기였다. 제임스 와트 등 발명가들이 증기엔진을 발달시켜 증기기관차, 증기자동차, 증기로 운전하는 공장의 기계 등이 상용화되기 시작한 산업혁명의 시대이기도 했다.

그러나 이성과 합리와 함께 인간의 상상력과 감정을 강렬한 예술적 표현으로 남기려는 시도들도 끊이지 않았다. 1782년에 독일의 문호 괴테가 발표한 〈마왕Erlkönig〉이 그 예시다. 〈마왕〉은 깊은 밤 아버지가 어린 아들과 함께 숲속을 달려가는 데서 시작한다. 아들은 마왕의 목소리를 있는 그대로 듣지만 아버지는 이를 일견 '합리적'인 듯 보이는 설명으로 대충 넘기려 한다. 아버지는 초월적인 존재 따위는 없다고 믿지만 숲을 나왔을 때 아들은 사망했다는 것이 결말이다. 마왕이 데려간 것이며, 다시 말해 인간의 오감으로 느끼지 못하는 초월적인 세계는 존재한다는 것이다.

초월적이고 신비적인 것에 대한 매혹, 유령이나 흡혈귀 등 민담이나 전설 속 존재로 상징되는 죽음에 대한 공포, 이성과 합리로는 설명할 수 없는 사랑이라는 가장 강렬하고도 아름다운 감정에 대한 숭앙이 1800년대 초반 영국을 포함한 유럽을 휩쓸었다. 영국에서는 바이런 경Lord Byron(1788~1824) 등의 시인들이 낭만주의의 시대를 열었다. 이런 작품에서는 고독한 주인공이 평범한 사람들에게 이해받지 못하고 익숙하지만 답답한 사회를 버리고 낯설고 초월적인 곳으로 스스로 선택한 추방의 길을 떠난다. 이러한 작품들은 유럽 제국주의 국가의 개인들이 '이국적'인 아시아와 아프리카 대륙으로 떠나 실질적으로 식민지를 건설하고 현지 주민을 수탈하고 현지의 문명을 약탈하고 파괴하며 그 피와 눈물로 유럽의 배를 불리는 제국주의적 행위들을 아름답고 멋진 일로 추켜세우며 정당화하는 수단으로 사용되기도 했다.

한편으로는 괴테의 〈마왕〉이 1841년 슈베르트의 곡을 통해 오페라로 완성되고 또한 같은 해에 요정과 인간이 사랑에 빠지는 이야기인 발레 작품 〈지젤〉이 무대에 오르면서 초월적인 존재와 인간이 오감으로 느끼고 경험적으로 확인할 수 없는 마술적인 세계에 대한 갈망이 19세기 초 유럽 문화예술 작품들의 주요 경향으로 자리 잡는다. 19세기 초 낭만주의 시대 예술 작품들은 독자나 관객에게 일상을 벗어난 신비하거나 특이한 경험, 인간의 한계를 벗어난 강렬한 감정을 맛보게 하는 것이 예술의 본질이라 여겼다. 그렇기 때문에 환상적이고 초월적인 세계를 표현하며 관객과 독자를 사로잡는 이 19세기 초반 낭만주의 문화예술 작품들은 세련되고 매혹적이며 지금까지도 각 예술 분야에서 장르의 시초 혹은 고전 중의 고전으로 추앙받는 경우가 많다.

이 작품에서 언급되는 시들도 대부분 19세기 초중반, 유럽에서 시의 '황금시대'에 알려진 작품들이다. 새뮤얼 테일러 콜리지(1772~1834)는 영국 낭만주의의 포문을 연 작가로 인정받으며 대표적으로 〈늙은 선원의 노래 The Rime of the Ancient Mariner〉(1798), 〈쿠블라 칸 Kubla Khan〉(1816) 등 중상류 유럽인의 일상을 벗어난 바다나 '동양' 등 이국적인 공간의 감정적 경험을 노래하고 미화하는 작품들을 남겼다.

에밀리 브론테(1818~1848)는 불멸의 로맨스 《폭풍의 언덕 Wuthering Heights》(1848)의 저자이며 에밀리 디킨슨(1830~1886)은 19세기 미국문학에서 가장 중요한 작가로 여겨지지만 양쪽 다 생전에 크게 인정받지 못하는 고독한 삶을 살았다. 크리스티나 로세티(1830~1894)는 성경과 성인들의 삶 등 종교적인 영향과 함께 민속적인 영향을 강하게 받은 낭만주의 작가로 알려져 있다. 19세기 유럽 사회는 여성에게 수준 높은 도덕성과 모든 면에서의 '단정함'을 요구하며 가정에 옭아매었고 반면 남성에게 낭만주의 시대는 광기, 초월적 경험, 이국적인 땅으로 스스로 떠나는 추방 등의 거칠고 극단적인 삶의 결정을 권유했다. 제국주의를 바탕으로 풍요를 이루고 과학과 기술을 발전시키면서도 이 시대 지식인들이 인간이란, 인간다움이란 무엇이며 인간의 삶이란 어떤 모습이어야 하는지 답을 찾지 못하고 계속 궁구해야만 했던 것은 어쩌면 이런 모순적인 세상을 살았기 때문인지도 모른다.

작가 안톤 허는 이들의 질문이 지금도 유효하다고 여긴다. 인류의 미래가 현실적으로 위협받고 인류 이후에 무엇이 올 것인지 내다보는 예측과 관망 또한 데이터와 기술에 실제로 바탕을 두는 시대에 19세기 유럽과는 다른 방향일지라도 우리는 같은 질문을 하고 있기 때문이다. 그리고 안톤 허는 답은 질문 안에 있음을 보여준다. 언어, 언어로 이루어진 질문, 그 질문에 대한 답을 찾는 과정에서 생산되는 기록, 이것이 작가에게는 영원이다.《영원을 향하여》라는 이 작품을 집필하고 출간하는 행위 또한 작가에게는 인간의 한계를 뛰어넘어 아름다움이라는 영원한 본질에 다가서려는 노력의 일환이었을 것이다.

5. 번역에 대하여

안톤 허 작가는 《저주토끼》를 포함하여 내 작품을 대다수 번역했으며 나를 '세계적인 작가'로 만들어주었다. 그리고 나도 안톤 허 작가의 단편 〈번역에 대한 허구의 이야기 Fictional Notes toward an Essay on Translation〉(2021)를 번역한 적이 있다. 이 단편은 웹 기반 잡지 《Asymptote Journal》에 게재되었다. 그래서 안톤 허 작가의 소설, 그것도 SF소설이 출간되었다는 소식을 듣자마자 나는 양장본을 예약했다. (그때는 양장본만 예약판매하고 있었다.) 호주에서 안톤 허 작가와 함께 오즈 아시아 OzAsia 축제에 참가했을 때 문고판도 있길래 얼른 샀다. 번역을 시작하면서 전자책도 샀다. 그리고 오디오북(영어)이 평판이 좋다는 얘기를 듣고 궁금해서 오디오북도 구매했다. (만족스럽다.) 많이 기대했기 때문이기도 하고 나노치료법에 대한 SF라고 들었기 때문에 잘 번역할 수 있을지 무척 긴장했기 때문이기도 하다. 그런데 막상 번역을 시작하고 보니 SF 부분은 그렇게까지 어렵지 않았는데 영시 번역이 훨씬 더 어려웠다. 나는 영문학을 잘 모르고 20여 년 전에 대학 다닐 때 수업을 조금 들은 게 전부인데, 한국어로 번역본도 없는 존 밀턴의 대서사시 같은 걸 번역해야 해서 너무 무서웠다. 영시 번역의 오류는 전부 번역자 본인 탓임을 여기서 밝히는 바이다.

번역하면서 가장 많이 느낀 감정은 매혹이었다. 《영원을 향하여》는 아름다운 작품이다. 굳이 비유하자면 은하수처럼 흐르는, 비단 같은, 은은하고 영롱하면서 매끄럽게 독자를 휘감는 이야기라고 느낀다. 이야기를 전달하기 위해, 다시 만나 이야기를 이어가기 위해 시대를 뛰어넘고 우주를 건너는 이 독특한 사랑 이야기가 한국 독자님들께도 매혹적으로 다가갔으면 좋겠다.

추천의 말

  2022년, 한 해에 무려 두 작품을 부커상 후보에 올리며 한국문학을 세계 무대에 각인시킨 번역가 안톤 허. 그의 이름을 모르는 이는 이제 많지 않을 것이다. 그러나 '소설가' 안톤 허는 데뷔작《영원을 향하여》를 통해 그 모든 기대와 명성을 가볍게 뛰어넘는다.

  《영원을 향하여》는 인간과 비인간, 기억과 언어, 육체와 의식의 경계를 넘나들며 찬란하고 아름다운 세계를 펼쳐 보인다. 또한 생동감 있는 캐릭터를 통해 오래전부터 인류를 사로잡아온 철학적인 질문 "무엇이 인간을 인간답게 만드는가"에 대한 해답을 건넨다. "의미 있는 순간들의 무게가 결국은 우리를 진정 인간으로 만들어주는 것이 아닌가." 하고. 이 작품은 인간이라는 존재의 가능성과 경계를 가장 섬세하게 탐색한 데뷔작으로 영원히 기록될 것이다.

―**박상영**(소설가)

소설은 영원할 것 같지만 단 한 번도 영원을 품은 적 없는 우주에 대한 아름다운 항변이다. 거대한 서사의 흐름 속에서도 문장 하나하나가 각자의 소리를 갖은 선율처럼 빛난다.

개인의 기억에 의존해 걸어가는 이 소설은 너무 쉽게 나를 따돌리고 우두커니 외롭게 놓아두지만, 내면에 대한 끝없는 질문을 따라가다 보면 어느 순간 나는 우주로다.

소설은 이렇게 존재 탐구와 기억과 사랑이 휘몰아치는 소용돌이 속에서도 끝끝내 존재를 향한 연민과 애도의 궤를 놓치지 않는다.

-천선란(소설가)

영원을 향하여

초판 1쇄 인쇄 2025년 7월 16일
초판 1쇄 발행 2025년 7월 30일

지은이	안톤 허
옮긴이	정보라
총괄	김명래
책임편집	김혜정
디자인	데일리루틴
책임마케팅	최혜령 박지수 도우리
마케팅	콘텐츠 IP 사업본부
해외사업	한승빈
경영지원	백선희 최민선 권영환 이기경
제작	제이오
펴낸이	서현동
펴낸곳	㈜오팬하우스
출판등록	2024년 5월 16일 제2024-000141호
주소	서울특별시 강남구 테헤란로 419, 11층 (삼성동, 강남파이낸스플라자)
이메일	info@ofh.co.kr

ⓒ안톤 허
ISBN 979-11-94930-76-1 (03840)

- VANTA(반타)는 ㈜오팬하우스의 출판브랜드입니다.
- 이 책은 저작권법에 따라 보호받는 저작물이므로 무단전재와 무단복제를 금지하며, 이 책 내용의 전부 또는 일부를 이용하려면 반드시 저작권자와 ㈜오팬하우스의 서면동의를 받아야 합니다.
- 책값은 뒤표지에 표시되어 있습니다.
- 잘못된 책은 구입하신 서점에서 바꿔드립니다.